KB140905

사랑해도
사랑해도

사랑해도
사랑해도

유이카와 케이 **장편소설**

김난주 옮김

예문사

가나자와의 가을은 짧다.
그렇기에 더욱이 풀벌레들은
몸을 불사르듯 사랑을 한다.

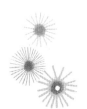

차례

恋せども、愛せども

전화

리리코 ✳

　창가 책상에 놓인 디지털시계의 숫자 네 개가 천천히 바뀌었다. 밤 열 시.

　연락이 와야 할 시간에서 이미 두 시간이나 지났다.

　다카히사 리리코는 수화기를 들어 귀에 댔다. 전화기는 제대로 작동하고 있다. 상태가 나쁜 것도 아니다. 휴대전화도 마찬가지다. 벌써 몇 번이나 수화기를 들었다 놓았는지, 사실은 그녀 자신도 잘 알고 있다.

　짧게 숨을 내쉬고 테이블에 놓인 담배로 손을 뻗었다. 재떨이에는 담배꽁초가 수북하다. 두 시간 동안 한 갑 가까이 피고 말았다. 그 탓에 속이 약간 메슥거린다. 목구멍도 칼칼한 게 뭐가 걸려 있는 것 같다. 그런데도 피지 않을 수 없다.

연락이 없다는 것은 결과가 좋지 않다는 뜻이다.

속으로 그렇게 중얼거리면서도, 혹시나 하는 기대를 버리지 못하고 있다.

회의가 예상보다 시간을 끄는 것일 수도 있다. 이제 곧 시나다가 밝은 목소리로 "결정 났어" 하고 알려 줄지도 모른다.

"드라마 대본 한번 써 보지 않겠어?"

시나다가 그런 제안을 한 것은 한 달 전쯤의 일이다.

"연애물이고, 두 시간짜리 미니 드라마야. 어때? 해 볼 마음 있나?"

시나다는 중견 드라마 제작사에서 프로듀서로 일하고 있다. 리리코는 생각지 못한 행운에 폴짝 뛰고 싶은 기분으로 대답했다.

"물론이죠. 해 볼게요."

"그런데 말이야, 젊은 드라마 작가 몇 명에게 동시에 집필을 의뢰할 거야. 그중에서 한 편을 골라 드라마로 만들 예정이거든. 그러니까 쓴다고 해서 반드시 채택될 거라는 보장은 없어."

그런 것은 문제가 아니었다. 아무튼 기회임에는 틀림없었다.

삼 년 전, 신인 드라마 작가 공모전에 응모해서 가작으로 입상한 경력은 있지만, 그 후로는 이렇다 할 일거리가 없는 상태가 계속되고 있다. 물론 입상을 했다고 일거리가 금방 들어오리라는 안이한 기대는 없었다. 하지만 이렇게 무시당할 줄은 몰랐다. 지난 삼 년 동안 아르바이트로 생활비를 벌면서, 연줄연줄 알게 된 프로듀서와 감독에게 대본을 써 보내곤 했다. 그중에서 유일하게 관심을 보여 준 사람이 시나다였다.

애당초 리리코가 드라마 작가를 지망한 것은 아니었다.

호쿠리쿠 지방의 가나자와 출신. 어렸을 때부터 드라마와 영화를 좋아했다는 이유로 고등학교에서 연극부 활동을 했다. 연출부터 대도구 소도구 준비며 연기와 대본 집필까지, 거의 혼자 도맡다시피 했다. 마침 그 무렵, 도쿄에서 내려온 극단의 공연을 보러 갔다. 리리코는 진짜 무대와 연기하는 단원들의 박력에 완전히 매료되고 말았다.

나는 왜 이쪽에 앉아 있는 것일까. 왜 저쪽 무대에 서 있지 않는 것일까. 그런 초조함에 떠밀려, 졸업 후의 진로를 고민할 즈음 당연하게도 '배우가 되고 싶다'는 꿈을 품게 되었다.

꿈을 이루기 위해서는 도쿄로 올라가는 길밖에 없었다. 엄마와 할머니가 아무리 이해심 많은 사람들이라지만 반대할 거라고 미리 겁을 먹은 채 조심조심 말을 꺼냈다. 그런데 두 사람은 잠시 말이 없다가 결국은 시원스럽게 승낙해 주었다. 말을 꺼낸 쪽이 오히려 어안이 벙벙할 정도였다.

"우리 리리코에게 엄마가 해 줄 수 있는 게 뭐겠어. 인생을 마음껏 살 수 있게 돕는 거지."

엄마는 그렇게 말했다.

"리리코의 인생은 리리코 것이야. 포기하지 않는다는 약속만
해 주면, 그다음은 뜻대로 해도 좋다."

할머니도 그렇게 말하면서 웃었다.

엄마와 할머니는 가나자와 가즈에마치의 전통찻집 거리 한 모
퉁이에서 '다카히사'라는 조그만 음식점을 하고 있다. 아버지는
없다. 나이가 같은 언니가 있다. 이름은 유키오다. 그녀는 교토
에서 대학을 졸업했고, 지금은 일 때문에 나고야에 살고 있다.

그로부터 십 년이 흘렀다. 리리코 올해 나이 스물아홉.

도쿄로 올라와 극단의 입단 시험에 합격하자 배우가 되겠다는
꿈이 이루어질 것처럼 보였다. 하지만 리리코는 그곳에서 자신
의 자리를 찾지 못했다. 다른 배우들을 보면서 자신의 재능에 의
문을 품게 된 것이다. 게다가 연출가나 작가들과 마음이 잘 맞지
않는 부분도 있었다. 나 같으면 극을 이렇게 이끌어 가지 않을
텐데, 나라면 이런 대사는 쓰지 않을 텐데, 하는 답답함이 점차
쌓여 갔다.

마침내 연기를 하는 것보다는 대본을 쓰는 쪽이 자신에게 맞
지 않을까 하는 생각이 고개를 쳐들기 시작했다.

극단 생활은 사 년을 하고 접었다.

그렇게 됐다고 보고를 했을 때, 엄마와 할머니는 몹시 놀란 것 같았지만 다른 말은 하지 않았다. 그 후 두 해 동안, 각종 아르바이트를 하면서 시나리오 공부를 하기 위해 학원에 다녔다. 그리고 드디어 스물여섯 살 때, 신인 드라마 작가 공모전에 응모해 가작으로 입상했다.

그때는 정말 기뻤다. 눈앞에 밝은 빛이 비친 듯한 기분이었다. 엄마와 할머니는 물론이고 유키오도 얼마나 기뻐했는지 모른다.

그런데 그 기쁨도 한순간의 일이었다. 삼 년이 지난 지금도 상황은 전혀 변하지 않았다. 밤낮으로 아르바이트를 하면서 채택되지 않을 대본을 써서는 여기저기 들고 다니고 있다.

갑자기 전화벨이 울렸다.

그렇게 애타게 기다렸는데, 그 순간 리리코는 수화기를 들지 못하고 주춤했다. 어쩌면 이 전화 한 통으로 인생이 바뀔지도 모른다. 꿈이 이루어질 것인가, 아니면 또 지금의 생활이 한없이 계속될 것인가. 그 대답을 이 전화가 쥐고 있다. 가슴속에 두려움 비슷한 감정이 번졌다.

그런데도 전화를 받지 않을 수는 없어, 결심을 하고 손을 내밀었다.

"네, 다카하시입니다."

"나야. 시나다."

"아, 네."

긴장한 탓에 대답하는 목소리가 약간 떨렸다.

"아쉽지만, 안 됐어."

많은 일들이 그렇지만, 불길한 예감은 들어맞을 확률이 높다.

"그렇군요."

담담하게 대답하려 했는데, 자신이 들어도 목소리에 실망감이 배어 있다는 것을 알 수 있었다.

"기회는 앞으로도 얼마든지 있으니까."

시나다의 좋은 점은 상대방의 감정을 모르는 척해 준다는 것이다. 그러고는 아주 태평한 목소리로 이렇게 덧붙였다.

"이제 겨우 삼 년이잖아. 늦깎이 드라마 작가들도 얼마든지 있다고."

"그렇죠. 저야 아직 한참 멀었죠. 그런데 하나 물어봐도 될까요?"

"뭔데?"

"누구의 대본이 채택되었는지 궁금해서요."

"의견이 분분했는데, 결국은 곤노 유리로 결정됐어."

물어보지 말걸 그랬다고 후회가 막심해졌다.

하기야 지금 묻지 않더라도 언젠가는 알게 될 일이다.

곤노 유리는 리리코가 가작으로 입상했던 신인 작가 공모전에서 최우수상을 수상했다.

그때 그녀 나이 스물하나, 어린 나이와 아이돌 뺨치는 미모에 드라마화된 작품까지 높은 시청률을 보여 일약 주목을 모았다. 지금은 일 년에 두세 편 정도 미니 드라마 대본을 써 내며 순조롭게 일하고 있다.

사실은 처음부터 작가는 곤노 유리로 내정되어 있었고, 나머지 사람들은 그저 들러리가 아니었을까.

그런 의혹이 언뜻 머리를 스쳤다.

"그럼 무슨 일 생기면 또 연락하지."

"네, 잘 부탁합니다."

전화를 끊은 리리코는 짧은 한숨을 내쉬고 천장을 올려다보았다.

곤노 유리 ······.

물론 이 세상을 헤쳐 나가는 관건이 젊음과 미모만은 아니라는 것은 잘 알고 있다. 설령 프로듀서와 디렉터의 눈에 들어 대본이 채택된다 한들, 드라마에는 반드시 시청률이 따른다.

바로 며칠 전에 우연히 그녀의 드라마를 보게 되었는데, 젊은 여자들의 심리를 잘 표현했다는 생각이 들었다. 이 정도면 인기가 있을 법도 했다. 하지만 한편으로는 미진함도 느껴졌다.

전개가 조금 안이한 게 아닐까. 주인공이 좀 더 독을 품어도 좋지 싶은데. 나 같으면 ⋯⋯.

알고 있다. 그런 비판은 삐딱한 마음에서 비롯된 것이다. 완성된 대본에 트집을 잡는 것은 누구든 할 수 있다. 아무것도 없는 제로 상태에서 무언가를 만들어 낸다. 신선하고 참신하며, 아직 아무도 깨우치지 못했거나 놓치고 지나친 인간의 모습을 그리고 스토리를 짜야 한다. 중요한 것은 바로 그 점이다.

그런 생각을 하자, 불현듯 어둠 같은 불안이 가슴속으로 흘러들었다.

과연 자신은 그럴 수 있을까. 애당초 재능 따위는 없었던 게 아닐까. 잘못된 길을 선택한 것은 아닐까. 그저 혼자만의 착각이고 자만이 아니었을까.

담뱃재가 무릎에 톡 떨어졌다. 리리코는 그것을 멀거니 바라보았다.

울적함이 온몸을 휘감았다. 한번 이렇게 되면 자신이 어떻게 될지는 알고 있었다. 수습할 길 없는 낙담 속에서 같은 질문과 의문이 머릿속을 맴돌기 시작할 것이다. 거기에 자기혐오와 과도한 자의식, 미래에 대한 불안감이 더해지면서 끝내는 절망의 나락으로 떨어질 것이다.

요즘, 이러지도 저러지도 못하는 이런 상태에 발이 빠지는 순간이 있다.

전에는 이렇지 않았는데 …….

누가 자신을 깎아내리든 그것을 받아쳐 낼 만큼 정신력에 탄성이 있었다. 그래서 때로 건방지다느니 세상 물정을 모른다느니 하는 비난을 들어도 전혀 개의치 않았다. 오히려 자신을 찬미하고 있다는 기분마저 들었다.

나의 버팀목은 역시 젊음뿐이었던 것일까. 스물아홉 살이나 먹었으니 이미 젊지 않다고, 인정하고 싶지 않지만 그런 생각을 하는 자체가 젊음과 조금씩 멀어지고 있다는 증거일지도 모른다.

"아, 진짜 짜증나네."

자신도 모르게 머리를 내젓고는 생각했다. 기분 전환 겸 어디가서 술이나 한잔 마실까. 동네에 있는 단골 선술집이든, 아는 사람이 하는 바든. 차라리 롯폰기의 클럽에 가서 신나게 춤을 추는 것도 나쁘지 않을 것 같다.

구라키 다카시에게 전화를 걸어 볼까. 불쑥 그런 생각이 들었다. 이런 때, 그의 온화한 미소를 보고 차분한 말을 들으면 기분이 좀 풀어질 것이다.

전화기로 손을 뻗기는 했는데, 수화기를 들기 직전 리리코는 움찔하면서 손을 접었다.

나는 항상 이렇다. 구라키를 멋대로 다룬다. 더 심하게 말하면 편리하게 써먹는다. 구라키라면 언제든 자신을 받아줄 거란 오만한 마음이 있다.

구라키 다카시는 두 해 전까지만 해도 영화와 무대의 광고 사진을 찍는 카메라맨이었다. 그렇다고 일거리가 늘 있는 것은 아니어서, 리리코와 마찬가지로 이런저런 아르바이트를 병행하며 겨우 생활을 꾸려 가던 상태였다.

리리코가 그를 처음 안 것은 극단을 그만둔 후, 아르바이트로 영화의 엑스트라 노릇을 할 때였다. 드라마 작가를 꿈꾸는 리리코와 어떻게든 상업 카메라맨으로 성공하려고 아등바등하는 구라키, 비슷한 불안과 기대를 품고 있던 두 사람이 사랑에 빠진 것은 어쩌면 당연한 일이었는지도 모른다.

수많은 얘기를 나누었고 말다툼도 많이 했다. 수많은 밤을 함께 지내고 아침을 맞았다. 그러다 서로를 자기 인생의 일부처럼, 아니 자신의 일부처럼 여기게 되었다.

그런데 구라키가 자기 꿈을 버렸다.

상업 카메라맨을 포기하고, 아버지의 뒤를 이어 사진관을 운영하겠다고 했다. 가족사진과 맞선용 프로필 사진, 취업용 증명사진 따위나 찍는 일을 선택한 것이다.

"그러면 리리코와 결혼도 할 수 있으니까."

그때 구라키는 그렇게 말했다.

리리코는 구라키를 보았다. 그 말의 이면에 깔린 심리를 구라키 자신도 미처 자각하지 못했을 것이다.

그러나 리리코는 알아차리고 말았다. 구라키는 결혼을 빌미로 삼고 있었다. 꿈을 포기하는 것과 리리코와의 결혼을 맞바꾼 것이다. 더 심하게 말하면, 결혼을 꿈을 포기하기 위한 피신처로 삼았다.

리리코는 용서할 수 없었다.

"도망치기 위해서 날 이용하지 마."

자신이 생각해도 소스라칠 만큼 강경한 말투로 리리코는 말했다. 구라키는 퍼뜩 놀란 듯이 고개를 들고는 아무 말도 하지 못했다.

지금 돌이켜 보면, 좀 다르게 말할 수도 있지 않았을까 후회스럽기도 하다. 구라키에게 나쁜 뜻이 있었던 것은 아니다. 리리코와의 결혼을 생각할 만큼 진지한 마음이었으니 오히려 기뻐했어야 하지 않을까.

그러나 거기까지 생각이 미치지 못했던 것은 구라키의 말을 인정하고 나면 자신도 꿈을 포기하게 되지는 않을까 하는 두려움 때문이었다.

나는 다르다. 나는 그렇게 쉽게 안전한 장소로 도망치지 않는다.

그 후로 구라키와의 관계가 조금씩 뒤틀리기 시작했다. 그리고 지금 두 사람은 연애와 전혀 거리가 먼 지점에 있다. 술친구라는 말이 가장 적절할지도 모르겠다. 그럼에도 구라키가 여전히 자신에게 미련을 품고 있다는 것을 리리코는 알고 있다.

리리코가 만나고 싶다고 하면 구라키는 어떻게든 시간을 내서 나온다. 리리코를 보는 눈빛에서 때로 남자의 욕망이 엿보이기도 한다. 그런 걸 잘 알면서도 구라키를 만나는 이유는 자신을 확인하고 싶어서다.

나는 포기하지 않는다. 그때 구라키에게 그렇게 장담했던 내가 지금 와서 포기한다는 것은 말도 안 된다.

그렇게 점차 잃어 가던 의지를 새삼 다지고 인식한다.

결국, 전화를 걸지 않았다. 이불 속에 파고들어 가 눈을 꾹 감고 아침이 오기를 기다리는 수밖에 없었다.

다음 날 오후 여섯 시, 아르바이트를 하러 나갔다.

장소는 긴자에 있는 클럽이다. 아르바이트생을 포함해서 여자가 열 명 정도 있다. 마담은 한눈에 고급스럽다는 것을 알 수 있는 기모노에 머리를 높이 틀어 올린, 자못 그 업계 여자다운 차림새다. 나이는 불분명하지만 오십 가까울 것이라고 리리코는 짐작하고 있다. 시급도 꽤 좋고 손님층도 나쁘지 않은 이 클럽에서 일주일에 세 번 일한 지 벌써 한 해가 지났다.

여기서 하는 호스티스 일과 아는 편집자들이 던져 주는 대필 작가 일거리가 리리코의 현재 주 수입원이다.

"리리코, 어떻게 됐어?"

가게 문을 열기 전에 마담이 화장을 고치면서 물었다.

"죄송하네요. 안 됐어요."

마담에게 사정 얘기를 한다. 숨길 일은 아니라고 생각했다. 하지만 이런 때는 말하지 않는 편이 좋을지도 모르겠다는 생각도 든다.

"어머, 그래. 아쉽네."

마담이 별 감정 없이 대답했다.

"언젠가 리리코가 쓴 시나리오가 드라마나 영화로 만들어져서 히트를 치면, 배우나 프로듀서 같은 돈 많은 손님들을 잔뜩 데리고 와야 돼. 그때를 기대하고 있으니까."

리리코는 쓸쓸하게 웃는 수밖에 없었다.

자신도 그 꿈을 향해 지금까지 똑바로 걸어왔다고 생각한다. 하지만 조금도 가까워지지 않는다. 가까워지기는커녕 점점 더 멀어지는 것만 같다.

아르바이트를 끝내고 열두 시 조금 넘어서 아파트에 돌아왔다. 자동응답기에 메시지가 남겨져 있었다. 가나자와에 사는 엄마였다.

"리리코, 조만간 다녀갈 수 있겠니. 할 얘기가 있어서 그래. 유키오에게도 지금 연락할 건데, 둘이 일정을 맞춰 주면 좋겠네."

엄마는 좀처럼 '다녀가라'라는 말을 하지 않는다. 설날이나 추석 때도 언제나 하고 싶은 대로 하라고 했다.

전화기 앞에서 리리코는 고개를 갸웃거리면서 다시 한 번 메시지를 들었다.

❀ 유키오

"알았어, 엄마. 리리코와 의논해서 조만간 내려갈게."

유키오는 그렇게 말하고는 다시 물었다.

"할 얘기라는 게 뭔데?"

"집에 오면 얘기하마."

"알았어. 그럼 끊을게."

수화기를 내려놓고 그녀는 고개를 갸웃거렸다. 대체 할 얘기라는 게 뭐지. 엄마의 말투로 봐서 나쁜 일은 아닌 것 같다. 목소리가 왠지 모르게 들떠 있었다.

"리리코가 누구야?"

그 목소리에 유키오는 뒤를 돌아보았다. 나가미네가 침대에 누운 채 담배를 피우고 있다.

"재 떨어뜨리면 안 돼. 리리코, 내 동생이야. 생일은 식 달밖에 다르지 않지만, 피도 섞이지 않았고."

흐음, 하는 말과 함께 나가미네는 담배 연기를 뿜어냈다. 유키오는 그의 옆으로 스르륵 파고들어 가, 더 물으면 뭐라고 대답해야 하나 생각했다. 숨길 일은 아니다. 수치스러운 마음도 없다. 하지만, 아마 그는 묻지 않을 것이다. 괜히 캐물었다가 지금 두 사람의 관계에 미묘한 영향을 미치지는 않을까 우려하고 있을 것이다.

아니나 다를까, 그는 입을 꾹 다문 채 벽에 걸린 철제 시계를 올려다보았다.

"이제 슬슬."

"그러네."

나가미네가 침대에서 나가 속옷을 입는다. 와이셔츠와 바지를 꿰고 넥타이를 매고 윗도리를 걸친다. 그리고 유키오의 화장대 앞에서 허리를 구부리고 머리카락을 손가락으로 쓱쓱 가다듬는다. 그 모습을 유키오는 침대에서 바라보았다.

"그럼, 또 보자고."

유키오는 안녕이라는 말 대신 고개를 끄덕인다. 마침내 문 닫히는 소리가 났다.

유키오는 천천히 일어나 문을 잠그러 갔다가 돌아오는 길에 부엌 냉장고에서 캔 맥주를 꺼내 왔다. 침대에 걸터앉아, 맥주를 마시면서 나가미네가 남기고 간 꽁초를 바라보았다.

열 살 이상이나 나이가 많은 데다 처자식까지 있는 남자와 사귀다니, 어리석은 짓이라는 것은 알고 있다. 또한 두 사람의 관계를 사랑이나 연애라고 부를 마음도 없다. 다만 연애 비슷한 것, 사랑이라고 착각할 수 있는 무언가가 지금의 자신에게 필요하다고 생각한다. 설사 앞이 뻔히 보이는 관계라 하더라도, 미미하나마 생활의 윤활유가 되어 준다.

유키오는 어렸을 때부터 공부를 잘했다.

가나자와에서 가장 학력이 높은 고등학교에 진학, 흔히들 문턱이 높다는 교토의 국립대학에도 한 방에 합격, 졸업 후에는 대규모 부동산회사에 별 어려움 없이 취직했다.

공부가 그렇게 좋았던 것은 아니다. 하지만 누구에게나 각기 잘하는 분야가 있다고 한다면 자신은 아마 시험에 강한 것이 아닐까 생각한다. 공부는 배반하지 않는다. 올바르게 기억하면 반드시 성과로 이어진다. 단어와 수식과 연호, 그리고 면접 스킬마

저도 자료로써 머릿속에 집어넣었다.

우등생으로 지냈던 어린 시절을 감상적인 기분으로 돌아보면서 후회할 생각은 없다. 선생들에게 귀여움 받고, 여학생들과도 사이좋게 지내고 남학생들에게는 선망의 대상이었다. 천진함과 잔인함이 공존하는 어린이들의 세계에서, 그들과는 다른 환경에 있는 자신을 지키기 위해서는 그럴 필요가 있었다.

그런 자신에 비하면 리리코는 참 대조적이었다.

리리코는 언제나 감각 하나로 살았다. 좋아하는 과목도 음악과 미술과 체육 등, 정반대였다. 같은 반 아이와 싸우다 상대방을 다치게 하는 바람에 엄마가 사과하러 학교에 불려 오는 일도 종종 있었다. 그런 때는 풀 죽은 표정으로 고개를 푹 숙이고 있었지만, 다음 날이 되면 언제 그랬냐는 식으로 신나게 학교에 갔다.

고등학교를 졸업하기 직전에 '도쿄로 가서 배우가 되겠다'는 말을 꺼냈을 때는, 정말 놀랐다. 전혀 현실감이 없는 얘기라 여겼는데, 리리코는 혼자 도쿄로 올라가 아무 연줄 없이도 들어가고 싶어 했던 극단에 입단했다. 거기까지만 해도 무모한 일인데, 그다음에는 '배우는 내가 원하는 것이 아니었다'며 미련 없이 손을 털고 드라마 작가가 되겠다고 선포했다. 그 또한 뜬구름 잡는 얘기라고 생각했는데, 신인 작가 공모전에서 가작에 입상해,

지금은 그 길을 가고 있다.

할머니와 엄마 말이, 유키오는 돌다리도 두드리고 또 두드리고 돌이 깨질 정도로 두드려 본 후에야 안심하고 건너는 타입이고, 리리코는 그 돌다리가 위험하든 도중에 무너져 내리든 가고 싶다고 생각한 순간에는 벌써 뛰어가는 타입이란다.

유키오는 그런 리리코를 어이없고 위태위태하게 여기는 반면 부러워하기도 한다. 자신은 절대 그렇게 살 수 없다는 것을 유키오는 잘 알고 있다.

올해로 취직한 지 육 년이 되었다.

입사 당시부터 주택 재개발사업부에서, 각지의 대규모 아파트 재건축 프로젝트를 담당하고 있다. 땅을 매입하고, 물건의 소유권자를 설득하고, 시장 수요를 분석하고, 지역에 어울리는 아파트 건설 계획을 세운다.

프로젝트 담당직으로 입사한 유키오는 남자 사원들과 똑같이 전국으로 전근을 다닌다. 현재 살고 있는 나고야가 벌써 세 번째 지역이다. 지금은 소유권자가 서른 명 정도 되는 아파트 재개발을 맡고 있다. 이 아파트의 재개발이 완료되면 또 다른 지역으로 옮겨 가야 한다. 그러고도 이삼 년에 한 번 꼴로 일본 전역에 있는 지사를 돌아다니게 될 것이다.

며칠 전, 결혼을 앞둔 대학 시절 친구를 만났을 때, 이런 말을 들었다.

"그렇게 전근을 자주 다니면 생활이 불안정하지 않니? 차분하게 한 곳에서 살고 싶어 지지 않아?"

절대 나쁜 뜻이 있어 하는 말이 아니란 것은 알고 있다. 결혼이라는 굳건한 약속 안에 있다는 안정감이 소박한 의문으로 이어졌을 뿐일 것이다.

유키오 자신도 안정적인 생활을 원했던 시기가 있었다. 하지만 지금은 다르다. 다만 그런 자기 심정을 전하고 싶어도, 결혼에는 별 관심이 없다고 말하기가 오히려 어려운 시대가 되었다고 생각한다. 엄마 연배의 사람들에게는 그런 사고가 '여자의 자립'으로 연결되는 삶의 상징이었던 것 같다. 하지만 지금은 그렇게 완고한 사고방식에 얽매여 있는 쪽이 오히려 시대착오적이라 여겨질 것이다. 요즘 여자들은 결혼도 일도 육아도 아주 당연한 일이듯 거머쥔다. 그러니 유키오도 굳이 그런 말은 하지 않고 무난하게 대답했다.

"그러게. 언젠가 너처럼 좋은 사람을 만나면 그러고 싶어질지도 모르지."

그러나 솔직히, 지금의 유키오는 결혼하는 자신을 상상할 수 없다. 아니 결혼을 상상하기 전에, 안정적으로 사는 생활 자체가 다른 세상일처럼 느껴진다.

그렇게 생각하는 것은 유키오의 태생에 이유가 있는지도 모르겠다.

유키오는 동생 리리코뿐만 아니라 엄마인 시노와도 혈연관계가 아니다. 리리코와 엄마도 그렇다. 그리고 할머니인 오토와와 시노도 마찬가지다. 그러니까 다카히사라는 성만 같았지 할머니, 엄마, 딸 둘이 모두 피 한 방울 섞이지 않은 가족이다.

할머니 오토와는 원래 가나자와 가즈에마치에서 오키야(게이샤를 거느리고 요정이나 전통찻집 손님의 요구에 따라 게이샤를 보내 주는 곳)를 운영했다. 유키오의 친엄마인 야마카와 미쓰코는 그곳의 게이샤였다. 예쁘고 춤도 아주 잘 춰서 인기가 많았다고 할머니도, 같은 게이샤였던 시노도 말하곤 했다.

그런 친엄마가 갑자기 임신 사실을 털어놓으면서 반드시 아이를 낳을 것이라고 두 사람에게 선언했다. 상대방의 이름은 끝까지 말하지 않았다는데, 그 세계에 사는 여자들 사이의 규정이 그래서였을 것이다.

미쓰코는 결국 게이샤 생활을 청산하고 유키오를 낳았다. 어린이집에 유키오를 맡기고 낮에 할 수 있는 일을 시작했다. 조그만 아파트에서 둘이 사는, 절대 풍족하다 할 수 없는 생활이었지만, 유키오가 기억하는 한 엄마는 늘 행복해 보였다.

유키오는 마시던 캔 맥주를 바닥에 내려놓고, 책상 서랍에서 엄마 사진을 꺼냈다. 가나자와의 아사노 강가에서 찍은 사진으로, 등 뒤로 덴진 다리가 보이고 그 너머에는 우타쓰 산이 옆으로 죽 펼쳐져 있다. 한 살이 채 안 된 유키오를 안고서 엄마는 웃고 있다.

엄마는 이때 스물아홉 살. 지금 유키오와 똑같은 나이다.

유키오는 지금도 솔직히 아버지가 없는 아이를 낳아 혼자 힘으로 키우겠노라 결심한 엄마의 심정을 이해할 수 없다. 자기 같으면 그 때문에 떠안게 될 위험부담을 생각하고서 주저했을 것이다. 하지만 엄마는 유키오를 낳았다. 위험부담보다 유키오를 선택한 것이다.

캔이 비자 유키오는 냉장고에서 하나를 더 꺼내 왔다. 최근에 주량이 조금 는 것 같다. 그래도 얼굴에는 전혀 표시가 나지 않는다. 오히려 얼굴색이 더 하얘진다. 엄마도 그랬다고 한다.

엄마는 유키오를 낳고 오 년이 지나 병으로 죽었다.

심장병이었다고 들었다. 지병이었다고는 하지만, 혼자 아이를 낳아 키우는 부담이 죽음을 재촉하지 않았을까 생각한다. 유키오를 낳은 엄마가 떠안아야 했던 위험부담은 죽음이었던 것이다. 그런 생각을 하면 자신의 출생이 저주스럽게 느껴지지만, 오토와와 시노가 늘 "절대 그렇게 생각하면 못쓴다" 하고 다독여 주어, 지금은 엄마의 운명이었다고 받아들이고 있다.

혼자 남은 유키오를 오쿠노토에 있는 외가에서 거둬 주었다. 외할머니는 자상하고 좋은 사람이었지만, 그때 이미 장남 부부가 집안의 실권을 쥐고 있어서 어딘지 모르게 조심하는 눈치가 보였다. 친척과 동네 사람들의 껄끄러워하면서도 호기심 어린 눈길을 대할 때마다 유키오는 어린 마음에도 자신이 성가신 존재임을 느끼지 않을 수 없었다.

큰삼촌은 절대 나쁜 사람이 아니었다. 그러나 아비 없는 자식을 낳은 여동생을 아무래도 수치스러워했던 것 같다. 그런 큰삼촌의 완고함 탓에 숙모와 사촌들 역시 언제나 서먹하게 굴었다. 유키오는 도저히 마음을 열 수 없었다. 이방인처럼 자신이 있을 곳은 여기가 아니라는 것만은 분명히 알고 있었다.

일 년 정도 지나 초등학교에 들어가기 조금 전, 할머니가 유키오를 오토와에게 데리고 갔다.

할머니는 당신이 죽으면 그 집안에서, 그 좁은 동네에서 유키오가 어떤 처지에 놓일지, 그래서 유키오의 앞날이 어떻게 좌우될지 불안해서 견딜 수 없었던 것이리라.

오토와는 그 무렵에는 가즈에마치 근처에서 시노와 둘이 조그만 음식점을 운영하고 있었다. 아니 정확하게는 셋이었다. 그때 이미 리리코도 함께였으니까.

나중에 들은 얘기인데, 유키오의 친엄마 미쓰코가 게이샤를 그만두고 얼마 지나서 시노도 결혼을 했다고 한다. 상대는 자식 딸린 회사원으로, 그 자식이 바로 리리코였다.

시노는 오키야의 마지막 게이샤였다. 시노의 결혼을 계기로 오토와는 오키야를 접고 음식점을 시작했다. 아주 바쁠 때만 아르바이트생 하나 쓰면 충분한, 아담한 가게였다.

그러나 시노의 결혼 생활도 삼 년을 채우지 못하고 종지부를 찍었다. 상대가 직장에서 쓰러졌는데, 덧없게도 저세상으로 떠나고 만 것이다. 그리고 뒤에 남은 시노와 리리코는 오토와에게 몸을 의지해 함께 가게를 꾸려 나가게 되었다.

외할머니와 오토와나 시노 사이에 어떤 얘기가 오갔는지는 알지 못한다. 그저 오토와가 애처로운 눈빛으로 유키오를 쳐다보면서 "많이 컸구나" 하며 눈물을 글썽였다는 것, 시노가 꼭 안아 주었을 때 엄마와 똑같은 냄새가 났다는 것만 기억하고 있다.

그리고 유키오는 시노의 양딸이 되어 다카히사라는 성을 얻었다.

엄마와 함께 산 오 년, 시골에서 지낸 일 년, 초등학교에서 고등학교를 졸업할 때까지 십이 년, 대학 생활 사 년, 취직해서 육 년.

결국 자신은 언제나 미처 풀지 못한 짐을 껴안고 사는 것처럼, 그렇게밖에 살 수 없지 않을까 생각한다. 어디서 살든, 여기는 내가 있을 곳이 아니라는 생각을 떨쳐 버릴 수 없다. 땅에 뿌리 내린 안정된 생활이 어떤 것인지 지금의 유키오는 도무지 실감이 없다.

다음 날, 유키오는 출근하자마자 아파트 소유권자의 집을 찾아갔다.

지은 지 사십 년이나 되는 저층 아파트의 재건축 프로젝트다. 역에서 그렇게 멀지 않은 데다 근처에 공원이 있어 환경이 좋은 편이다. 고층으로 지어 원래 소유자가 입주하고 남은 아파트를 매각하면 건설비를 거의 뽑을 수 있는 좋은 물건이었다.

거품 경제 시절에는 이렇게 등가교환방식으로 아파트를 건설하는 경우가 흔했던 것 같은데, 최근에는 조건이 까다로워 좀처럼 일이 진행되지 않는다. 이 아파트는 운이 좋은 예라고 할 수 있다. 일 년에 걸쳐 소유자들의 양해를 구했고, 착공도 결정되었다.

그런데 지금에 와서 이의를 제기하는 주민이 나타났다. 아무튼 '여기에 그대로 살고 싶다' 하고 고집을 부리고 있다.

소유자는 나이 여든에 가까운 노인이다. 찾아갈 때마다 고집이 한층 더 세지는 것 같다.

오늘도 문조차 열지 않은 채, "아무튼 나는 재건축에는 반대야. 이 아파트를 철거할 요량이면 나도 같이 벽돌 더미에 묻어야 할 거야" 하고 일방적인 말만 해 대서 대화가 되지 않았다.

상사에게 상황을 보고했지만 어떻게든 설득하라고만 한다. 모든 것을 유키오에게 떠넘길 심산이다.

노인은 전에 이미 재건축에 농의했고, 계약서에 도상도 씩은 상태다. 유키오 쪽에는 아무런 잘못이 없다. 오로지 마음이 변했을 뿐이라는 게 고집을 부리는 이유다. 어떻게든 대화를 나눠 해결하고 싶은데, 지금은 이럴 수도 저럴 수도 없는 사면초가다.

하다 하다 안 되면 법적 수단을 동원할 수도 있지만, 가능하면 원만하게 문제를 해결하고 싶었다. 다른 주민들은 임시 거주지로 이사하기 시작했다. 물론 그 노인을 위한 거주지도 확보되어 있다.

결국 오늘도 노인에게 문전박대를 당하고 말았다. 회사로 돌아가자 상사에게 어떻게든 빨리 해결하라는 재촉을 들었다. 그 외에 산더미처럼 쌓인 서류 작업까지 처리한 유키오는 밤이 돼서야 지칠 대로 지친 몸으로 집에 돌아왔다.

편의점에서 산 도시락으로 저녁을 때우고, 목욕을 하고 한숨 돌린 다음 수화기를 들었다.

밤에 아르바이트를 하는 리리코는 휴대전화로 전화를 걸어도 대개 자동응답기가 받는다. 메시지를 남겨 놓았더니, 새벽 한 시

가까워 연락이 왔다.

"미안해, 내가 깨운 거야?"

오랜만에 듣는 리리코의 목소리었나.

"아니, 괜찮아. 전화 올 줄 알고 기다리고 있었는걸. 어때, 잘 지냈어?"

도쿄와 나고야라는 지리상의 거리도 있고, 회사원과 프리랜서라 활동하는 시간대도 맞지 않는다. 그래서 요즘에는 서로 연락이 뜸했다.

"그냥 그렇지 뭐."

가나자와를 떠난 지 십 년이 넘어 피차가 가나자와 사투리를 쓰는 일은 거의 없어졌지만, 그래도 억양은 예전으로 돌아가고 만다.

"글 쓰는 건 어때? 잘돼 가?"

"그것도 그냥 그래."

순조롭지 못하다는 것을 감지할 수 있었다. 리리코는 늘 이렇다. 별일 없는 척 지나치게 가장하는 탓에 오히려 속내가 드러나고 만다. 그러나 그런 말은 하지 않는다.

"엄마에게서 전화 왔었지?"

"응. 집으로 좀 오라고 하던데, 이런 일이 거의 없어서 좀 놀랐어. 언니는 무슨 일인지 알아?"

"아니. 그래도 나쁜 일은 아닌 것 같아. 왠지 목소리가 들떠 있었어."

"그럼 다행이고. 그래서 언니는 몇 시쯤 도착할 거 같아? 나는 아르바이트 시간을 다른 사람하고 바꿔서, 이번 주 금요일 오후 비행기를 달까 하는데."

"그럼 나도 어떻게든 일 정리하고 오후 열차 탈게."

"알았어. 그럼, 그때 보자."

전화를 끊고 나자, 금요일 밤에 나가미네와 만나기로 한 약속이 떠올랐다. 바로 취소 메일을 보냈다.

늘 우등생이었던 자신이 나가미네 같은 남자와 사귀고 있다는 걸 알면 모두가 놀랄 것이다. 하지만 유키오는 자신이 운이 없다고는 조금도 생각지 않는다. 더 심하게 말하면, 나가미네가 처자식이 있는 남자라서 사귀고 있다는 생각도 없지 않았다.

지금 일이 끝나면 또 전근을 가야 한다. 혼자 사는 남자를 사귀면 옥신각신할 게 뻔하다. 전에도 헤어지면서, 서로의 몸과 마음에 실제로 큰 상처를 준 일이 있다. 그런 기억은 두 번 다시 만들고 싶지 않다. 그렇다면 남자와 무관하게 사는 편이 몸도 마음도 편하겠지만, 일터와 집만 오가는 나날은 정말 무미건조하다. 이곳에 사는 동안, 그저 함께 유쾌한 시간을 보낼 수 있는 상대가 있으면 족하다. 어차피 기한이 정해져 있는 연애다. 미련 없이 깔끔하게 헤어지려면 처자식이 있는 남자가 편하지 않을까.

그리고 유키오는 문득 생각한다. 어떤 의미에서 자신은 이미
여자가 아닐지도 모르겠다고.

귀성

리리코 ✳

　집으로 내려가기 위해 비행기를 탈 때, 리리코는 가능하면 저녁때 도착할 수 있도록 시간을 맞춘다. 봄이 무르익은 이 계절에는 다섯 시쯤, 여름에는 일곱 시쯤, 겨울에는 네 시쯤이다.

　하네다에서 비행기를 타고 약 한 시간, 고마쓰 공항에 내려 시내행 버스를 탄다. 버스가 잠시 달려 호쿠리쿠 고속도로로 들어서면 바로 왼쪽으로 바다가 보인다. 운이 좋으면 환성이 절로 터질 만큼 아름다운 저녁 해를 만날 수 있기 때문이다.

　죽 이어지던 방풍림이 사라지는 순간, 기대했던 풍경이 눈앞에 나타나 리리코는 조그맣게 탄성을 질렀다. 유려한 호를 그리고 있는 수평선 너머로 빨갛게 익은 태양이 녹아내리듯 기울어 간다.

찌릿하게 쏘는 색채가 눈 속으로 퍼지자, 도쿄라는 거대한 생물 같은 도시에서 오기 하나로 버티고 있던 자신이 느긋하게 풀이지는 것을 느꼈다.

아아 돌아왔네, 하고 새삼스럽게 생각한다.

그다음에는 늘 똑같은 기억이 떠오른다.

유키오와 함께 집을 뛰쳐나갔던 때의 일이다.

초등학교 5학년, 여름이 시작될 무렵이었다. 목적지는 우치나다 해안. JR 가나자와 역 바로 근처에서 출발하는 아사노카와 선 전철을 타고 나나쓰야 역, 미모로에 역, 이소베 역 …… 그렇게 이십 분 정도 걸려 도착한 종점이 있는 동네, 그곳이 우치나다였다. 역에서 내려 조금 걸어가자 해안이 나왔다.

집에서 나온 후로 둘 다 입을 꼭 다문 채였다. 서로가 지금 똑같은 심정이라는 확신만이 둘을 이어 주고 있었다.

그렇다, 우리는 똑같았다.

다카히사 집안에서 유키오의 얼굴을 처음 마주했을 때, 서로가 순간적으로 깨달았을 것이다.

할머니 오토와도, 엄마 시노도, 아주 당연하게 피 한 방울 섞이지 않은 두 여자아이를 딸로 맞아들였다. 그 당연함이 때로 리리코를 혼란에 빠뜨렸다. 칭찬을 들어도 어쩌다 혼이 나도, '친자식도 아닌데' 하는 생각이 늘 따라다녔다.

둘 다 조금씩 철이 들 무렵에 다카히사 집안의 딸이 되었으니, 자신들이 짊어지고 있는 사정은 잘 알고 있었다. 어른들이 짐작하는 이상으로 이해하고 있었다고 생각한다.

동시에 자신들이 알고 있다는 것 때문에 할머니와 엄마가 괜한 신경을 써서는 안 된다는 어린애다운 배려심도 갖추고 있었다.

어린아이들은 불안과 두려움을 통제할 줄 모른다.

너희 둘 다 다리 밑에서 주워 온 아이라면서.

그리고 잔인함으로 가득하다.

반 아이가 던진 말에, 리리코는 그 남자아이 앞으로 성큼 다가가 따귀를 찰싹 갈겼다. 그리고 들러붙어 요란하게 싸웠고, 바닥으로 굴렀다. 책상과 의자가 넘어졌다. 그러다 보니 상대의 이마에서 피가 흐르고 있었다.

그날, 할머니와 엄마는 남자아이의 집으로 사과하러 갔다. 하지만 리리코를 나무라지 않았다.

할머니와 엄마의 그런 완벽한 애정은 오히려 리리코를 절대적인 고독으로 내몰았다.

"친자식이 아니라서 그런 거야."

리리코의 말을 유키오는 잠자코 듣고만 있었다.

"그러니까 어떻게 되든 무슨 상관이겠어."

유치한 결론이었다.

"어디든 가 버리고 싶다."

울면서 그렇게 말하자, 유키오가 말없이 고개를 끄덕였다.

"그럼, 우리 바다에 가자."

리리코는 놀라서 얼굴을 들었다.

"유키오는 관계없잖아. 나 혼자 갈 거야."

"아니야, 나도 같이 갈래."

그날 저녁, 할머니와 엄마가 가게에 나간 후, 둘은 조그만 배낭에 필요한 짐을 쌌다. 그리고 '신세 많이 졌습니다'라고 쓴 메모지를 부엌 테이블에 남겨 두고 집을 나섰다. 드라마에서 흔히 듣던 대사였다.

이 나이가 돼 보니, 자신들이 얼마나 행운아였는지를 알겠다. 하지만 마음이 아직 덜 성숙한 말랑말랑한 뼈에 싸여 있던 그 무렵의 둘은 진짜 가족이 아니라는 사실을 받아들이기에 너무 어렸다.

목적지인 우치나다 해안에 도착하기는 했는데, 그다음에는 뭘 하면 좋을지 몰랐다. 둘은 한낮의 온기가 남아 있는 모래사장에 털퍼덕 앉았다. 드문드문 있던 사람들도 어느 틈엔가 사라지고, 밀려오는 파도 소리만 저녁나절의 공기를 뒤흔들었다.

하늘은 소리 없이 물들어 가다 마침내 눈앞에 모든 것을 붉은

색으로 감싸 안은 웅장한 태양이 나타났다. 저 멀리 수평선 너머로 빛의 길이 일직선으로 쭉 뻗어 있었다. 그 광경은 마치 자신들을 위해 특별히 행해지는 신성한 의식 같았다.

그렇게 천천히, 그러나 확실하게 태양이 수평선으로 빨려 들어가는 모습을 말없이 바라보았다. 마지막 한 점이 된 빛을 떠나보낸 후에야 겨우 얼굴을 마주 보았다.

"이제 어떻게 하지?"

그렇게 물은 쪽은 유키오였을까, 리리코였을까.

"그러게. 어쩌지."

그렇게 대답한 것도 어느 쪽이었는지.

"배고프다."

"집에 스튜 있던데."

"콘이 듬뿍 들어 있는 거?"

"응."

"먹고 올걸 그랬네."

"엄마가 만든 스튜, 맛있으니까."

그런 대화를 나누면서 어색하게 웃었다.

돌아갈까.

그래, 돌아가자.

그때, 어린 마음에도 자신들이 돌아가야 할 장소가 어디인지 충분히 깨달았던 것 같다. 우치나다 바다에는 그걸 확인하고 싶어서 왔을 뿐이라고.

밤 아홉 시가 가까운 시간에 집에 돌아왔다. 일대 소동이 벌어져 있었다. 전화를 해도 받지 않자 걱정이 된 엄마가 집에 돌아와 테이블에 놓인 메모지를 보고 놀라서 할머니에게 연락했다. 할머니도 가게 문을 닫고 집에 들어왔다.

"너희들, 어디 갔다 온 거냐?"

"한 시간만 더 기다려 보고 안 돌아오면 경찰에 신고하려고 했어."

이때만큼은 할머니도 엄마도 호되게 야단을 쳤다. 야단을 치면서 할머니는 둘을 꼭 껴안았다. 그리고 엄마가 두 팔로 여자 셋을 다시 꼭 껴안았다. 그렇게 넷이 울었던 그때를 지금도 잊지 않고 있다.

해안 도로를 지난 버스가 시내를 향했다. 고속도로에서 나와 십오 분쯤 달려 가나자와 역 버스 터미널에 도착했다. 거기에서 다시 시내 노선으로 갈아탄다.

리리코와 유키오는 성격이며 분위기가 아주 다르다. 유키오는 공부 잘하는 우등생에 얼굴도 귀엽게 생겼다. 리리코는 공부도 잘하는 편이 아니었고, 생긴 것도 꼭 남자아이 같다.

누가 자매라고 부르면 부정은 하지 않지만, 그럴 때마다 리리코는 왠지 불편했다. 동지? 동포? 동류? 지금도 자신들에게 적합한 호칭은 무얼까, 때로 생각에 잠기곤 한다.

정거장에서 내려 익숙한 길모퉁이를 도는 순간, 걸음을 멈췄다.

"어머."

"우와, 리리코잖아."

눈앞에 그리운 얼굴이 다가왔다.

십 년 만일까, 아니 그 이상일지도 모르겠다. 초등학교와 중학교를 같이 다닌 세마 준이치였다. 유명 대학을 졸업한 후 대기업에 취직했다고 들었던 것 같다.

"오랜만인데. 지금 도쿄에 있다면서?"

"응. 잠깐 내려왔어. 준이치는 지금 어디 사는데?"

"여기."

"여기?"

"가나자와."

"지방 근무 중이야?"

"아니, 여기서 일하고 있어."

무슨 뜻인지 금방은 알아듣지 못했다.

"전직했어. 해고를 당해서."

준이치는 농담처럼 말했지만, 뭐라 대꾸하면 좋을지 몰라 리리코는 애매하게 고개만 끄덕거렸다.

준이치는 어렸을 때부터 성적이 우수했다. 중학교에 다닐 때는 유키오와 언제나 일이 능을 다퉜다. 둘은 같은 고등학교로 진학했고, 졸업할 때까지 라이벌이었다. 그런 준이치가 해고를 당하다니, 믿을 수가 없다.

"혹시 아이다 기억해?"

갑자기 다른 이름이 튀어나와 리리코는 퍼뜩 정신을 차렸다.

"음, 누구였더라."

"그 왜 교실에는 잘 안 오고 양호실에만 처박혀 있던."

"아, 그 아이다."

뇌리에 그리운 얼굴이 또 하나 떠올랐다.

"그 녀석, 지금 고린보에서 'JOKE'라는 술집을 하고 있어."

"아이다가?"

그 무렵, 타인과 엮이는 것을 일체 거부하고 수업도 듣지 않던 아이다가 손님을 상대하는 장사를 하고 있다니, 놀라웠다.

"지금 그 가게로 마시러 갈 건데, 나중에 시간 되면 와."

준이치는 장소를 간단하게 설명해 주었다.

"갈 수 있을지 잘 모르겠다."

"괜찮아, 어느 쪽이든. 한가하면 들르라는 거지."

"알았어."

고개를 끄덕이면서 리리코는 준이치의 이마를 힐금 쳐다보았다. 준이치도 그 눈길을 바로 눈치챈 듯했다.

"설마, 아직도 그 일로 앙심을 품고 있는 건 아니겠지?"

준이치가 눈썹을 찡그리고 초등학생 시절의 말투로 말했다.

"앙심을 품고 있는 건, 그쪽 아닌가."

리리코는 입술을 비죽 내밀고 말을 되받았다.

"다음 날, 바로 사과했잖아."

그 옛날에 들러붙어 싸우다 이마를 다친 상대가 바로 준이치였다.

물론 앙심 따위는 품지 않았다. 다음 날, 이마에 반창고를 붙이고 나타난 준이치가 평소답지 않게 풀 죽은 표정으로 미안하다고 사과했을 때, 리리코는 그런 일이 있었다는 것조차 벌써 잊고 있었다. 바보, 하고 대답했던 기억이 있다. 그것은 리리코 나름의 화해였다.

준이치와 헤어져 집으로 향했다.

협소한 땅에 서 있는, 지은 지 오십 년이 넘은 집 한 채. 이 부근에서도 보기 드물게 낡은 집이다. 현관 등이 켜져 있지만, 할머니와 엄마가 가게에 나가고 없다는 것은 알고 있다. 키홀더에서 열쇠를 꺼내 현관문을 열었다.

"다녀왔어요."

그렇게 인사하자, 대답 대신 푸근한 냄새가 맞아 주었다.

1층에는 부엌과 세면실, 다실, 그리고 할머니의 방이 있다. 2층에는 엄마의 나나비방과 리리코와 유키오가 함께 사용했던 큰 다다미방. 할머니는 꼼꼼한 성격이라서 늘 집 안이 반들반들하다. 어렸을 때는 하얀 벽에 서양집 같은 친구들의 집이 부러웠지만, 지금은 이렇게 돌아올 때마다 차분하고 해묵은 좋은 집이라고 느낀다.

부엌 테이블에 메모지가 놓여 있었다.

'저녁 먹으러 가게로 와.'

메모지를 손에 쥐고 2층으로 올라갔다. 책상도 책꽂이도 서랍장도 옛날 그대로다. 리리코는 짐을 내려놓고, 의자에 앉아 숨을 후 내쉬었다.

고향에 돌아오면 조금 쓸쓸해지는 것은 어째서일까. 이 방에서 살았던 자신과 나이가 점점 벌어지고 있다는 것을 실감하기 때문일까. 다만 그 쓸쓸함이 쓸쓸하지는 않다. 그렇게 느끼는 자신에게 어딘지 모르게 안도하는 마음도 있다.

휴대전화가 울렸다. 유키오였다.

"조금 전에 가나자와 역에 도착해서 지금 택시 타고 가고 있어. 다행히 일이 좀 일찍 정리돼서 빨리 왔지."

"저녁은 가게에서 먹으래."

"그럼, 그쪽으로 바로 갈게."

벽장을 열었다. 이불 위에 새 커버가 얹혀 있었다. 어젯밤에 엄마가 준비해 놓았을 것이다. 이런 일에도, 가슴이 살짝 뜨끈해진다.

짐을 풀고 1층으로 내려가, 걸어서 십 분 정도 걸리는 '다카히사'로 향했다.

아직 열려 있지 않은 가게 문에 '오늘은 개인 사정으로 일곱 시 반에 개점'이라고 쓰인 종이가 붙어 있었다. 굳이 개점 시간을 늦출 필요는 없는데, 하고 생각하면서 문을 열자 유키오가 먼저 와 있었다.

카운터 안쪽에서 할머니와 엄마가 흐뭇하게 웃으면서 말했다.

"어서 오너라."

"응, 왔어."

왠지 모르게 쑥스러운 기분으로 리리코는 유키오 옆에 앉았다. 열 명 정도가 앉을 수 있는 L자형 카운터뿐인 조그만 가게다.

일곱 시 반에 문을 연다고 써붙여 놓았는데, 저쪽 끝에 손님 둘이 앉아 있었다. 한쪽은 백발의 노신사, 다른 한쪽은 중년의 가무잡잡한 남자다. 눈길이 마주쳐, 리리코는 가볍게 고개를 숙였다.

"그래, 잘들 지냈니?"

"일이 많이 바쁘지?"

"유키오는 좀 마른 깃 같네."

"리리코는 이제 좀 여자답게 하고 다닐 수 없니."

가나자와에서 나는 채소 조림과 가자미 소금구이, 두부와 장아찌가 담긴 접시를 카운터에 늘어놓으면서 할머니와 엄마가 둘에게 질문을 던진다.

웅, 잘 지냈어.

그저 그래.

그렇지도 않아.

치, 잘 안 어울리는데 어쩌라고.

오물오물 먹으면서 둘은 대답한다.

할머니는 짧게 자른 흰머리와 깊은 초록색 기모노 위에 앞치마, 엄마는 상큼하게 틀어 올린 머리와 짙은 남색 기모노 위에 역시 앞치마를 두른 차림이다. 마음씨가 넉넉한 할머니와 느긋한 구석이 있는 엄마는 좋은 콤비였다.

"이 조림, 맛있네. 특히 연근이 최고야."

리리코가 말하자, 엄마의 얼굴에 미소가 번졌다.

"그래, 맛있지. 이 채소들은 전부 저쪽에 계신 야마자키 씨네서 들여온 거야. 채소가 얼마나 신선하고 깔끔한지 몰라."

엄마의 말에 둘은 새삼스럽게 그쪽으로 얼굴을 돌렸다.

"안녕하세요. 채소들이 정말 맛있네요."

리리코가 인사하자, 햇볕에 그은 가무잡잡한 남자 쪽이 쑥스러운 듯이 "뭘요 ……" 하고는 희미하게 고개를 끄덕였다.

"그릇도 바꿨네. 이거, 굉장히 비싼 거 아니야?"

유키오의 말에 이번에는 할머니가 만족스러운 표정으로 고개를 끄덕거렸다.

"그렇다마다. 이건 말이지, 저쪽에 계신 사와키 씨 가게에서 취급하는 걸, 아주 헐값에 넘겨받았어."

리리코와 유키오는 또 그쪽으로 얼굴을 돌렸다.

백발의 노신사가 정중한 태도로 중얼거렸다.

"마음에 드신다니 다행입니다."

"정말 멋지네요. 이렇게 좋은 그릇에 담아 먹으니, 음식 맛도 한결 좋아요."

우등생답게 유키오는 예의 바르게 대답한다.

가게 문을 아직 열지도 않았는데, 저 두 손님은 어떻게 여기 있는 것일까. 동행이라고 보기에는 두 사람끼리 전혀 말을 나누지 않는다. 음식도 주문하지 않고, 두 사람 다 차를 마시고 있는 모습도 어째 좀 부자연스럽다.

"그럼, 저는 이만."

리리코의 의문을 꿰뚫어 본 듯이 사와키가 말했다. 그를 뒤따르듯 야마자키도 자리에서 일어섰다.

"그럼, 저도."

"이렇게 와 주셔서 감사합니다."

"또 오세요."

할머니와 엄마는 미리 그렇게 정해져 있었던 것처럼 두말 않고 머리를 숙였다. 두 사람은 그 말을 뒤로 하고 가게에서 나갔다.

리리코와 유키오는 식사를 끝내고 만족스러워하면서 진한 녹차를 마셨다. 늘 외식을 하거나 편의점 도시락으로 때우는 일이 많은데, 오랜만에 제대로 된 음식을 먹은 기분이었다.

"그래서 할 얘기가 뭔데?"

두 손으로 찻잔을 감싸 쥐고 리리코가 물었다.

"아, 그게 말이지."

엄마가 곤혹스러운 표정으로 할머니를 쳐다보았다.

"참, 사쿠라모치 있는데 먹으런?"

할머니가 말을 따돌리듯이 대답한다.

"무슨 얘긴데 그래?"

유키오가 다시 물었다.

"얘야, 너부터 말해라."

할머니가 엄마를 채근하듯이 팔꿈치로 쿡쿡 옆구리를 찔렀다.

"아이참, 어머니부터 말해야죠."

엄마가 또 딴청을 부린다.

"참 내, 뭔데 그래. 빨리 말해."

리리코의 재촉에 엄마는 겨우 마음을 다졌다는 듯이 기모노 옷깃을 여몄다.

"그게 말이지."

그리고 약간 흥분한 목소리로 말을 꺼냈다.

"실은, 할머니와 엄마가 둘 다 결혼하기로 했어."

"뭐, 뭐라고?"

리리코는 그만 소리를 지르고 말았다.

"대체 누구랑?"

유키오도 몸을 앞으로 내밀고 물었다.

"조금 전에 여기 계셨던 야마자키 씨와 사와키 씨. 일단 얼굴이라도 먼저 보여 주자 싶어서."

너무도 갑작스러운 선언에 리리코와 유키오는 눈조차 깜박이지 못하고 두 사람을 마냥 올려다보았다.

둘이 어리둥절하고 있는 사이, 문이 빼꼼 열리면서 손님이 고개를 들이밀었다.

"이제 들어가도 되려나?"

"네, 어서들 와요."

엄마는 옳다구나 싶은 표정으로 친절하게 손님을 맞았다. 들어온 손님은 둘 다 여자였다. 유키오와 리리코의 얼굴을 보더니 호들갑을 떨었다.

"어머머머, 이게 누구야! 둘 다 왔네."

"아유, 오랜만이다."

"안녕하세요."

"오랜만에 뵙네요."

어렸을 때부터 얼굴을 잘 아는 게이샤 언니들이었다. 오늘 밤에는 화려한 기모노 차림이 아니다. 청바지에 스웨터를 입은 평범한 모습에 얼굴에도 화장기가 거의 없다. 이런 때는 절대 게이샤 같지 않다.

"열심히들 일하고 있다면서. 유키오는 이름 있는 회사에 다니고, 리리코는 작가가 됐고. 정말 자랑스럽다."

리리코가 얼른 고개를 옆으로 젓는다.

"유키오는 그렇지만, 저는 아니에요."

"뭘 그래. 뭐라고 했더라, 무슨 신인 작가 공모전에서 상을 받았다면서. 그럼 어엿한 작가지."

"아니라니까요. 이제 겨우 초짜 새내기예요."

"저도 똑같아요. 일을 열심히는 하고 있지만, 아직 혼자서는 아무것도 결정할 수 없는걸요."

리리코와 유키오는 가즈에마치 게이샤 언니들의 예쁨을 받으며 자랐다. 어른들만 있는 세계에서 남녀관계나 금전과 무관한 존재였으니, 마음의 은신처 같은 의미가 있었는지도 모르겠다. 그렇기에 더욱이 자신들을 향한 기대가 성가실 때도 있었지만, 그 기대는 사실 친근함과 동의어였다.

언니들이 맥주를 주문하자, 엄마가 카운터에 맥주를 내놓았다.

"오늘은 일 없어?"

"금요일인데 전통찻집 거리에는 파리만 날리네. 놀아도 젊은 여자가 있는 가타마치나 고린보 쪽 가게에서 노는 게 재미있겠지 뭐."

어느 업계나 후계자가 부족한 것은 마찬가지인 듯하다. 가즈에마치의 게이샤들도 나잇대가 점점 높아지고 있다. 언니들의 나이도 벌써 마흔이 넘었다. 그런데다 불경기다. 동네에 관광객

들의 모습이 더러 보이기는 하지만, 이름 있는 전통찻집에서는 지금도 처음 오는 손님은 거절한다. 게다가 가령 손님을 받았다고 해도 게이샤까지 불러 판을 벌이는 사람은 거의 없다. 전에는 흐르는 강물 소리만큼이나 동네에 녹아 있던 샤미센과 북, 피리 소리가 요즘은 뚝 끊기고 말았다.

"지금은 그저 참고 견뎌야 하는 때지."

할머니가 어쩔 수 없다는 식으로 대답한다.

얘기가 신세타령으로 번진 탓에 유키오와 리리코는 얼굴을 마주보고는 자리에서 일어났다.

"그럼, 저희는."

"왜, 벌써 가는 거야?"

게이샤 언니들이 아쉽다는 표정을 짓는다.

"네, 천천히 있다 가세요."

"그래, 그럼 또 봐."

네 여자의 배웅을 받으며 둘은 밖으로 나갔다.

낮에는 봄의 온기로 가득한데, 밤이 되자 바람이 아직 싸늘하다. 우타쓰 산에서 바람을 타고 내려온 숲의 냄새가 둘의 머리카락을 적셨다.

유키오만 그런 게 아니라 리리코도 느긋하게 얘기를 나누고 싶은 심정이었던 것 같다. 어느 쪽이 그러자고 한 것도 아닌데 둘은 아사노 강 대교를 건너 강가로 내려가 둔치에 앉았다. 벚꽃은 한창 필 때가 지났지만, 상류에서 떨어진 꽃잎이 거리의 불빛을 받아 보얗게 빛나면서 흘러간다.

"설마, 결혼 얘기를 할 줄은 몰랐네."

리리코가 강물을 바라보면서 중얼거렸다.

"정말이지, 너무 놀라서 ……."

유키오도 한숨을 쉬면서 대답한다.

"리리코 너는 반대니? 아니면 찬성?"

리리코가 어린애처럼 무릎을 껴안고, 그 무릎에 턱을 올려놓았다.

"반대할 마음은 조금도 없어. 할머니랑 엄마가 좋다면 그걸로 된 거잖아. 언니는?"

"나도 그래. 그냥 놀랐을 뿐이지. 엄마도 이제 곧 쉰이잖아. 할머니는 일흔이고. 그 나이에 결혼을 하게 될 줄 누가 상상이나 했겠어. 지금이 가장 마음 편하고 쾌적할 때라고만 여겼지."

아사노 강 대교 위로 쉴 새 없이 지나가는 자동차의 헤드라이트가 물결에 부딪쳐 찰랑찰랑 흔들린다.

"역시 불안했나 보네. 딸이 둘이나 있는데 고향을 떠나 멋대로 살고 있으니."

"이 결혼, 우리 탓도 있는 걸까."

유키오의 말에 답하는 리리코의 목소리가 조금 그늘졌다.

"없다고는 할 수 없겠지. 하지만 안정을 위해서 결혼을 결심하진 않았을 거야. 두 사람 성격에 있을 수 없는 일이잖아. 그리고 그 기뻐하는 표정, 거짓이 아니었어."

유키오는 고개를 끄덕이면서 슬며시 웃었다.

"그러게. 그런 두 사람 모습은 처음 봐. 여고생처럼 수줍어하고."

"요즘 여고생들보다 훨씬 순진하지."

"할머니와 엄마가 백발의 노신사와 까맣게 탄 아저씨를 사랑하고 있다니."

유키오는 그렇게 말하면서 리리코 쪽으로 얼굴을 돌렸다.

"그래, 그런 거겠지."

"사랑이라니, 좀 어이가 없네."

섹스도 할까.

문득, 유키오는 생각했다. 그러고는 얼른 고개를 내저었다. 할머니와 엄마의 그런 모습을 상상하자 마음이 영 불편했다. 한없이 부끄럽고, 한없이 곤혹스럽다. 좀 더 정확하게 말하면, 생각할 수도 없는 일이었다.

그런 유키오를 보면서 리리코가 피식 웃었다.

"지금 우리, 같은 생각 했나 보다."

"그러니?"

"그렇지. 생각하면 안 되겠지만."

유키오는 나가미네를 떠올렸다.

연애와 섹스는 불가분이다. 남자와 여자 사이에는 당연히 있는 일이다. 하지만 연애와 섹스를 당연한 것으로 연결 지으면 더는 눈에 보이지 않는 일도 있는 것 같다. 오직 섹스를 위해서만 침대에 들어간 적도 있었다. 침대에 들어가기 위해 연애를 빌미로 삼은 적도 있었다. 연애와 섹스가 언제나 같은 장소에 있지 않다는 것쯤은 진즉부터 알고 있다.

"그런데 유키오 언니는 지금 좋아하는 사람 있어?"

리리코가 그런 질문을 하는 것도 좀처럼 드문 일이다.

"아쉽게도 없네요. 리리코는 어떤데?"

"전혀 없어."

"카메라맨과 사귀는 거 아니었어?"

"그것도 오래전 일이지. 지금은 그냥 친구야. 뭐랄까, 요즘은 연애를 어떻게 하는 건지조차 잊어버린 것 같아. 기분이 영 달아오르지 않는다고 할까, 귀찮음이 앞선다고 할까."

"연애가 사실 귀찮은 건데 어쩌겠어."

"귀찮은 일을 하나 둘 배제하는데도 사는 게 조금도 편해지지 않는 건 왤까."

유키오가 잠시 생각에 잠겼다.

"하긴 그렇기도 하네."

"연애가 없으면, 그긴 또 하루하루가 멋대가리 없고."

"연애고 뭐고, 난 요즘 해야 할 일이 여러 가지로 너무 많아서 그것만으로도 벅차."

"일?"

"그래, 일."

"하긴 언니는 일을 좋아하니까."

"일이라서 좋아하는 게 아니라 재미있으니까 좋아하는 거야. 리리코 너도 그렇잖아."

"그렇긴 하지."

유키오가 가슴을 쫙 펴고 자잘한 별이 빛나는 하늘을 올려다보았다.

"아무튼 딸 둘은 이렇게 연애에서 멀어지고 있는데, 엄마랑 할머니는 연애도 번듯하게 하고 결혼도 한단 말이지."

"그렇게 나이가 들어서도 연애, 결혼 모두 할 수 있다는 걸 알았으니, 어떤 의미에서는 안심이지 뭐."

얘기를 그렇게 마무리 지은 둘은 그저 웃는 수밖에 없었다.

강가에 한 시간 남짓 앉아 있었더니 몸이 싸늘하게 식었다. 슬슬 돌아가자 싶어 일어섰는데, 리리코가 불쑥 말을 꺼냈다.

"아 참, 우리 잠깐 한잔하고 가지 않을래?"

"갑자기 왜?"

"아까 길거리에서 준이치를 우연히 만났어. 지금 마시고 있을 거야. 술집이 어디 있는지 가르쳐 줬거든."

"글쎄."

오랜만에 세마 준이치라는 이름을 듣자, 유키오는 그리움과 함께 옛날에 그를 향했던 자신의 분노에 가까운 감정이 떠올랐다. 준이치와는 초등학교부터 고등학교까지 같은 학교를 다녔다. 반이 달랐던 적도 있었지만, 언뜻 돌아보면 언제나 그 모습이 눈가에 비쳤다.

"지금 가나자와에 있대, 준이치. 다니던 회사에서 해고당했다던데."

"정말?"

유키오는 놀라서 얼굴을 들었다.

"그러게 말이야, 세상 참 알 수가 있어야지. 그 우수한 세마 준이치가."

같은 고등학교에 진학한 후에도 유키오와 준이치는 언제나 성적을 다퉜다. 목표는 준이치를 앞서는 것. 모두가 그 둘을 라이벌이라 여겼다. 유키오도 그렇다고 인정했다. 지고 싶지 않았다. 그러나 결과적으로 대학은 준이치가 더 좋은 곳에 갔다. 직장도 대기업이라고 들었다.

"그 술집이라는 곳이, 왜 중학교 다닐 때 만날 양호실에 틀어박혀 지내던 애 있었잖아, 아이다라고. 그 친구가 하는 곳이래."

"뭐, 그 아이다가?"

온통 놀랄 일뿐이다. 역시 십 년이라는 세월을 한마디로 말하기는 어려운 모양이다.

"조금 관심이 생겼지? 가자."

그렇게 말하나 싶더니 리리코는 벌써 강가에서 큰길로 뛰어올라가 택시를 잡고 있었다.

술집은 고린보 뒷길의 낡은 주상복합건물 지하 1층에 있었다. 문에 'JOKE'라고 쓰여 있다. 문을 밀자, 길쭉한 카운터가 보이고 안쪽 끝에서 준이치가 손을 들었다.

"와우, 역시 왔군."

그렇게 편히 말하더니, 유키오의 모습을 보자 표정이 약간 굳었다.

"어, 유키오도 왔네."

"미안하게 됐어. 나까지 와서."

준이치 옆에 리리코가 앉고 리리코 옆에 유키오가 앉았다.

리리코가 양쪽을 번갈아 보며 질렸다는 표정을 짓는다.

"너희들, 아직도 라이벌인 거니?"

십 년 만에 보는 준이치는 조금 말랐고, 조금 어른스러웠다. 그 무렵 그렇게 강했던 자의식, 어떤 의미의 오만함이 얼굴에 잘 드러나지 않는 것은 지금 놓여 있는 처지의 영향일까.

오랜만이다, 하는 소리가 카운터 너머에서 들려 유키오는 고개를 들었다. 그 사람이 그 옛날의 아이다라는 것을 금방은 알아보지 못했다. 여릿여릿하고 선병질이라는 인상밖에 없었는데, 눈앞에 서 있는 아이다는 준이치와 반대로 표정에서 듬직함이 엿보였다.

"깜짝 놀랐네. 왜 이렇게 많이 변한 거야."

감탄스럽다는 듯이 유키오가 말했다.

"그런 말 듣는 게 좋아서."

아이다는 얼굴이 구깃구깃해지도록 환하게 웃었다. 어쩌면 이렇게 웃는 아이다는 처음 보는지도 모르겠다.

아무튼 넷이 재회를 축하하며 건배했다. 준이치와 아이다는 벌써 술기운이 돌아 신나게 대화를 주고받았다. 준이치는 자조적이지 않을 정도로 해고당한 설움을 한탄해, 좀처럼 궤도에 오르지 못하고 있는 리리코와 죽이 맞았다. 아이다는 고등학교를 중퇴하고 여행길에 올라 방랑했던 얘기를 풀어 놓았다. 그 여행이 마음을 닫는 방법이 아니면 자기를 표현할 수 없었던 자신을 해방하는 계기가 되었다고 한다.

삼 년쯤 전 세계 여기저기를 돌아다니다 잠시 가나자와로 돌아와 아르바이트를 해서 돈을 모으면 다시 여행길에 오를 작정이었는데, 계획이 크게 빗나가고 말았다.

"그러니까 사랑에 빠졌단 소리지."

준이치가 놀리듯이 말했다.

"그런 거야?"

아이다는 머리를 긁적거린다.

"뭐랄까, 여행보다 나를 더 강하게 붙잡는 존재가 있었어."

"아이다는 이래 봬도 지금 두 아이의 아빠야. 부인은 한 살 위. 정말 대단하다니까."

"자식, 속으로는 아줌마랑 결혼했다고 생각하는 거지?"

위스키 칵테일을 만들면서 아이다는 눈을 치뜨고 준이치를 보았다.

"좀 그렇기도 하지. 솔직히 후회되지 않아? 역시 젊은 여자가 좋다고 말이야."

"아니, 전혀. 나는 언제나 우리 마누라가 후회하지는 않을까 걱정이라고. 나 같은 철부지와 결혼해서 말이야."

"팔불출이 따로 없네."

준이치는 웃었지만, 유키오 가슴에는 따뜻한 온기가 퍼졌다.

이렇게 넌지시 사랑을 얘기할 수 있는 것은 아이다에게 부인과 두 아이가 흔들림 없는 존재이기 때문이리라. 사랑은 귀찮은 것이라 생각하고 있었지만, 이렇게 눈앞에 쏙 내밀면 역시 부러워진다.

"그래서, 준이치는 여기서 무슨 일 하는데?"

유키오가 아이다가 내민 잔을 받아들면서 물었다.

"음, 간간이 아르바이트하는 정도야."

그렇게 질문을 비켜 가는 태도가 거슬려, 유키오는 다소 비아냥을 섞어 말했다.

"준이치네는 부자라서 좋겠다. 아르바이트나 하면서 도련님 행세라니."

실제로 준이치의 아버지는 다양한 사업을 벌이고 있다. 직원이 이백 명 가까이 되는 건축 사무소 외에도 임대 빌딩을 몇 채나 소유하고 있고, 부동산 사업에도 손을 대고 있다. 그러니 해고를 당했다고 해서 생활에 쪼들릴 일은 없다.

"넌 예나 지금이나 변함없구나. 여전히 성격이 삐딱해."

준이치가 조금 딱딱한 목소리로 말했다.

"치, 사실이 그렇잖아."

"만사를 부잣집 도련님이라고 치부하지 마. 그래, 우리 집 부자 맞아. 하지만 그건 내가 아니라 부모가 그런 거잖아. 그렇게 단순한 발상을 편견이라고 하는 거야. 어린애 같다는 말밖에 안 나온다."

유키오는 울컥해서 준이치의 말을 되받았다.

"어린애 같은 건 그쪽이지. 나이는 먹을 대로 먹어서 제대로 된 직장 하나 없이 부모님에게 빌붙어 사는 주제에 그런 말을 할 자격이나 있나."

"직장이 없으면 자기 의견도 말할 수 없는 건가. 돈 없는 사람은 그저 입 다물고 있으라는 뜻이야, 너?"

"저 말이지, 한마디만 하자. 그 너란 소리 좀 하지 마."

말투가 완전히 고등학교 시절로 돌아가고 말았다. 이렇게 준이치와 몇 번이나 말다툼을 벌였던가.

"전부터 생각했는데 언니랑 준이치, 정말 닮았다."

리리코가 위스키 칵테일을 한 모금 머금고는 한숨과 함께 중얼거렸다.

"뭐? 나랑 준이치가? 말도 안 돼."

유키오는 분명하게 항의했다.

"열을 올리는 포인트가 똑같은걸 뭐. 나는 아무렇지도 않게 생각하는 일에 금방 반응하잖아."

유키오는 말이 궁해졌다. 과연 그런 구석이 있는지도 모르겠다. 준이치는 어렸을 때부터 유키오의 가슴에 뜨거운 돌을 던지는 골치 아픈 존재였다. 그래서 지지 않으려고 유키오도 돌을 던졌다. 십 년 만에 만나도 그 점은 달라지지 않는다.

준이치가 일어나 화장실에 가자, 아이다가 카운터 너머로 몸을 약간 내밀었다.

"저 말이지, 준이치 저 녀석, 말은 그렇게 하지만 지금 꽤 열심히 하고 있어."

"뭘 어떻게 열심히 하고 있다는 건데?"

"지금 가드닝 가게에서 아르바이트하고 있는데, 매일 흙투성이야. 지금까지 엘리트 코스만 밟았던 사람이 그 정도면 잘하고 있다고 생각해. 그러니까 조금은 높이 평가해 줘도 좋지 않겠어?"

그 말에 유키오는 한층 더 오기가 났다.

"그건 누구나 다 마찬가지야. 실제로 흙투성이는 아닐지 몰라도, 언제나 만신창이가 되도록 일하고 있다고. 준이치만 그런 게 아니잖아."

자기 말에 조금도 설득력이 없다는 것을 유키오 자신도 느꼈다. 사실 속으로는 놀랐다. 그 준이치가, 하고. 하지만 바뀌거나 말거나, 준이치가 화가 치미는 존재인 것은 변함없었다.

대역

리리코 ❋

도쿄로 돌아오자 얼마 후, 프로듀서인 시나다에게서 연락이 왔다.

"드라마 작가의 어시스턴트로 일해 볼 생각 있어?"

"할게요."

리리코는 바로 대답했다.

드라마에 관계된 일이라면 어떤 일이든 하고 싶다. 잡일이든 커피 심부름이든 상관하지 않는다. 지금보다 틀림없이 가능성이 넓어질 것이다. 하물며 요즘은 대필 작가 일거리마저 줄어들어 호스티스 아르바이트만 가지고는 불안한 상황이었다. 구세주가 따로 없다.

"그래, 잘됐군."

"그런데 드라마 작가가 누구죠?"

"곤노 유리야."

설마 그 이름이 등장할 줄은 상상도 못했다.

"실은 이번 두 시간짜리 드라마가 끝나면 바로 스페셜 기획물 연속 드라마를 맡기로 결정됐거든. 프라임 타임은 아니지만, 그래도 삼십 분짜리가 한 달 동안 16회 나갈 거야. 그밖에도 잡지 연재다 인터뷰다 일이 많잖아. 사무적인 거야 어머니가 알아서 다 해 주는 것 같은데 지금은 자료를 수집하는 것도 힘들 정도로 바쁜가 봐."

"그렇군요 ……."

리리코의 목소리 뉘앙스에 시나다가 피식 웃었다.

"역시 거부감이 있는 건가?"

"아니요 ……."

"돈은 꽤 줄 거야."

그거야 아주 고마운 일이지만, 돈만으로는 툭 털어 버릴 수 없는 감정도 있다.

"리리코 기분을 이해 못하는 건 아니야. 같은 공모전에서 상을 받은 사람인 데다 나이도 어리고. 속내야, 라이벌을 거들고 싶지 않겠지."

라이벌이라는 표현을 사용한 것은 시나다의 배려인 셈이다.

지금 한창 주목을 끌면서 활약하고 있는 곤노 유리와 아직 일다운 일을 한 번도 하지 못한 리리코는 입장이 전혀 다르다.

"곤노 씨와 저를 비교하시면 안 되죠."

분하고 한심하지만, 그 점은 인정하지 않을 수 없다.

"내키지 않으면, 다른 사람을 찾아봐도 난 상관없어."

유리의 얼굴이 떠오른다. 그것만으로도 울적해진다.

거절하자, 하고 생각했다. 그런데 동시에 이런 자신에게 그래도 관심을 보여주는 사람은 시나다뿐이라는 사실에 생각이 미쳤다. 이러다 시나다 라인마저 잃게 되면 점점 더 길이 좁아진다.

"아직 시간이 좀 있으니까, 잘 생각해 보고 연락 줘."

"죄송하네요. 전화 주셔서 고맙습니다."

전화를 끊고서 리리코는 한참이나 멍하니 있었다.

이 일에, 아니 뭔가를 새롭게 만들어 내는 일에 나이 따위는 아무런 의미가 없다. 문제는 힘이다. 힘만 있으면 아무리 어려도 인정받을 수 있고, 힘이 없으면 아무리 오랜 세월 각고의 노력을 했어도 사라질 뿐이다.

솔직히 말하면, 곤노 유리의 어시스턴트 따위는 하고 싶지 않았다.

삼 년 전, 드라마 작가 신인상 수상식에서 처음 얼굴을 마주했을 때 일을 지금도 똑똑하게 기억하고 있다. 곤노 유리는 젊고 예쁘고 화사했다. 동시에 그에 걸맞은 오만함도 지니고 있었다. 리리코가 인사를 하는데도 쳐다보기는커녕 싹 무시했다. 깔보고 있다는 것을 역력하게 느낄 수 있었다. 밸이 꼴린 탓도 있겠지만, 그녀에게는 좋은 인상을 하나도 받지 못했다.

하지만 이 제안을 거절한다고 해서 무슨 좋은 일이 있을까. 자신의 미미한 자존심이 채워질 뿐이다. 기회의 실마리가 될 수 있다면, 그게 어떤 일이든 마땅히 잡아야 하지 않을까. 아니면 어떤 경우에도 자신의 솔직한 심정을 최우선으로 해야 할까.

전에는 이런 일로 주저하지 않았다. 한 번 결정하면, 그것이 아무리 어리석은 선택일지라도 다음 순간에는 벌써 달리고 있었다. 실패와 좌절은 떠올릴 틈조차 없었다. 유키오는 그런 리리코를 무모하다면서 늘 어이없어했다. 그렇다, 이전의 자신 같았으면 그 자리에서 딱 잘라 거절했을 것이다.

지금의 이 망설임이 할머니와 엄마의 결혼과 전혀 무관하다고는 할 수 없을 듯한 기분이었다.

알게 모르게, 할머니와 엄마가 있어 준 덕분에 열심히 분발하지 않았나 싶다. 돌아가면 언제든 푸근하게 쉴 수 있는 장소가 있다는 것도 안도감으로 이어졌다. 물론 그런 요인을 마지막 보루로 삼을 생각은 없다. 하지만 마음 기댈 마지막 언덕이었던 것은 사실이다. 그런데 할머니와 엄마가 이제 결혼을 한다. 결혼한 다고 해서 인연이 끊기는 것은 아니지만, 이제 더는 리리코와 유키오만의 할머니와 엄마가 아니다. 그런 불안이 망설임을 부추기는 것인지도 모른다.

그때, 머리에 떠오른 사람은 구라키였다.

구라키라면 납득할 수 있는 대답을 줄지도 모른다.

주말, 나카메구로에 있는 선술집에서 구라키와 만났다.

두 달 만의 만남이다.

늘 그렇지만, 만나면 가슴속이 찌릿찌릿 동요한다. 눈앞에 있는 이 남자와 과거에 연애를 했다. 그런데 지금은 그런 쑥스러운 일은 전혀 없었던 것처럼 테이블 이쪽과 저쪽에 앉아 마주하고 있다. 그 격차에 아직도 완전히 익숙해지지는 못했다.

그래서 그만 마시는 속도가 빨라지고 만다. 우선은 생맥주로 건배를 하고, 메뉴판을 펼쳐 안주를 몇 가지 고르고, 그 안주가 나오기도 전에 벌써 리리코는 차가운 정종으로 주종을 바꾸고, 구라키는 소주를 주문한다. 마침내 머릿속에 따끈한 막 같은 취기가 퍼지면 그제야 겨우 안심한다.

한참이나 두서없는 대화를 나누다가, 구라키가 의자 등받이에 느긋하게 기댔다.

"그래서, 무슨 일이 있는 건데?"

"무슨 일?"

"무슨 일이 있으니까 내게 연락을 했겠지."

구라키의 목소리는 언제나 평온하다. 짙은 속눈썹에 둘러싸인 외까풀 눈이 리리코를 향했다.

"음, 좀."

말을 흐리기는 했지만, 다음 순간에는 이미 얘기하고 있었다.

"그게 말이야, 같은 드라마 공모전에서 곤노 유리라는 애가 최우수상 받았던 거, 기억 나? 걔는 지금 잘 팔리는 드라마 작가야. 그런데 얼마 전에 걔 밑에서 어시스턴트로 일하지 않겠느냐는 제안이 들어왔어."

"흐음, 잘됐네."

구라키의 무심한 반응에 리리코는 슬쩍 화가 났다.

"참 쉽게도 말하네."

"어려울 거 없잖아."

"왜 내가 그런 애의 어시스턴트를 해야 하는 거냐고."

"싫어?"

"당연하지. 엄청 까칠하다고. 인상도 안 좋았고. 인간적으로 좋아할 수 없는 사람의 어시스턴트를 어떻게 하겠어? 이런 일은 공감할 수 있는 상대가 아니면 하기 힘들어. 너도 마음 맞지 않는 카메라맨과 싸우고 일 그만둔 적 있잖아. 그리고 걔가 쓴 대본, 시청률은 좋아도 뭔가 좀 아니라고. 나는 아무래도 끌리지가 않아."

리리코의 말에 술잔을 손에 든 채 구라키가 중얼거렸다.

"질투로군."

너무도 자연스럽게 말해서 리리코는 잘못 들었는지 알았다.

"지금 질투라고 했어?"

"어."

기분이 점점 싸해졌다.

"내가 걔를 질투하고 있다는 거야?"

"어, 그런 말이야."

구라키는 따끈한 물에 탄 소주를 담담하게 마셨다. 리리코는 테이블에 차가운 정종 잔을 탁 내려놓았다.

"기가 막혀서. 네가 그런 말을 할 줄은 정말 몰랐네."

"그럼, 어떤 말을 기대한 거지? 내가 리리코 말이라면 그저 '옳습니다' 하고 맞장구 칠 줄 알았어?"

리리코는 할 말을 잃었다. 술기운이 갑자기 싹 가셨다.

"인간적으로 좋아할 수 없다니, 그거 그냥 하는 말이잖아. 뭐가 좀 아니라는 거지? 끌리지 않는다고? 결국은 질투하는 상대 밑에서 일하고 싶지 않을 뿐이잖아."

"그렇지 않아."

강하게 부정하려고 했는데, 목소리가 잠겼다.

"질투는 상대와 대등해진 후에 하는 거야."

말 자체가 날카로운 칼날처럼 리리코의 목을 스쳤다.

"나는 그 일 꼭 해야 한다고 생각해. 어시스턴트로 일하면서 옆에서 똑똑하게 보고 와. 같은 때 같이 상을 받았는데, 왜 그녀는 성공했고 리리코는 지금도 죽을 쑤고 있는지 그 차이를 분명하게 느끼고 오라고."

그러나 인정할 수 없었다. 인정하고 나면 자신이 딛고 설 자리가 없어지고 만다. 리리코는 구라키를 똑바로 쳐다보았다.

"질투는 네가 하고 있잖아."

"뭐라고, 내가?"

"그래. 나를 질투하고 있잖아. 자기가 좌절하고 포기했다고, 내게도 패배를 인정하길 강요하지 마."

상처 입은 동물이 필사적으로 으르렁거리듯 리리코는 말했다. 이번에는 구라키가 아무 말이 없었다.

"나는 너랑 달라. 자신의 감정을 비틀면서까지 쉽고 편한 길을 선택하지 않아."

구라키의 시선이 리리코에게서 벗어나 자신의 손으로 떨어졌다. 왜 반박하지 않는 것일까. 왜 화를 내지 않는 것일까. 정말 화가 나는 것은 구라키가 상업 카메라맨의 꿈을 포기해서가 아니다. 지금까지도 그 일에 부담을 느끼기 때문이다.

"나 살게."

구라키가 천천히 얼굴을 들었다.

"맡지 않을 거야, 어시스턴트 일?"

"너와는 관계없는 일이잖아."

리리코는 지갑에서 천 엔짜리를 몇 장 꺼내 테이블에 탁 올려놓고 자리에서 일어섰다.

어시스턴트 일은 하지 않는다, 그렇게 마음먹고 구라키를 만난 것은 아니다. 사실은 망설이는 자신을 구라키가 설득해 줬으면 했다. 이런 식의 말을 듣고 싶었던 게 아니었다. 이렇게 난폭하게 밀어붙이는 듯한 말투에 고개를 끄덕일 리 없지 않은가.

리리코 나름 한껏 객기를 부렸다.

월요일이 되어 평소처럼 호스티스 아르바이트를 하러 나갔다.

클럽 문은 여섯 시에 열지만 손님이 북적거려 바빠지는 것은 여덟 시가 좀 지나서부터다. 리리코는 늘 옷을 빌려 입는다. 치마 길이가 유난히 짧거나 가슴이 푹 파인 옷들뿐이지만, 굳이 사자면 돈이 아깝다.

그 손님은 왔을 때 이미 꽤 취해 있었다. 몇 번이나 온 적이 있다. 나이는 삼십 대 중반. 젊은 나이에 이렇게 고급 클럽에 드나드는 것을 보면, 월급이 아주 세든지 돈이 많은 부류일 것이다.

남자는 호스티스들에 둘러싸여, 초점이 잘 맞지 않는 눈으로 끝에 앉아 있는 리리코의 얼굴을 바라보았다.

"너, 이름이 뭐였더라."

"가스미예요. 잘 부탁드립니다."

리리코는 웃는 얼굴로 가명을 댔다.

"전에 왔을 때부터 생각했는데 말이야, 어디서 본 적이 있는 것 같단 말이지."

리리코는 마담이 늘 주지하는 대로 애교 띤 미소를 머금었다.

"와, 감사합니다. 앞으로도 잘 부탁드릴게요."

옆에 앉아 있는 호스티스가 손님 무릎에 손을 올려놓았다.

"가스미 씨는 전에 배우로 연극 무대에 선 적도 있대요. 그러니까 그때 본 게 아닐까 싶네."

쓸데없는 소리를 한다.

손님이 고개를 갸웃했다.

"배우? 흐음. 나는 연극 같은 건 보러 간 적이 없는데. 어디였을까, 어디서 봤지."

"한 잔 더 만들게요."

리리코는 손님의 관심을 다른 곳으로 돌리려 술잔으로 손을 뻗었다.

그때 손님이 '앗!' 하면서 손뼉을 쳤다.

"맞다, 비디오야. 너, 비디오에 나온 적 있지?"

호스티스들의 눈길이 전부 리리코에게 쏠렸다. 리리코는 침착
하게 병을 기울여 위스키를 잔에 따랐다.

"글쎄요, 무슨 말씀인지."

"응, 틀림없이 너야. 그 쇄골 밑에 있는 점을 보니 기억이 났어.
주인공은 아니었지만 꽤 괜찮았거든. 열연이었지."

그렇게 말하면서 손님은 호기심 고스란히 드러나는 시선으로
리리코의 몸을 훑었다.

"음, 그래. 아주 똑똑히 기억이 나는군. 속이 훤히 보이는 스트
리퍼 의상도 잘 어울렸고 말이야. 젖꼭지가 희미하게 비쳤지. 가
슴이 꽤 크던데."

호스티스들이 당혹스러움과 호기심이 섞인 표정으로 리리코
를 쳐다본다.

"어떤 비디오였는데요?"

한 호스티스가 리리코가 아니라 손님에게 물었다.

"뻔하잖아."

손님의 입술 끝에 의미심장한 미소가 걸렸다.

"설마 성인 비디오 ……?"

"아니죠. 그건 그런 비디오가 아니에요."

리리코는 잔을 손님 앞에 내려놓고 최대한 온건하게 말했다. 그런데 손님은 리리코의 말투가 마음에 들지 않았는지, 갑자기 눈살을 찌푸렸다.

"뭐가 아니라는 거야? 내 눈엔 똑같아. 예술 작품도 아니고, 벌거벗어 놓고 이제 와 그렇게 포장하면 안 되지."

"……"

"그런 거 찍으면 얼마나 받지? 젖꼭지 보이면 더 받나? 본방 한 번 하는 건 어때? 어차피 돈 때문에 하는 거잖아."

"그런 게 아니라고 했잖아요."

리리코는 자기도 모르게 언성을 높였다. 이렇게 노골적이고 천박한 질문에 왜 대답을 해야 한다는 말인가.

손님이 불쾌하다는 표정으로 소파 등받이에 몸을 기댔다.

"뭐야, 지금 그 태도는. 지금 와서 그렇게 정색할 거면 성인 비디오 같은 걸 찍지 말았어야지."

그렇지 않다.

반박하려고 몸을 앞으로 내밀었는데, 다른 자리에 있던 마담이 불렀다.

"가스미 씨, 잠깐 나가서 담배 좀 사다 줘."

돌아보자, 마담의 생글거리는 그러나 두말하지 말라는 식의 강렬한 시선과 부딪쳤다.

"네."

리리코는 말을 삼키고 일어섰다. 그리고 등 뒤로 손님의 조롱기 섞인 목소리를 들으면서 담배를 사러 밖으로 나갔다.

긴자 거리는 사람들로 넘쳐났다.

극단을 그만둔 후, 아르바이트 삼아 한때 비디오 영화에 출연한 적이 있다. 거의 엑스트라에 가까웠다. 배역을 맡아도 대사는 두세 마디 정도였다.

그 무렵, 집세는 물론 드라마 작가 양성 학원의 학원비도 못 내고 있었다. 돈이 될 만한 일은 무엇이든 했다.

개런티가 꽤 센데, 어때?

그 말에 마음이 흔들렸다. 스트리퍼 역이라는 것도 알고 있었다. 당연히 위태위태한 꼴을 해야 한다. 시나리오를 읽어 보니 그런대로 나쁘지 않고, 배역의 심리도 이해할 수 있었다.

물론 그게 전부는 아니었다. 그 일을 하면 집세를 낼 수 있고, 학원에도 계속 다닐 수 있다는 계산이 머리에 있었다.

그러니까 손님이 한 말은 틀린 게 아니다. 그때 리리코는 정말 돈이 필요했다.

언젠가 이런 날이 올지도 모른다는 각오는 하고 있었다. 누군가 아는 사람의 눈에 띄는 일도 있을 것이다. 가령 할머니나 엄마, 유키오에게 알려진다 해도 어쩔 수 없다고 생각했다. 나중에 후회할 정도였다면 아무리 돈이 궁해도 절대 하지 않았다. 자신은 비디오에서 알몸을 드러냈지만, 더럽혀진 것은 아니다. 알몸으로 돈을 번 것이 아니라 일을 해 돈을 벌었다고 생각했다.

가게로 돌아오자 그 손님은 사라지고 없었다. 마담도 다른 호스티스들도 아무 말 하지 않았다. 그날은 평소대로 열한 시 반에 일을 끝내고 아파트로 돌아갔다.

그런데 다음 날, 점심때가 지나 마담에게서 전화가 왔다.

"우리 가게는 긴자에서도 나름 이름 있는 클럽이야. 그런데 성인 비디오에 나온 여자를 쓰면 남 듣기에도 별로 좋지 않고 가게 평판도 떨어지니까, 미안하지만 어제부로 그만둬야겠어."

담담한 말투였다.

"너에게 실망이 크네."

마담이 그렇게 생각한다면, 그렇게 생각하면 될 일이다.

"그러세요, 알겠습니다."

리리코도 담담하게 대답했다. 새삼스럽게 성인 비디오가 아니라고 변명할 마음도 없었다. 세상이 이런 건가 싶었다. 세상이 이런 거지 싶었다.

전화를 끊자마자 다시 수화기를 들었다. 결심에 앞서 상황이 움직이기 시작하는 경우도 있다.

"저, 시나다 씨세요? 전에 말씀하신 곤노 유리 어시스턴트 건, 꼭 하게 해 주세요. 부탁드릴게요."

❀ 유키오

유키오는 이제 와 재건축을 반대하고 나선 가와데 노인의 집을 하루가 멀다 하고 찾아갔지만, 늘 헛걸음이었다.

무슨 말로 어떻게 설명해도 아예 귀를 막고 있는 상황이다. 그 지독한 고집에 그만 노망이 든 게 아니냐고 욕지거리라도 한마디 뱉고 싶어진다.

주민들의 이사는 순조롭게 착착 진행되고 있고 철거 일정도 벌써 정해졌다. 상사는 무턱대고 하루빨리 노인을 설득하라고 재촉하고 있다. 지금까지도 여러 가지 문제가 있었지만 대개는 원만하게 해결되었다. 그런데 이번만은 말이 통하지 않는다. 유키오도 조금 초조해졌다.

한숨을 쉬면서 아파트 현관을 나오는데, 주민 자치회 부회장을 맡고 있는 오십 대 후반의 여자와 딱 마주쳤다.

"사모님, 안녕하세요."

유키오는 얼른 영업용 미소를 띠었다.

"어머나, 오랜만이네. 다들 이사 가서 아파트가 휑해졌어."

우편함의 이름도 거의 지워졌다.

"이사 가신 데는 어떠세요? 살기 편하신가요?"

"그게 좀 좁기는 하지만, 일 년만 참으면 되니까. 그 후에 쾌적한 생활이 기다리고 있다고 생각하면 참는 건 문제도 아니지, 뭐. 멋지게 지어 줘야 돼."

"네, 물론이죠. 안심하고 맡겨 주세요. 그런데 오늘은 무슨 일로?"

"근처 세탁소에다 세탁물을 맡겨 놓고 깜박했지 뭐야. 돌아가는 길에 그냥 들러 봤어. 여기 살 때는 낡고 불편해서 불평만 했는데, 이제 이 아파트도 없어진다 생각하니까 역시 좀 허전하더라고."

"그러시겠죠. 다른 분들도 이사할 때 그렇게 생각하시는 것 같았어요."

"그런데."

갑자기 여자가 목소리를 죽이고 유키오에게 한 걸음 다가섰다.

"소문을 듣자 하니, 2층 사는 가와데 씨가 지금 와서 안 된다고 고집 부리고 있다면서?"

"아니예요. …… 이사하시는 데 시간이 좀 걸릴 뿐인걸요."

유키오는 무난하게 대답했다.

"그런 거야? 가와데 씨, 여러 가지로 복잡했잖아. 난 또 그래서 인가 했지."

여자의 의미심장한 웃음에 유키오는 자기도 모르게 몸을 앞으로 쑥 내밀었다.

"무슨 일이 있었나요?"

"어머나, 몰라?"

"네."

유키오의 반응에 부인은 잘됐다는 듯이 눈썹을 찡긋했다.

"글쎄, 여자에게 차였지 뭐야."

무슨 소린지 금방은 의미를 알 수 없었다. 가와데 노인의 나이는 여든에 가깝다.

"반년 전인가, 아니지, 그보다 좀 오래되었을 거야. 가와데 씨 집에 여자가 수시로 들락거렸어. 삼십 대 중반쯤 되었으려나. 그렇게 미인은 아니었지만, 그래도 애교 있게 생겼더라고. 투자 관련해서 방문 판촉을 왔다가 엄청 사이가 좋아졌지. 거의 매일 얼굴을 보이고, 가끔은 자고 가는 일도 있는 것 같았으니까."

뭐라 대꾸하면 좋을지 몰라 유키오는 고개만 슬쩍 끄덕였다.

"그런 일이 있었군요 ……."

"나도 처음에는 설마설마 했지. 그렇잖아, 상대가 자식보다 나이가 어린데, 아무리 그래도 그렇지. 유키오 씨는 어떻게 생각해?"

고객의 프라이버시에 필요 이상 관여해서는 안 된다. 이쯤에서 얘기를 마무리 지어야 한다고 생각했지만, 여자는 끝없이 종알거렸다.

"아파트를 새로 지으면 둘이 같이 살 생각이었나 봐. 이웃에도 '다음 만날 때는 이인 가족입니다' 하고 당당하게 말했다고 하니까. 그런데 글쎄, 그 여자가 한두 달 전부터 영 모습이 보이지 않더라고."

"왜일까요?"

"그야 뻔하지 뭐. 사기 아니겠어, 사기. 혼자 사는 노인의 적적한 마음을 이용해서 돈을 뜯어내는 흔한 수법이잖아. 가와데 씨가 마침 그런 사기에 딱 걸린 거지. 이건 소문으로 들은 건데, 모아 놓은 돈이 꽤 많았는데 그걸 그 여자에게 쏟아부었다네. 그런데 그 꼴을 당했으니 아주 얼이 빠지지 않았겠냐고. 그러니까 지금 와서 반대한다고 난리를 부리는 거겠지."

회사로 돌아가기 위해 버스를 타고 가면서 유키오는 바짝바짝 애가 타는 기분으로 손잡이를 잡고 있었다.

가와데 노인은 십 년 전쯤 부인을 저세상으로 먼저 보내고 지금은 혼자 살고 있다. 아들 부부는 일 때문에 규슈에 살고 있다고 들었다.

만약 지금 들은 얘기가 전부 사실이고 돈까지 뜯겼다면, 아무리 연금이 보장돼 있고 재건축에 금전적인 부담은 없다 해도, 앞날을 생각하면 불안할 것이다.

아니, 그보다는 정신적인 타격이 더 클 것이다.

아닌 게 아니라 요즘 노인을 노린 범죄가 부쩍 증가하고 있다. 그 점에 대해서는 딱하고 안됐다고 생각한다. 분노마저 느낀다.

하지만 한편으로 이런 생각도 든다.

그 나이가 되어서도 여전히 욕정에 휘둘리는 걸까. 자식만큼이나 나이 차가 큰 여자에게도 연심을 품는 걸까.

사랑이 나이와는 아무 상관없다는 것쯤 이성적으로는 알고 있다. 실제로 가나자와의 할머니도 그 나이에 결혼을 한다고 한다. 그 결혼을 축복하는 마음에 거짓은 없다. 행복하게 살기를 진심으로 바란다. 리리코와 아사노 강가에서, 나이가 몇이 되든지 연애도 결혼도 할 수 있다는 사실에 힘을 얻었다는 얘기를 나눴을 정도다. 하지만 머릿속에는 다소의 껄끄러움이 남아 있었다. 그 껄끄러움이 어떤 성격의 것인지는 잘 설명할 수 없다. 다만 한숨이 절로 나오는 우울한 무엇임에는 틀림없었다.

그런데 지금, 확실하게 보인 것처럼 느껴진다.

사랑이나 연애 따위는 일정 나이가 되면 졸업할 수 있다고 생각했다. 더 이상은 필요치 않아지는 시기, 까맣게 잊게 되는 시기가 반드시 온다고 생각했다. 더 분명하게 말하면, 그렇게 되는 날이 온다는 사실에 기대는 마음도 있었다. 이제 사랑도 연애도 필요 없다. 없어도 외롭거나 불편함을 느끼지 않는다. 혼자서도 평온하게 지낼 수 있고, 그렇게 해서 자기라는 존재를 완성할 수도 있다. 하루빨리 그렇게 되고 싶었다. 어서 그날이 왔으면 좋겠다고 바랐다.

그런데, 역시 그렇지 않은 것 같다. 사람은 언제든 누군가를 원하고, 사랑하고, 기대고 싶어 하는 생물인 듯하다.

그 깨달음에 유키오는 낙담했다. 그렇다면 언제가 되어야 사랑과 연애라는 속박에서 벗어날 수 있는 것일까.

토요일 저녁, 바깥에는 아직 낮의 빛이 남아 있는데 유키오는 침대 안에 있었다.

땀에 젖은 자신의 몸과 같은 땀을 공유한 나가미네의 몸이 밀착해 있다.

아내에게는 휴일 출근이라고 거짓말을 하고 만나러 나온 나가미네와 늦은 점심을 먹은 후 아파트로 돌아와 침대로 들어갔다. 그리고 해야 할 것을 전부 해치운 후에도 침대에서 일어날 타이밍을 잡지 못해 멀거니 누워 있었다.

나가미네가 겨우 몸을 약간 움직였다.

"전부터 좀 궁금했는데."

"뭐가?"

"팔에 있는 흉터 말이야."

"아, 이거 ……."

유키오는 천천히 왼팔을 들어올렸다. 팔꿈치 안쪽에 7센티미터 정도로 불긋불긋 살이 일그러진 흉터가 있다. 피부색이 하얀 탓에 다른 사람 눈에는 한층 안쓰럽게 비칠 것이다.

"왜? 신경 쓰여?"

언젠가 물어볼 줄은 알고 있었다.

"그런 건 아닌데, 좀 위험했겠다 싶어서."

유키오는 손가락 끝으로 흉터를 더듬었다.

"좀 그렇지."

"동맥도 지나고 있고."

과거가 순간적으로 되살아났다.

"응, 소스라칠 만큼 피가 많이 나왔어. 그야말로 쏟아졌다는 느낌. 그때 입고 있던 하얀 블라우스가 순식간에 빨갛게 물들었으니까."

나가미네는 말이 없었다. 유키오의 말투가 마치 남 얘기를 하듯 담담해서 당황한 것 같기도 했다.

유키오는 후훗 웃었다.

"혹시 지금 이상한 상상 한 거야?"

"아니 ……."

후후훗, 웃으면서 유키오는 숨을 한 번 내쉬었다.

"아쉽네. 사연 있는 흉터가 아니라서."

"안다니까."

"자재 현장에 견학하러 갔다가 실수로 목재 절단기를 건드렸어. 나중에 주의력이 없다고 상사에게 얼마나 혼이 났는지."

"그랬군."

"드라마틱하지 않아서 실망이야?"

"그런 일이겠거니 했어. 당신은 침착한 것 같아 보여도, 어수선하게 구는 면도 있으니까. 나야 그 점이 좋기도 하지만."

유키오는 흐뭇해졌다.

약점을 감춰 주는 언변은 여자를 기분 좋게 한다. 나가미네는 그렇게 믿고 있다. 절대 비아냥거리는 것이 아니다. 정말 선량한 사람이라고 생각한다.

처자식이 있으면서 다른 여자에게 푹 빠져 있지만, 결국은 거기까지다. 무모한 계획이나 약속을 내비치는 일은 절대 없다. 집에 돌아가면 좋은 남편이며 좋은 아빠일 것이다. 쉽게 상상이 간다. 나가미네는 그런 사람이다.

"어쩜 배가 좀 고픈데. 저녁이나 먹으러 나갈까?"

"그래."

유키오가 대답하는 순간, 머리맡에서 휴대전화가 울렸다.

들어 보니 화면에 '세마 준이치'라고 떠 있다. 가나자와에서 술을 마셨을 때, 넷이 서로 전화번호를 교환했던 일이 떠올랐다.

"미안한데, 잠깐만."

나가미네에게 양해를 구하고 전화를 받았다.

"여보세요."

"어, 나야. 준이치."

수화기 속에서 시끌시끌한 소리가 났다.

"응, 웬일이야?"

"실은 지금 나, 나고야에 있어."

유키오는 자기도 모르게 몸을 일으켰다.

"왜?"

"응, 볼일이 좀 생겨서. 그런데 내려가는 열차 시간까지 아직여유가 있어서 얼굴이나 한번 볼까 하고."

말의 내용에 비해 말투는 강경했다.

"아, 그렇구나 ……."

"시간 안 돼?"

"아니, 그런 건 아니고. 지금 준비해서 나가도 한 시간은 걸려."

"괜찮아. 이 부근에서 어슬렁거리고 있을게. 어디서 만날까?"

이렇게 나오면 거절하기가 곤란하다. 잠시 생각하다가, 가장 알기 쉬운 장소를 댔다.

"그럼 메이테쓰 백화점 앞에 있는 나나짱 인형 아래에서 볼까?"

"나나짱 인형?"

"가 보면 금방 알 수 있어. 만약 못 찾겠으면 사람들에게 물어봐. 다들 알고 있으니까."

"그래, 알았어."

전화를 끊고 돌아보자, 나가미네와 눈이 마주쳤다.

"미안해. 가나자와에서 갑자기 친구가 왔어."

"그럼 아쉽지만 난 가야겠군."

사실은 안도하고 있으면서.

물론 그런 말은 하지 않는다. 투정을 부려도 용서되는 경우는 연인이라 부를 수 있는 상대뿐이다.

현관에서 나가미네를 보낸 후, 유키오는 서둘러 샤워를 하고 나갈 채비를 했다.

한 시간 후, 오가는 사람들 속에 따분하게 서 있는 준이치를 발견했다. 유키오를 보자 그는 이제야 안심이라는 듯 어린애 같은 미소를 띠었다.

"놀랐잖아."

"밑져야 본전인 셈 치고 전화 걸어 봤어. 아무튼 모처럼 나고야까지 왔으니까, 맛있는 거 먹으러 가자. 물론 내가 쏴도 되고."

"당연하지."

웃으면서 대답했다.

"그래서 뭐가 먹고 싶은데?"

"된장 소스 돈가스나 닭날개 튀김, 장어구이덮밥, 일단은 그 정도?"

"그럼 닭날개 튀김으로 하자. 괜찮은 가게 알고 있으니까."

둘은 만난 곳에서 오 분쯤 걸리는, 아담한 닭날개 튀김 전문점으로 걸어갔다. 유키오는 몇 번이나 가 본 적이 있었다. 가게는 비좁지만 맛은 장담할 수 있다.

준이치는 식욕이 왕성했다. 맥주를 마시면서 바삭한 닭날개를 줄줄이 먹어 치웠다. 옛날에는 선이 가는 우등생 타입이었는데, 지금은 체력이 필요한 가드닝 일을 하면서 체질 자체가 바뀐 것 같다.

"나고야에는 무슨 볼일이 있었는데?"

"이팝나무를 보러 왔어."

준이치는 귀에 익지 않은 단어를 말했다.

"그게 뭔데?"

"나무야, 수목. 이누야마 시에 혼구 산이라고 있는데, 그 산의 동쪽 산록과 이케노의 니시보라에 군생하고 있거든. 지금 꽃이 한창일 때라고 해서."

"꽃이 펴?"

"응, 다른 이름으로는 눈꽃이라고도 해."

"예쁜 이름이네."

"키가 10미터 정도 되는 나무 전체가 눈에 덮인 것처럼 꽃이 펴. 딱 이름 그대로지. 때맞춰 잘 온 것 같아. 정말 멋지더라고."

"그걸 보려고 일부러 여기까지 온 거야?"

"나무를 위해서라면 어디든 가지."

"그럼 여기저기 다니겠구나."

"시작 단계니까, 아직은."

그리고 준이치는 지금까지 자신이 본 다양한 나무 얘기를 한참이나 늘어놓았다. 에사시의 나한백, 야쿠시마의 조몬 삼나무, 히키쓰쿠리의 거대한 녹나무, 에헤이 절의 느티나무 ……
다 멋진 나무인 것 같은데 유키오는 뭐가 어떤 나무인지 알 수 없었다.

"꽤나 열심이네. 나무의 정령에 홀리기라도 한 것처럼."

어이가 없다는 듯이 말하자, 준이치는 뜻밖에도 똑바로 유키오를 쳐다보았다.

"응, 맞아. 나무의 정령에 홀렸어."

웃으려고 했는데, 준이치의 눈을 보니 웃을 수 없었다.

"무슨 뜻이야?"

"나, 회사에 취직해서 줄곧 목재 수입하는 일을 담당했거든."

준이치는 맥주잔을 내려놓고 카운터에 팔꿈치를 대더니 깍지 낀 손 위에 턱을 올려놓았다. 그리고 먼 곳을 바라보듯 아득한 눈빛을 띠었다.

"동남아시아의 산 하나를 송두리째 사서 나무를 싹 베어 버리기도 했어. 지구 온난화 문제도 있으니까 묘목을 새로 심기는 하지만, 산이 원래 모습으로 돌아가려면 백 년, 아니 그보다 더 걸리겠지. 처음에는 아무 생각도 없었어. 그게 내 일이었으니까. 일이라고 생각하면 뭐든 용납할 수 있었지."

유키오는 잠자코 준이치의 말에 귀를 기울였다.

"삼 년째였을 거야, 아마. 사전 시찰하러 산에 들어갔는데 너무 아름다운 거야. 뭐라고 표현하면 좋을까, 정적에 싸여 있는데 생명이 넘치는 느낌?"

유키오가 맥주를 한 모금 머금었다.

"세상에 이런 곳이 다 있나 싶더라고. 정말 신성한 장소라는 느낌이 들었어. 그런데 산속으로 들어갈수록 내 앞에 새하얀 그림자가 어른거리기 시작했어. 현지 가이드에게 저게 무슨 새냐고 물어봤더니, 놀란 표정을 짓는 거야. 당신에게도 보이느냐고 하면서."

"새가 아니었단 말이야?"

"나무의 정령이라고 했어. 처음에는 나를 놀리는 줄로만 알았지. 그런데 가이드가 진지하게 말하는 거야. 일이라서 당신을 여기로 데리고 오기는 했지만, 가능하다면 이 산을 이대로 남겨 줬으면 좋겠다고 말이야. 그런 말을 하는 동안에도 여기저기에서 하얀 그림자가 날아다녔어."

"잘 모르는 생물일 가능성은 없고?"

"없어. 직접 보면 알아. 아주 특별한 거였어."

"그래서 어떻게 했는데?"

"상사에게 채벌에 적합하지 않은 산이라고 보고했지."

"그럼 그 산은 지금, 그대로 남아 있겠네."

"아니, 다른 인간이 시찰하러 갔지. 결국 지금은 벌거숭이산이 되었고."

준이치는 입술 끝에 허탈한 미소를 머금었다.

"입사한 지 삼 년밖에 안 되는 나는 아무 힘이 없었어. 그다음부터는 나무를 베는 일이 왠지 싫어지더군. 그래서 저지하려고 지구 온난화다 뭐다 여러 가지 공부를 해서 상사에게 사사건건 문제 제기를 하다 보니까, 결국 잘라 버리더군. 그야 물론 나 같은 사원이 있으면 회사로서는 완전 황당하겠지."

"환경 문제에 눈을 떴다는 얘긴가?"

다소 비아냥거리듯 물었다.

"한심하지만, 아직 그런 의식까지는 없어. 평소에는 이렇게 일회용 나무젓가락이나 티슈도 사용하고 잡지도 보니까, 큰소리할 처지가 못 돼지. 다만 나무와, 아니 식물 전체와 관련된 일을 하고 싶다고 생각하게 되었어."

"그래서 가드닝 일을 하게 된 거구나."

"앞날이 어떻게 될지는 잘 모르겠지만, 지금은 아무튼 거기서부터 시작해 보려고."

준이치는 그렇게 말하고서야 겨우 미간에서 힘을 풀었다.

"흐음. 그래도 그러길 잘한 것 같아."

"그렇게 생각해?"

"그럼. 가나자와에서 만났을 때 그런 생각이 딱 들던데 뭐. 내가 아는 한, 세마 준이치의 가장 좋은 얼굴이었어."

준이치는 머쓱하게 웃었다.

열차 시간이 다가와 둘은 자리에서 일어났다. 오늘은 대화가 예전의 그들처럼 말다툼으로 번지지 않아 조금 더 얘기하고 싶은 기분도 들었지만, 마지막 열차다. 개찰구 앞까지 가자 준이치가 걸음을 멈추고, 정색한 채 유키오를 쳐다보았다.

"유키오, 화내지 마. 이런 말은 하고 싶지 않지만, 너는 별로 좋은 얼굴이 아니야."

어라……

새삼스럽게 준이치를 보았다.

"가나자와에 있던 시절에는 눈빛에 강한 의지가 담겨 있었는데 말이야. 제대로 살고 있는 거 맞아?"

그런 말을 듣게 될 줄은 꿈에도 몰랐다. 유키오는 고개를 돌렸다.

"괜한 잔소리."

오기를 부리기는 했지만, 준이치와 헤어진 뒤에도 그 말은 유키오의 가슴에 남아 있었다.

거리

리리코 ✳

　요요기우에하라에 있는 곤노 유리의 자택 겸 작업실은 하얀 벽과 세라믹 타일과 꽃에 에워싸인, 그 부근에서도 눈길을 확 끄는 세련된 집이었다.

　리리코는 문 앞에 서서 집을 올려다보고는 의욕이 싹 사라지는 자신을 채찍질했다.

　여기까지 왔는데 되돌아갈 수는 없다. 일을 하겠다고 나선 이상 할 수밖에 없다. 대필 작가 일거리도 줄어들었고, 긴자의 클럽에서도 잘렸다. 수입이 반 토막이 난 지금, 주어진 일에 가타부타 투정을 부릴 처지가 아니다.

　심호흡을 한 번 하고 벨을 눌렀다.

　현관문을 열고 화사한 표정으로 나타난 사람은 유리의 어머니였다.

"어서 오세요. 기다리고 있었어요."

어깨까지 내려오는 구불구불한 머리, 엷은 파란색 앙상블에 세련된 회색 치마를 맞춰 입었다. 사십 대 후반이라고 알고 있는데, 삼 년 전 수상식에서 봤을 때보다 훨씬 젊고 아름답고 화사하다.

"다카히사 리리코입니다. 잘 부탁드려요."

리리코는 약간 긴장한 채로 머리를 숙였다.

"오랜만이에요. 나야말로 잘 부탁드려야죠. 자, 어서 들어와요."

유리의 어머니는 친절하게 집 안으로 안내해 주었다. 거실과 식당의 넓이가 열 평은 됨 직했다. 문 왼쪽으로 있는 거실에는 베이지색 가죽 소파가 놓여 있다. 오른쪽은 다이닝 키친이다. 남쪽은 전면이 유리문이고, 그 너머로 손질이 잘된 정원이 내다보인다. 북쪽의 들창에는 하얀 레이스 커튼이 걸려 있고, 벽 앞에는 피아노가 있다. 동양풍의 조명하며 군데군데 놓여 있는 조그맣고 귀여운 화분하며, 마치 모델 하우스처럼 깔끔하고 정연했다.

"이쪽으로 앉아요. 커피, 홍차, 어느 쪽이 좋으려나."

어머니가 권하는 대로 리리코는 소파에 앉아 '커피' 하고 대답하려다 얼른 말을 바꿨다.

"아니에요. 신경 쓰지 마세요."

놀러 온 곳이 아니다.

"사양할 거 없어요. 곧 유리도 내려올 거니까."

2층이 유리의 작업실인 듯하다.

"그래요? 그렇게 말씀하시니 그럼, 커피 마실게요."

그리고 잠시 후, 눈앞에 커피와 손수 만든 듯한 체리 파이가 놓였을 때 유리도 나타났다. 자기 집에서 일을 하는 탓인지 청바지에 헐렁한 블라우스를 입은 편한 차림이다.

리리코는 소파에서 일어났다. 예쁜 건 변함없는데, 삼 년 전보다는 많이 말랐다 싶은 인상이었다.

"안녕하세요."

리리코의 인사에 유리는 이쪽으로 얼굴을 돌리기만 했지, 아무 말 없이 그대로 서 있었다. 할 수 없이 말을 계속했다.

"시나다 씨에게 어시스턴트 일이라고 들었지만, 구체적으로 어떤 일을 해야 하는지는 아직 잘 모르겠어요. 하지만 내가 도움이 되면 좋겠어요."

역시 유리는 아무 말이 없다.

그다음 '잘 부탁한다'는 말을 덧붙일까 말까 리리코는 망설였다. 유리는 자신보다 네 살 아래다. 자신을 너무 낮추는 태도는 취하고 싶지 않다. 하지만 실적이며 경력은 그녀 쪽이 훨씬 화려

하다. 이 일에 나이는 아무 문제가 안 된다. 하물며 자신은 어시 스턴트로 고용된 몸일 뿐이다.

갑자기 유리가 고개를 돌리면서 어머니에게 말했다.

"엄마, 내 체리 파이는?"

"물론 있지."

"2층으로 가져 와. 그리고 밀크 티도."

"그래, 그러마."

유리는 그대로 몸을 획 돌리더니 문 너머로 사라져 버렸다. 마 치 여기에 리리코 따위는 존재하지 않는다는 식의 반응이었다.

어머니가 부엌에서 쟁반에 체리 파이와 밀크 티를 담아 2층으 로 들고 올라갔다.

유리의 태도가 뭘 의미하는지, 생각해 볼 것도 없었다. 유리는 분명하게 리리코를 거부하고 있었다.

역시 안 되겠네.

리리코는 노트북이 든 가방을 손에 들고 소파에서 일어났다.

이런 상황에서는 도저히 어시스턴트 노릇을 할 수 없다.

2층에서 돌아온 어머니가 리리코의 모습을 보고는 눈을 동그 랗게 떴다.

"어머, 왜 벌써 일어나요?"

"그만 실례할까 하고요."

"왜요?"

"유리 씨가 저를 못마땅해하는 것 같아서요."

"아니에요, 절대 그렇지 않아요. 그냥 유리가 아직 어려시, 가끔 저렇게 어린애 짓을 한답니다. 정말 미안해요. 인사도 제대로 하지 않아서 불쾌했을 거예요."

"아니, 그런 게 아니라⋯⋯."

"일을 못하겠다는 그런 말은 하지 말아요. 자, 이리 앉아요."

어머니의 간곡한 청에 리리코는 할 수 없이 소파에 다시 앉았다.

"저 아이도 여러 가지로 많이 힘들어요."

눅눅한 한숨을 푹 내쉬면서 어머니도 소파에 마주 앉았다.

"생각지도 않게 학생 신분으로 상을 받았잖아요. 그런데 그 일을 전후로 생활이 완전히 바뀌어 버렸으니. 세인의 주목도 많이 받지, 기대도 크지. 또 그런 만큼 적이랄까, 끌어내리려는 사람도 있지, 여러 가지로 스트레스를 많이 받고 있어요. 어쨌거나 밖에 나가면 환한 표정을 지어야 하니 집에서는 저 하고 싶은 대로 하게 놔두고 있어요. 남들 눈에는 너무 버릇없이 구는 거 아닌가 싶겠지만."

성공에 따르는 스트레스라니 리리코로서는 그저 부러울 따름이지만, 스물다섯 살밖에 안 된 유리가 심리의 균형을 유지하기 힘든 것은 당연한 일일지 모르겠다.

"그런 데다 우리는 아버지가 없잖아요. 엄마와 딸뿐인 집안이라, 역시 엄마 혼자의 뒷받침으로는 유리도 불안하겠죠."

요즘 시대에 모녀 가정은 드문 일이 아니다. 자신의 가족을 떠올려 봐도 그렇지만, 사람에게는 저마다 사정이 있다는 것쯤 잘 알고 있다.

"사무적인 일이야 내가 거들 수 있지만, 대본을 쓰는 작업은 도저히 감당할 수가 없어요. 그래서 시나다 씨와 의논을 했던 거예요."

어머니는 무릎에 가지런히 놓은 손을 천천히 마주잡았다.

"나도 리리코 씨가 가작으로 입상한 작품을 읽어 봤어요. 정말 재미있더군요. 시나다 씨가 왜 리리코 씨를 높이 사는지 잘 알겠더라고요. 그러니까 더욱이 어시스턴트로 추천을 한 거겠죠. 아무쪼록 저 아이의 힘이 되어 주세요."

솔직히 어머니의 겸손함에 리리코는 놀랐다. 딸의 성공을 조금도 뻐기지 않고, 자기보다 어린 리리코에게 고개를 숙이는 것도 마다하지 않는다. 멋대로 구는 유리에게는 질렸지만, 어머니 쪽에는 호감이 갔다. 게다가 그저 인사치레라 해도, 칭찬을 받으면 역시나 기쁘다.

어머니가 "여기, 이거요" 하고 얇은 파일을 테이블 위에 올려놓았다.

"유리가 읽어 보라고 하더군요. 나는 식당 쪽에 있을 테니 무슨 일이 있으면 아무 때고 불러요."

"네."

식당과 거실은 폴딩 도어로 공간이 나뉘는 구조였다. 소파에서 일어난 어머니가 문을 닫고 식당 안으로 사라졌다.

혼자 남은 리리코는 당장 파일을 열었다. 첫 페이지에 출연자들의 이름이 죽 적혀 있었다.

요즘의 TV 드라마는 초대형 드라마 작가가 아닌 이상 캐스팅부터 시작하는 경우가 대부분이다. 인기 배우들은 스케줄이 꽉 잡혀 있기 때문에 무엇보다 먼저 스케줄부터 잡아야 한다. 그다음에 그 배우들을 살려 대본을 쓰기 시작한다.

주연 배우는 리리코도 아는 요즘 잘나가는 여자 아이돌과 모델에서 배우로 전향해 주목받고 있는 남자였다. 그 외에도 유명한 이름이 몇이나 열거되어 있다. 꽤 호화 캐스팅이다. 이 정도면 스폰서도 붙을 테고, 방송국에서도 시청률에 상당한 기대를 걸고 있을 것이다.

이런 출연진을 두고 대본을 써야 하니 유리가 받는 스트레스도 엄청날 것 같았다. 동시에 이 드라마로 성공하면 유리의 입지는 더욱 단단해질 게 틀림없다.

다음 페이지를 열었다.

'주인공 두 사람의 연애를 중심으로 하는 드라마.

스토리 구성안을 몇 가지 제출할 것.'

단 두 줄뿐이었다. 어안이 벙벙했다. 아니, 유리가 스토리의 얼개조차 아직 결정하지 못했다는 것을 알고 놀랐다. 드라마가 시작하려면 아직 충분한 여유가 있지만, 촬영이 시작될 무렵에는 절반, 적어도 8회분 정도는 완성해야 한다.

한편 생각하기에 따라서는 리리코의 자유로운 발상이 허용된다고도 할 수 있다.

노트북을 열고 하얀 화면과 마주했다. 그렇다고 뭐가 당장 떠오르는 것은 아니다. 우선은 소파에 기대어 눈을 감고 주인공 둘의 모습을 떠올렸다.

여자 아이돌은 예쁘고 스타일도 좋지만 어딘지 모르게 서민적인 분위기를 띠고 있다. 기는 세지만 정에는 약한 야무진 캐릭터가 어울릴 것 같다. 남자 배우 쪽은 미남 노선을 타고 싶어 할지도 모르겠지만, 조금은 나약하고 한심한 캐릭터도 재미있을 것 같다. 아니다, 그렇게 되면 팬의 반감을 살 수도 있을까. 배역에 딱 떨어지게 연기만 잘해 주면 오히려 팬층이 두터워질 수도 있다.

직업 설정도 중요하다. 여자는 학생이라도 좋고 갓 입사한 신입 사원 캐릭터도 맞아떨어질 것 같다. 전문직에 종사하고 있거나, 혹은 사업가의 딸로 집안 사업을 돕는 설정도 나쁘지 않다. 남자 쪽은 아직 취직자리를 찾고 있는 프리터, 아니면 해고된 신입 사원처럼 불운한 상황도 흥미롭겠다.

이런저런 상상을 하다 보니 은근 가슴이 설렜다. 이건 아니야, 아니지, 그럼 어쩌지, 점차 머리가 회전하기 시작한다. 그렇다고 바로 앞뒤가 착착 맞아떨어지는 플롯을 짤 수 있는 것은 아니다. 그러나 아무튼 머릿속에 떠오르는 장면을 정신없이 쫓으면서 자판을 두드렸다.

시간 따위는 까맣게 잊고 있었다.

"오늘은 이제 그만 마무리하는 게 어떻겠어요?"

유리의 어머니가 얼굴을 내밀어, 리리코는 겨우 제정신으로 돌아왔다.

오후 한 시에서 여섯 시까지. 그 다섯 시간이 소위 근무 시간이다. 리리코는 노트북 화면 구석에 표시된 시간을 확인했다. 여섯 시에서 십 분 정도 지났다.

"아, 시간이 이렇게 된 줄 몰랐네요."

"수고 많았어요. 커피 마실래요?"

"감사합니다. 마실게요."

거실과 식당 사이의 문이 열리고 그윽한 커피 향이 흘러들었다. 그리고 어머니가 바로 커피 잔을 들고 나왔다.

"좋은 구성안이 떠올랐는지 모르겠네."

"몇 가지 생각해 봤어요."

리리코는 잔을 받아들고 커피를 한 모금 마셨다. 따뜻한 기운에 긴장이 풀어졌다.

"다행이네. 그럼, 그걸 유리의 컴퓨터로 보내 줄 수 있을까. 메일 주소는 여기."

어머니가 메모지를 내밀었다.

유리와는 얼굴을 마주할 것도 없으니, 이대로 돌아가라는 뜻이다.

"정말 미안해요. 유리는 집필 중에 말을 건네면 무척 불쾌해하거든요."

"그렇군요."

가능하면 글자만으로는 전해지지 않는 부분을 직접 설명하고 싶었지만, 어시스턴트는 '선생님'과 마음 편히 얼굴을 마주할 수 없는 입장인지도 모르겠다. 메일로 원고를 보낸 후 리리코는 노트북을 덮었다.

집으로 돌아가는 길, 오랜만에 원고에 몰두했다는 만족감에 젖어 있었다.

쓰는 일은 역시 즐겁다. 아이디어만 제공할 뿐이지만, 그래도 좋아하는 일을 할 수 있다는 것은 행운이라고 긍정적으로 생각하기로 했다.

그래서 더더욱 며칠 전 구라키와 어색하게 헤어졌던 일이 떠오르고 말았다.

질투라는 말에 감정적으로 발끈했던 자신을 지금은 반성할 수 있다. 그 말은 아주 적확했다. 그래서 기를 쓰고 반격한 것이다. 자신이 가장 잘 알기에 인정하고 싶지 않았던 것이다.

구라키에게는 유리의 어시스턴트로 일하기로 했다는 말을 아직 하지 않았다. 그렇게 큰소리를 쳐 놓고 이제 와서 이렇게 되었다고 말하자니 영 쪽팔리고, 아무 말 않고 있자니 그것도 찝찝했다. 말하면 구라키는 어떤 반응을 보일까.

아니다. 구라키라면 틀림없이 지금까지 그랬던 것처럼, 그날의 신랄한 대화 따위는 까맣게 잊고 잘됐다고 말해 줄 것이다. 그런 점 때문에 리리코로서는 안심할 수 있는 존재이며, 이기적인 표현을 쓰자면 좀 부족한 상대이기도 하다.

새삼스럽게 리리코는 구라키와 자신의 관계를 생각했다.

이미 사랑이 끝났다는 것은 알고 있다. 그런데도 왜 깔끔하게 헤어지지 못하는 것일까.

사랑하지는 않지만 어쩔 수 없이 필요한 남자도 있는 것 같다. 자기 편할 대로 대하고 있다는 것을 잘 알면서도, 그런 이기적인 자신에게 혐오감을 느끼면서도, 리리코 역시 구라키를 완전히 떨쳐 버리지 못한다.

　역 앞에서 휴대전화를 꺼냈다. 잠시 머뭇거렸지만, 역시 보고 정도는 해야겠다 싶었다.

　"나야."

　"응, 웬일?"

　구라키가 짧게 대답했다. 그렇게 들어서 그런지 목소리가 밋밋했다.

　"곤노 유리의 어시스턴트 건 말인데, 결국 하기로 했어."

　잠시 대답이 없었다.

　"들려?"

　"아, 그래. 잘됐네."

　늘 하는 말인데 오늘은 말투가 달랐다. 어딘가 모르게 밀쳐 내는 듯한 뉘앙스가 느껴졌다. 리리코는 기분이 묘했다.

　"여러 가지로 고민이 많았어, 이렇게 되기까지. 사실은 하고 싶지 않았는데, 어쩔 수가 없었어."

　"괜찮아. 굳이 내게 변명하지 않아도."

　"변명이 아니라 왜 그렇게 되었는지 경위를 전하고 싶어서 전화한 거야."

　구라키는 아무 대꾸가 없었다. 리리코는 왠지 초조해졌다.

"지금 시간 있어? 어디서 한잔하자."

"미안한데, 오늘 밤에는 일이 좀 있어."

리리코는 그다음 말을 기다렸다. 이런 때, 구라키는 반드시 말을 잇는다. 내일이나 모레는 괜찮다고. 그런데 아무 말이 없었다.

"왜 그래?"

리리코가 물었다.

"뭐가?"

"좀 이상해."

"그런가."

"보통 그런 식으로 말하지 않았잖아."

구라키가 또 침묵했다.

"그럼, 내일은? 아니면 모레도 좋고."

구라키가 늘 하던 말을 리리코가 대신했다.

"리리코."

"응?"

"미안하지만, 나는 이제 리리코를 만나지 않을 거야. 그러기로 마음먹었어."

예상치 못한 말이 리리코의 귀에 싸늘하게 흘러들었다.

✿ 유키오

수화기에서 들리는 목소리로 유키오는 이내 리리코에게 무슨 일이 생겼다는 것을 눈치챘다.

리리코는 늘, 골치 아픈 일이 생기면 말투가 바뀐다. 한 마디 한 마디가 짧아지고, 말꼬리에 약간 힘이 들어간다. 골치 아픈 일에 대해서는 언급하지 않고, 하나 마나 한 얘기만 늘어놓는다. 아까부터 화제는 최근에 본 영화가 재미없었다느니 새로 산 입욕제 향이 어떻다느니 하얀 셔츠의 소매 단추를 싱글로 할지 더블로 할지 고민하고 있다느니, 그런 얘기들뿐이다.

하지만 유키오는 무슨 일이 있느냐고 묻지 않았다. 어렸을 때부터 그랬다. 말하고 싶으면 리리코가 먼저 꺼내면 된다. 유키오는 그때까지 기다리자고 생각한다. 지금은 리리코가 답답한 심정을 어쩌지 못해 유키오와 얘기를 나누면서 그저 기분을 달래려 하고 있을 뿐이다.

"언니는 어때? 특별한 일 없었어?"

결국 화젯거리가 다 떨어지자, 리리코는 조금 난감한 듯이 물었다.

"아 참, 어젯밤에 할머니에게서 전화 왔어."

어젯밤 일이 떠올라 그렇게 대답했다.

"그랬구나. 뭐래?"

"그게 글쎄."

유키오가 후훗 웃었다.

"아이, 뭔데 그래?"

"할머니가 이번 주말에 나고야에 오신대."

"어머나, 웬일이래. 가나자와를 떠난 적이 거의 없는 사람이."

"그것도 사와키 씨랑 같이."

수화기 저편에서 리리코가 호들갑을 떨었다.

"우와, 대단하다, 우리 할머니. 완전 혼전 여행이잖아."

"그날 도코나메야키 가마를 견학하고 온천에 묵을 예정이래."

"좋겠다."

리리코가 정말 부럽다는 듯이 한숨을 쉬었다.

"나, 아주 똑똑히 지켜볼 거야. 실버 러브가 어떤 건지."

"내게도 알려 줘."

"물론이지."

그러고 나서야 유키오는 물었다.

"기운 좀 났니?"

리리코가 대답할 때까지 잠시 침묵이 흘렀다.

"언니는 정말 족집게네. 좀 우울했었는데, 별일은 아니야. 이제 괜찮아."

"그러니."

"응. 또 전화할게."

"그래, 안녕."

전화를 끊고 유키오는 멍하니 생각에 잠겼다.

유키오와 리리코는 고향 가나자와에 흐르는 두 줄기 강, 아사노 강과 사이 강에 비유되곤 했다. 그 두 강은 각기 다른 성격으로 흐르는 탓에 여자 강, 남자 강이라고도 불린다. 유키오는 아사노 강, 리리코는 사이 강. 다들 그렇게 말했다. 그런 말을 들으면 그런가 싶은 기분이 들지만, 오늘 밤 같은 전화를 받으면 그 반대가 아닐까 싶기도 하다.

리리코는 오기라는 갑옷 아래 섬세하고 정에 약한 감성을 숨기고 있다. 그리고 유키오 자신은 예의 바른 우등생이라는 인상 속에 냉정하고 사람을 믿지 않는 면을 감추고 있다.

그런 자신을 어떻게 다루면 좋을지, 때로는 갈피를 잡지 못한다. 리리코에 비하면 자신은 정말 신뢰할 수 없는 사람만 같아 스스로에게 실망한 적도 있다. 겨우 이 정도밖에 안 되는 자신과 이상적으로 그리는 자신의 모습은 끝없이 티격태격 싸울 수밖에 없을 것이다.

자신을 분석하다 지친 유키오는 내일 일을 생각했다.

내일도 가와데 노인을 설득하러 가야 한다. 상사에게 무슨 수를 써서든 퇴거시키라는 엄중한 지시를 받았다.

그 아파트에 현재 남아 있는 주민은 가와데 노인뿐이다. 정말 일이 복잡하고 짜증스럽게 되었다고 생각한다. 가와데 노인의 사연이 사실이라면 연민이 느껴지기도 한다. 하지만 계약을 지켜 주지 않으면 이쪽이 곤란하다.

그리고 당일.

오늘은 무슨 일이 있어도 반드시 승낙을 받아내겠다는 다짐으로 가와데 노인의 집을 찾아갔다.

벨을 눌렀는데도 아무 반응도 없다. 문에 귀를 대어 보니 텔레비전 소리가 희미하게 들렸다. 안에 있기는 한 것이다. 유키오는 문을 두드렸다.

"가와데 씨, 다카히사입니다. 죄송하지만, 드릴 말씀이 있어요."

여전히 아무 반응이 없다. 유키오는 계속해 말했다.

"이렇게 찾아뵐 때마다 똑같은 말씀만 드려서 정말 죄송합니다. 하지만 약속하신 퇴거 날짜가 벌써 지났어요. 저희 쪽도 더는 어떻게 할 수가 없습니다."

우선은 징징거리며 사정하는 작전으로 나갈 생각이었다.

"가와데 씨, 이렇게 부탁드릴게요. 아무쪼록 저를 살려 주시는 셈 치고."

유키오는 매달리다시피 사정했다. 아파트에는 이미 아무도 없다. 부끄럽게 누가 들을 일도 없다.

"이 상태가 계속되면 재건축 일정도 지연될 수밖에 없어요. 다른 주민들은 새 아파트가 일정대로 완공되기를 기다리고 계세요. 그런 분들을 위해서라도 하루빨리 공사에 착수할 수 있도록 도와 주시면 안 될까요."

그런데도 대답이 없다. 그렇다고 포기하고 발걸음을 돌릴 수는 없다.

"제게 부족한 점이 있었다면 무슨 말씀이든 해 주세요. 가와데 씨가 충분히 납득하실 수 있도록 설명을 드릴게요. 제가 할 수 있는 일은 뭐든 하겠습니다."

그렇게까지 말했는데도 가와데 노인은 문을 열기는커녕 인터폰에 얼굴조차 비치지 않았다. 울며 사정하는 작전이 효과가 없을 때를 대비해 강경한 수단도 준비했다. 거의 협박 수준이라 별로 하고 싶지 않았지만, 이렇게 된 이상 어쩔 수 없다.

유키오는 말투를 약간 바꿨다.

"가와데 씨, 정말 이렇게 말씀이 없으시면 규슈에 사는 아드님 부부에게 연락을 취할 수밖에 없어요. 경우에 따라서는 저희 회사 변호사가 직접 찾아갈 수도 있고요. 그렇게 되면 아드님이 몹시 놀랄 거예요. 가능하면 그런 사태가 벌어지기 전에 저는 어떻게든 해결을 하고 싶어요."

그래도 반응이 없다. 이제 정말 그렇게 하는 방법밖에 없는 것일까. 유키오는 맥이 좍 풀렸다. 상사에게 실책을 당하는 것은 어쩔 수 없다 쳐도, 속마음으로는 그런 수단까지 취하고 싶지 않았다. 그러나 이 이상 어떤 말로 그를 설득할 수 있을지 모르겠다. 유키오는 포기하고 엘리베이터를 향해 걷기 시작했다. 그때 등 뒤에서 잠금쇠 풀리는 소리가 나 유키오는 얼른 돌아보았다.

좁게 열린 문 사이로 가와데 노인의 모습이 보였다.

"안으로."

가와데 노인이 짧게 말했다. 유키오의 얼굴이 환하게 빛났다.

"괜찮으시겠어요? 감사합니다."

마음이 변하기 전에 유키오는 종종 뛰어가 현관문을 잡았다. 가와데 노인은 벌써 안으로 들어가 버렸다.

"실례합니다."

유키오는 펌프스를 벗고 안으로 들어갔다.

집 안은 엉망진창이었다. 청소를 거의 하지 않은 듯했다. 바닥에는 신문과 잡지가 어지럽게 널려 있고, 복도에는 먼지가 뽀얗게 쌓여 있었다. 방구석에는 개지 않은 빨래가 한 무더기 쌓여 있고, 언뜻 보니 부엌 싱크대에도 씻지 않은 컵과 그릇이 그대로 방치되어 있었다.

그러나 그것보다 더 처참한 것은 가와데 노인의 노쇠한 모습이었다.

여든이 가깝기는 하지만, 처음 봤을 때는 정정했다. 깔끔하고 품위도 있었다. 스케치북을 들고 수채화 교실에 다니던 모습은 절대 그 나이로 보이지 않았다. 과거에 대기업의 부장까지 지냈다는 경력대로 하는 얘기에도 설득력이 있었고 발언의 내용도 적확해, 자치회에서도 다들 인정하는 존재였다.

"정말 오랜만에 뵙네요."

한껏 다정하게 말을 건넸는데, 가와데 노인은 등을 움츠린 채 아무 말이 없다.

"밖에 전혀 나오지 않으셔서 걱정했어요. 장은 어떻게 보세요? 혹시 필요하신 게 있으면 제가 근처에 있는 슈퍼 ⋯⋯."

"정말 아들을 찾아갈 텐가?"

가와데 노인이 쉰 목소리로 물었다.

"아니에요. 저는 절대 그러고 싶지 않아요. 하지만 날짜가 임박한 탓에."

"이 아파트는 내 명의로 되어 있어. 아들은 아무 관계 없다고."

"네, 그 점은 잘 알고 있어요. 죄송하게 생각합니다. 하지만 가와데 씨가 승낙하시지 않을 경우에는 역시 그렇게 하는 방법밖에 없다고, 제가 아니라 회사가 그렇게 판단하고 있어요."

베란다에 비치는 햇살에 가와데 노인의 옆얼굴이 드러났다. 볼에 노인 특유의 검버섯이 돋아 있고, 눈 아래 피부는 세월의 피로처럼 죽 늘어져 있다.

늙음은 당연히 육체에 나타난다. 하지만 진정한 늙음은 그 안쪽에 있는 것이 무너지고 스러지는 것이다. 눈에 보이지 않는 자잘한 균열 같은 것이 가와데 노인을 뒤덮고 있었다.

한참이나 말이 없던 가와데 노인이 조그맣게 고개를 끄덕였다.

"그렇군. 알겠어."

유키오가 퍼뜩 고개를 들었다. 역시 아들이라는 카드를 내밀기 잘한 것 같다.

"괜찮으시겠어요?"

"음, 당장 이사 준비를 시작하지. 그동안 폐를 끼쳐서 미안하군."

가와데 노인이 이쪽으로 얼굴을 향하고 희미하게 웃었다.

"무슨 말씀을요. 이렇게 양해해 주셔서 정말 감사합니다. 새 아파트에 입주하시면 모든 게 다 후련하실 거예요."

"그래. 모든 게 다 후련해지겠지."

"정말 고맙습니다."

유키오는 안도하면서 머리를 숙였다. 이렇게 해서 겨우 일단락이 났다.

　그 주의 주말에 오토와와 사와키가 나고야로 내려왔다.

　사람들로 북적거리는 플랫폼에서 기다리고 있는데, 열차에서 내리는 두 사람의 모습이 보였다. 연지색 기모노 차림의 오토와가 사와키의 윗도리 소매를 조심스럽게 잡고 있었다. 코끝이 찡해지는 아름답고 훈훈한 풍경이었다.

　"할머니, 여기요."

　유키오가 손을 흔들면서 두 사람에게 다가갔다.

　오토와는 수줍어하듯이 미소 지었다.

　"이렇게 나오게 해서 미안하네."

　"할머니는 무슨 소리야. 당연히 나와야지."

　그리고 사와키를 향해 머리를 꾸벅 숙였다.

　"사와키 씨, 오랜만에 뵙네요."

　"이거, 나야말로 지난번에는 실례가 많았습니다."

　사와키는 가게에서 처음 봤을 때보다 훨씬 젊어 보였다.

　"피곤하지 않으세요?"

　"아닙니다. 나는 괜찮은데 오토와 씨가 어떨지."

　"나도 조금도 피곤하지 않아요."

　"점심을 어떻게 할까 여러 가지로 많이 생각해 봤는데, 뭐가 좋을까요?"

셋이 나란히 개찰구로 걸어가면서 유키오는 물었다.

"글쎄."

"글쎄다."

오토와와 사와키가 얼굴을 마주 보았다.

"가볍게 먹는 게 좋지 않을까 싶군. 나이를 먹으니 아무래도 소화력이 떨어져서."

"그럼 기시멘(나고야 지방 명물 우동)은 어떠세요?"

"좋군. 오토와 씨도 괜찮을지."

"네."

메뉴를 결정하고 역 앞에서 택시를 탔다.

십 분 정도 거리에 있는 다실처럼 조그만 가게다. 이 가게는 음식을 담는 그릇에 신경을 많이 쓰기 때문에 도코나메야키(나고야 근처 도코나메 시에서 생산되는 유명 도기) 외에 비젠야키(비젠 지방에서 생산되는 유명 도기)와 시가라키야키(시가 현 일대에서 생산되는 유명 도기)도 사용하고 있다. 게다가 가게 한 모퉁이에 도기 갤러리도 있다. 가나자와에서 도기 가게를 하는 사와키를 생각해서 처음부터 후보 목록에 두었던 가게였다.

이곳에 유키오를 처음 데리고 온 사람은 나가미네였다. 나고야에서 태어나 나고야에서 자라고 지금도 나고야에서 살고 있는 나가미네는 운치 있는 가게를 많이 알고 있다.

셋이 기시멘을 먹으면서 부끄러움과 당혹감, 안도와 훈훈함 속에서 이런저런 얘기를 나누었다. 올해 햐쿠만고쿠 축제(百万石祭り, 가나자와를 대표하는 여름 축제) 때는 비가 안 왔으면 좋겠다, 일은 잘 하고 있느냐, 그런 얘기였다. 사와키는 무슨 얘기가 나와도 점잖은 말투였고, 오토와를 세심하게 배려했다. 고개를 끄덕이거나 웃는 오토와의 모습에도 사와키에 대한 배려가 알알이 보였다.

사랑의 힘이란 정말 위대하다고 생각했다. 이런 오토와의 모습은 본 적이 없다. 그렇게 오래 같이 살았는데, 유키오와 리리코는 물론 엄마 시노도, 어쩌면 오토와 자신도 잘 몰랐을 오토와가 지금 눈앞에 있다.

기시멘을 다 먹고 차를 마시고 있는데, 사와키가 잠시 갤러리를 둘러보고 오겠다면서 자리를 떴다. 직업상 흥미가 인 모양이다. 유키오는 새삼스럽게 오토와를 마주 보았다.

"멋진 분이네, 사와키 씨."

유키오의 말에 오토와는 수줍은 듯이 차를 호르륵 마셨다.

"그러니."

"자상하고, 신사답고. 사와키 씨에게는 안심하고 할머니를 맡길 수 있겠어."

"늙은이를 그렇게 놀리면 못쓰지."

오토와는 늙은이 취급하는 것을 딱 질색한다. 그런데 자기 입으로 늙은이라는 말을 하다니, 그 정도로 여유가 있다는 뜻이리라. 게다가 오토와가 예뻐졌다. 사랑의 위력을 지금 또 한 번 실감한다. 사랑은 나이 일흔에 가까운 사람에게도 윤기를 더해 준다.

"유키오는 어떠냐?"

"뭐가?"

"좋은 사람, 아직 없어?"

"그 질문은 좀 버겁네."

"하기야, 아직 젊으니까."

"할머니처럼 나이를 한참 먹은 후에 결혼하는 것도 좋겠다고 생각한 참이야. 연애는 에너지를 많이 소모하잖아. 사생활이나 하는 일에도 영향이 있고, 체력도 필요하고."

"젊을 때는 그럴 수도 있겠구나."

"할머니도 그랬어?"

"글쎄다, 어땠는지. 유키오 너랑은 산 시대도 달랐고 처지도 달랐으니까 비교할 수가 없지. 할머니 젊은 시절에는 그런 생각 못했어. 게이샤가 정상적인 결혼을 할 수 있다는 생각은 아예 없었으니까."

"그래도 생각해 보면 게이샤는 일하는 여자의 선구자였어. 결혼보다 일을 선택한 셈이잖아. 커리어를 쌓는."

"네가 하는 말을 할미는 잘 못 알아듣겠구나."

그러고는 갤러리에서 열심히 도기를 감상하고 있는 사와키 쪽으로 눈길을 쓱 돌리더니 감회가 새롭다는 듯이 중얼거렸다.

"설마 내가 이 나이가 되어서 이렇게 될 줄 꿈이라도 꿨겠니."

"좋잖아. 멋있어. 사랑은 나이와 무관한걸 뭐."

"옛날에 이런 말을 들은 적이 있다만 ……. 젊은 시절에는 사랑을 위해서 살지만, 나이가 들면 살기 위해서 사랑을 한다고."

할머니 입에서 '사랑'이라는 말을 듣기는 처음이다. 아주 청결한 울림을 지닌 상큼한 말처럼 들렸다.

"나도 조금은 더 살 수 있다는 뜻인지도 모르겠구나."

유키오는 가와데 노인을 떠올렸다. 나이가 들어서 하는 사랑이 목숨과 이어져 있다면, 그것은 마음 든든한 일일까, 아니면 잔인한 일일까.

사와키가 자리로 돌아왔다.

"꽤 좋은 물건들이 전시돼 있더군. 도코나메야키 가마 방문도 기대가 돼."

그 말에 셋은 자리에서 일어섰다. 오토와는 사와키와 함께 일단 역으로 돌아가서 메이테쓰 도코나메 선을 탈 예정이다. 가게 밖으로 나가자 유키오는 사와키에게 줄곧 하고 싶었지만 좀처럼 꺼낼 수 없었던 말을 그제야 꺼냈다.

"아무쪼록 오래오래, 할머니를 잘 부탁드릴게요."

사와키는 허리를 쭉 펴고, 정중하게 머리를 숙였다.

"안심하고 맡겨 주세요. 오토와 씨 눈에 눈물 맺히게 하는 일
은 절대 없을 겁니다."

옆에서 오토와가 눈물을 글썽이는 것처럼 보인 것은 오후의
태양이 눈부신 탓만은 아니리라.

택시를 세워 두 사람을 먼저 태운 후에 앞 좌석 문을 여는데,
주차장으로 들어가는 차가 눈에 띄었다.

나가미네의 차라는 것을 금방 알았다. 차가 하얀 선 안에 멈춰
서 아내와 아이 둘이 내렸다. 아내가 조잘대는 아이들에게 뭐라
말을 건넸다. 어디에나 흔히 있는 평범한 아내와 평범한 아이들.
이번에는 운전석 문이 열리면서 나가미네가 나타났다. 거기에
있는 나가미네도 어디에나 흔히 있는 남편이요, 아빠였다.

처음부터 알고 있던 일이었지만, 저 또한 나가미네의 모습이다.

"유키오, 왜 그러고 있어?"

"응, 아무것도 아니야."

유키오는 나가미네가 알아보기 전에 얼른 택시에 올라탔다.

장마철 하늘

리리코 ✳

 곤노 유리의 일을 돕게 된 후로 하루하루가 금방 지나간다.

 오늘도 유리의 자택에 들어섰더니, 거실 소파에 유리와 나란히 시나다가 앉아 있었다.

 "안녕하세요. 오랜만에 뵙네요."

 리리코는 허둥지둥 머리를 숙였다. 연락은 대부분 전화로 주고받기 때문에 이렇게 직접 얼굴을 마주하기는 굉장히 오랜만이었다.

 "좋아 보이는데. 어때, 어시스턴트 일은?"

 마흔 살이 좀 넘은 시나다는 언제나 중후한 인상을 풍긴다. 성격 고약한 사람이 많은 이 업계에서는 드물게 행동거지도 유연하고 말투도 온건하다. 차림새 역시 호사스럽지는 않아도 모두

품질 좋고 세련되었다는 것을 리리코도 알 수 있다.

"네, 그럭저럭 하고 있어요."

유리 앞에서 뭐라 대답하면 좋을지 몰랐다.

"이리 앉아요."

유리의 어머니가 권해, 리리코는 시나다와 소파에 마주 앉았다.

"리리코 씨가 얼마나 꼼꼼하게 잘 도와주는지, 유리도 힘을 덜고 있어요."

어머니의 말에 시나다가 만족스럽게 고개를 끄덕였다.

"앞으로도 잘 부탁해."

"저야말로 잘 부탁드려야죠."

유리는 마땅찮은 표정으로 두 사람의 대화를 듣고 있더니, 갑자기 시나다의 팔에 팔짱을 꼈다.

"시나다 씨, 그래서 1회 대본은 어땠는데?"

"재미있었어. 응, 아주 신선했고."

시나다가 마치 어린애를 달래는 듯한 투로 대답한다.

"정말?"

"물론, 정말이지. 캐릭터가 아주 좋았어. 의외성도 있고, 매력적이고. 다음에 어떻게 될지 궁금하기도 하고. 그런 식으로 열심히 쓰면 될 거야."

"우와, 다행이다."

유리가 흥분한 목소리로 환성을 질렀다.

"얼마나 고생했다고. 인물 설정하는 게 특히 어려웠어. 주인공 두 사람의 개성을 어떻게 끌어낼지, 얼마나 고민했는데. 방향만 결정되면 나머지는 순조롭게 진행될 수 있을 거야."

유키는 마치 눈앞에 엄마와 리리코가 있다는 사실 따위는 까맣게 잊은 듯이 시나다만 쳐다보았다.

"내가 시시하게 쓰면 시나다 씨가 창피를 당하게 되잖아. 절대 그럴 수는 없다고 생각했어."

"그렇게 말해 주니 영광인걸."

"그럼, 이게 다 시나다 씨를 위해서라고."

명백하게 사랑에 빠진 눈이었다.

"그러니까 있지, 오늘은 그 상으로 어디 데려가 주라."

시나다가 씁쓸하게 웃었다.

"아직 1회밖에 안 썼는데 무슨 소리."

유리가 토라진 것처럼 입술을 비죽 내밀었다.

"치, 안 데려갈 거야? 그럼 2회가 어떻게 되든 난 몰라."

"어이, 협박하는 거야?"

"집에서 일만 계속하고 있으니까 그렇지. 가끔은 기분 전환도 하고 싶단 말이야."

"유리, 그렇게 어리광 피우면 못써."

보다 못하겠는지 어머니가 끼어들자, 유리는 매몰차게 말을 받았다.

"엄마는 잠자코 있어."

정말 어린애다. 시나다가 어머니를 쳐다본다. 어머니가 머리를 숙인다.

"죄송합니다. 정말 얘가."

"괜찮습니다. 그래, 가끔은 기분 전환도 필요하겠지. 그럼 나가 볼까."

그 순간 유리의 표정이 밝아졌다.

"우와! 데려가 주는 거야?"

"우리 귀하신 간판 작가잖아. 어디가 좋겠어?"

"음, 우선은 시부야에서 쇼핑을 하고, 그다음에는 시오도메에서 식사. 그리고 야경이 아름다운 바에서 술 마시고 싶어."

"후, 하고 싶은 게 꽤나 많군."

"시나다 씨랑 외출하는 일 별로 없잖아. 기다려, 금방 준비해서 나올게."

유리가 깡총거리며 거실에서 나갔다.

"정말 죄송하네요."

어머니가 한숨 섞인 목소리로 사과한다.

"괜찮습니다. 한창 젊을 때인데, 집에 틀어박혀 일만 하니 스트레스가 쌓이는 것도 당연하죠."

"요즘 들어서 부쩍 저렇게 제멋대로 구니 ……."

"저렇게 젊은 나이에 책임이 무거운 일을 맡으면 누구든 불안 정해지기 마련입니다. 뒷일은 내게 맡기세요."

"고마워요. 하나에서 열까지 시나다 씨에게 전부 의지하고 있네요."

"그런 말씀 안 하셔도 됩니다. 뭐든 부탁하세요."

리리코는 소파에 앉은 채 일이 어떻게 돌아가는지를 멀거니 바라보았다. 자신의 입장을 알고는 있지만, 그저 고용된 신세일 뿐이라는 것을 새삼스럽게 인식한 기분이었다.

2층에서 헐레벌떡 뛰어 내려오는 발소리가 들리고, 유리가 거실에 모습을 나타냈다.

"많이 기다렸죠. 자, 빨리 가요."

유리가 시나다의 팔을 잡아당기며 현관으로 걸어간다. 그런 두 사람을 어머니는 잠자코 배웅했다.

유리가 놀러 나갔어도 리리코에게는 물론 해야 하는 일이 있다. 바로 돌아온 어머니가 늘 그렇듯 파일을 내밀었다.

"여기, 이거."

지금도 유리는 리리코와 직접적인 대화는 하지 않는다. 리리코는 파일을 받아들고 열었다. 짧게 메모가 적힌 1회분 대본이 들어 있었다.

'1회 대본을 읽고, 2회를 어떻게 전개할지 몇 가지 아이디어를 생각할 것.'

어딘가 모르게 명령조의 메모가 거슬렸지만, 그렇다고 불평할 처지가 아니다.

1회 대본을 읽는 건 처음이다. 유리가 어떤 스토리를 만들어 냈는지, 리리코의 아이디어는 어느 정도 반영되었는지 기대되었다. 그런데 읽기 시작하자마자 '뭐야, 이건' 하고 생각했다. 변두리에서 자란 기가 센 여자와 해고된 부잣집 한심한 아들. 그 두 사람이 처음 만나는 장면. 남자가 가방을 소매치기 당하는데, 그 소매치기를 여자가 잡는다. 이름과 나이는 조금 달랐지만, 리리코가 쓴 구성안을 거의 그대로 사용했다.

물론 리리코의 아이디어를 참고한다는 것은 사전에 알고 있었지만, 이렇게까지 똑같을 줄은 상상도 못했다.

어머니가 방긋거리며 거실로 들어왔다.

"커피 마실래요?"

"아, 네. 감사합니다."

커피잔을 테이블에 내려놓자, 평소에는 바로 나가던 어머니가 다시 소파에 앉았다.

"리리코 씨, 이건 시나다 씨에게 들은 얘기인데."

리리코는 원고에서 고개를 들었다.

"요즘 인기 있는 드라마 작가들 있잖아요. 그런 분들 대부분이 옛날에 드라마 작가 선생님 밑에 제자로 들어가 선생님 대신 대본을 써서, 그 원고를 선생님이 보고 허가가 떨어지면 선생님 이름으로 발표했다고 해요. 그런 경험이 가장 큰 공부가 되었대요. 그래서 시나다 씨도 리리코 씨에게 같은 경험을 시키려는 거겠죠. 그러니까 그만큼 리리코 씨에게 기대를 걸고 있다는 뜻 아니겠어요. 내 말, 잘 알겠죠?"

할 말을 다 하고 나자 어머니는 "그럼, 잘 부탁해요" 하고는 다시 웃는 얼굴로 거실에서 나갔다.

리리코는 그 뒷모습을 멍하니 바라보았다.

가슴속에 부연 안개 같은 것이 퍼졌다. 리리코를 깍듯이 대하는 어머니의 태도, 겸손한 말투, 추켜세우는 말, 모두 그런 속셈이 있어서였나. 내 아이디어를 전부 두말 말고 유리에게 넘기라는 뜻인가. 그러는 것이 당연하다는 말인가.

지금까지 투정은 구라키가 들어 주었다.

하지만 그런 구라키도 이제 없다. 지금 리리코가 처한, 도무지 납득할 수 없는 이 부당한 상황을 어디에다 털어놓으면 좋을까.

언니에게 전화를 걸어 볼까. 그러나 유키오에게는 바로 얼마 전에 전화를 걸었다. 괜한 오기를 부리는 것이 아니라, 바쁜 나날을 보내고 있는 언니에게만 의지해서는 안 되지 싶다.

톡, 볼에 차가운 것이 떨어져 리리코는 하늘을 올려다보았다. 잿빛 하늘에서 빗방울이 떨어진다. 그러고 보니 오늘 아침에 장마가 시작되었다는 뉴스를 들었다.

비 내리는 날이면 언제나 가나자와를 회상하게 된다. 머리에 떠오르는 가나자와는 늘 비에 젖어 있다. 학교에 갈 때, 엄마는 항상 이렇게 말했다.

"우산 챙겼니?"

도시락은 잊어버려도 우산은 잊지 말아라.

가나자와에는 그런 격언이 있다.

그러고 보니 이번 주말에 햐쿠만고쿠 축제가 있다. 6월, 가나자와의 거리는 장마철 하늘이 무색하게 화려한 축제 분위기로 넘실거린다. 최고의 볼거리는 번주(蕃主, 지방의 옛 영주)와 가신들의 행렬이다. 마에다 도시이에 공과 오마쓰 부인, 그리고 딸이 무사, 시녀, 하인 들을 거느리고 가나자와 거리를 행진한다. 가나자와 전체의 축제이기 때문에 학교도 수업을 하지 않는다. 어렸을 때는 할머니와 엄마, 유키오와 함께 곧잘 구경하러 나갔다.

축제에서는 옛 가나자와 소방대 차림을 한 사람들이 대나무 사다리에 올라가 부리는 묘기도 볼 수 있다. 리리코는 그 묘기가 가장 마음에 들었다. 전통 악기의 연주와 노랫소리에 맞춰 10미터는 족히 되는 대나무 사다리 꼭대기에 올라가 다양한 묘기를 피로한다. 장마철이기 때문에 비를 맞는 일도 많고, 떨어지지는 않을까 늘 조마조마했다. 조마조마한데도 눈을 뗄 수 없었다.

집에나 내려갈까.

퍼뜩 정신을 차리고 자신을 돌아보니, 그런 기분이 들었다.

깊은 밤, 고속버스를 탔다.

금요일 밤에 도착하면 아사노 강에 등롱을 떠내려 보내는 행사도 볼 수 있지만, 지갑 사정을 생각하면 비행기만 고집할 수 없다. 아쉽지만 등롱 행사는 포기했다.

엄마 시노에게는 아파트를 나서기 전에 미리 전화를 걸었다.

"어머나, 네가 축제를 보러 내려오다니 희한한 일도 다 있네. 알았어, 기다리마. 네가 좋아하는 고등어 초밥 만들어 둘게."

이런 때는 고향이 있어 감사하다고 절감한다. 도쿄에서는 어깨에 잔뜩 힘을 주고 어엿한 어른인 척 살고 있지만, 집에 돌아가면 누구 눈치도 볼 필요 없이 딸로 돌아갈 수 있다. 떠안고 있는 모든 문제를 내려놓고 느긋하게 숨 쉴 수 있는 장소, 그런 곳이 할머니와 엄마가 있는 집이다.

이른 아침 집에 도착해 한숨 자는 동안에 점심때가 되고 말았다. 할머니는 사와키 씨와 벌써 축제를 구경하러 나가서, 결국 엄마와 둘이 집을 나섰다.

햐쿠만고쿠 행렬이 지나는 하시바초 삼거리는 가즈에마치와 바로 붙어 있어 축제 행렬을 코앞에서 볼 수 있다. 올해는 날씨가 좋아 구경꾼들도 많은 탓에 행렬을 보려면 뒤꿈치를 바짝 들고 깡충깡충 뛰기까지 해야 했지만, 겹겹이 이어지는 어깨 너머로 보는 무사와 하인 들의 모습도 그런대로 괜찮았다.

"그게 언젯적 축제였는지 모르겠네."

시노가 혼자 중얼거리듯이 말했다.

"응, 뭐라고?"

"구경하다 문득 돌아보니까 네 모습이 안 보여서 다다유키 씨와 정신없이 찾아다녔잖아."

오랜만에 아버지 이름을 듣자 애틋한 그리움이 밀려왔다.

"기억나네. 묘기 부리는 소방대 사람들을 따라갔었지, 나."

"그러게 말이야. 오와리초에서 무사시가쓰지까지 소리를 고래고래 지르면서 찾아다녔지. 그러다 널 다시 찾았을 때는 얼마나 안도했다고."

그 축제 전해에 시노는 아버지와 결혼했다. 그리고 이듬해 말에 아버지는 시노와 리리코를 남겨 두고 죽었다.

"있지, 엄마."

"응?"

"왜 아빠랑 결혼했어? 자식 있는 남자였는데 성가시다는 생각 안 들었어?"

시노는 리리코에게 시선을 돌리고 빙그레 웃었다.

"그런 생각은 조금도 못 했는데."

"잘나가는 게이샤였잖아. 혼자 사는 편이 훨씬 홀가분하고 자유로웠을 텐데."

그때, 사방에서 박수 소리가 일었다. 축제의 주인공 마에다 도시이에 공의 행차다.

"그건 아니지. 지금은 직업으로 게이샤를 선택해서 그 세계로 들어가는 사람도 있지만, 엄마 시절에는 홀가분하지도 자유로울 것도 없었어. 각기 사정이 있었으니까."

시노의 고향은 도야마 현과 접해 있는 어촌이다. 풍랑 때문에 아버지의 배가 조난을 당해 경제적으로 상당히 쪼들리게 되었다고 한다. 시노는 중학교를 졸업한 후 지인의 주선으로 오토와에게 맡겨졌다.

"다다유키 씨는 일 관계로 접대하는 자리에 나를 불렀어. 그때 처음 알았지 …… 엄마가 이런 얘기하는 거, 처음이지?"

시노의 얼굴이 발갛게 물들어 보이는 것은 사람들의 후끈한 열기 때문만은 아닐 것이다.

"궁금하다. 접대하는 자리에서 어떻게 알게 되었는데?"

"처음 얼굴을 본 건 그때였지만, 사실상 처음 만난 건 여기."

"여기?"

"그래. 햐쿠만고쿠 축제를 구경하러 나왔다가, 여기에서 우연
히 마주쳤어. 내가 인사를 했는데도, 다다유키 씨는 나를 전혀
못 알아봤어. 하기야 그럴 만도 하지. 화장도 안 했지 가발도 안
썼지, 옷도 기모노가 아니고 청바지를 입고 있었거든."

시노는 그때 일이 떠오르는지 후훗 웃었다.

"그렇게 사랑이 시작된 거네."

"그래, 그런 셈이지."

"그래도 여러 가지로 문제가 많지 않았어? 아빠는 자식 있는
몸이고, 엄마는 그때 잘나가는 게이샤였을 텐데."

"없었다고 하면 거짓말이지."

"어떻게 헤쳐 나갔는데?"

"그렇게 물으니까 별로 할 말이 없네. 뭘 어떻게 했는지."

"아빠를 믿었다는 뜻이야?"

"그야 물론 그렇지."

시노가 잠시 말을 끊었다.

"자신을 믿을 수 있었기 때문인지도 모르겠네."

리리코는 새삼스럽게 시노의 얼굴을 쳐다보았다.

"자신?"

"응. 그전까지는 엄마가 엄마 자신을 믿지 못하는 구석이 있었거든. 게이샤라는 일이 때로는 거짓 웃음을 웃어야 하는 때도 있고, 마음에 없는 말도 해야 하잖아. 그런 걸 계속하다 보니까, 진짜 내 마음이 어떤 건지 잘 모르게 되고 말았어."

그리고 시노는 조그맣게 숨을 들이쉬었다.

"그런데 다다유키 씨를 만나서, 엄마가 처음으로 엄마 자신을 믿을 수 있게 되었어. 자신의 마음을."

그 말이 리리코의 가슴속에 퍼졌다.

만약 시노가 아닌 사람에게서 이런 말을 들었다면, 그저 듣기 좋은 말이라고 여겼을지도 모른다. 자신을 믿는다. 사랑하는 사람 이상으로. 그 말이 있는 그대로 마음에 스며들었다.

"리리코."

"응?"

"엄마가 정말 야마자키 씨와 결혼해도 되겠니?"

"그럼, 당연하지."

리리코는 자기도 모르게 큰 소리로 대답했다.

"아빠를 잊은 건 아니지만."

"알아. 엄마, 그런 건 조금도 개의치 마."

"야마자키 씨를 만나고, 다시 한 번 엄마 자신을 믿어 볼까 싶었어."

"응."

"평생 그런 일은 두 번 다시 없을 거라 생각했는데."

인생에 딱 한 번인 사랑에 모든 것을 바치는 삶도 있을 것이다. 하지만 사랑은 언제든 갑작스럽게 찾아온다. 그럴 생각이 없었는데도, 돌아보면 이미 몸도 마음도 완전히 푹 빠져 있다.

"잘됐잖아, 엄마. 좋은 사람을 만나서."

어른이 되어 갈수록, '사랑 따위'라면서 겸연쩍어하거나 포기하거나, 때로는 조롱하는 일까지도 있다. 그러나 그것은 오만이다. 사람은 누구든, 언제나 사랑을 기다린다. 사랑하는 사람을 애타게 기다린다. 사랑만큼 사람을 불태우는 것도 없으니까.

"소방대 왔다."

시노의 말에 리리코는 뒤꿈치를 바짝 들었다.

축제 차림의 남자들이 전통 가락과 노랫소리를 헤치고 천천히 다가오고 있었다. 삼거리 중앙까지 오자 사다리가 세워졌다. 드디어 소방대의 묘기가 펼쳐진다. 기대에 찬 환성과 박수 소리가 일었다.

"저 있지, 실은 꼭 해야 할 얘기가 있어."

"뭔데?"

"사실은 리리코가 시집갈 때, 그때 얘기해 주려고 했는데, 엄마가 이렇게 되었으니까.”

소방대원이 사다리를 오르는 모습이 보였다. 구경꾼들의 흥분
이 점점 고조된다.

“무슨 얘긴데 그래.”

“리리코의 친엄마 말이야.”

리리코가 천천히 시노 쪽으로 얼굴을 돌렸다.

❋ 유키오

드디어 아파트 철거 공사가 시작되었다.

여러 가지로 머리 아픈 일이 많았지만, 가와데 노인도 별 탈
없이 이사를 마쳤고, 아무튼 일이 여기까지 무사히 진척되어서
유키오는 안도하고 있었다.

이다음 일은 아파트의 실내 구조와 인테리어에 대해 전문가와
함께 소유자들과 의논하는 것, 그리고 분양을 위한 영업이다. 모
델 하우스 오픈에 신문 광고, 전단지 제작, 광고 우편 발송 등 해
야 할 일이 산더미처럼 많다.

그럼에도 일단락 났다는 안도감이 있었다.

나가미네에게 야경이 아름답게 내다보이는 프렌치 레스토랑에서 식사를 하고 싶다고 주문한 것도 그 때문이다. 한껏 멋을 부리고, 맛을 음미하며 와인을 고르고, 천천히 식사를 한다. 오랜만에 그러고 싶었다.

"당신이 원하는 딱 그런 곳이지?"

나가미네가 테이블 맞은편에서 조금은 자랑스러운 표정으로 말했다.

"응, 아주 좋아. 여기, 자주 와?"

유키오는 유리 잔 속에서 찰랑거리는 엷은 호박색 와인을 입에 머금었다.

"설마. 이렇게 엄청난 가게에 어떻게 자주 오겠어. 웨이터들이 감시하고 있는 것 같아서 어깨까지 뻐근한데. 당신 생각해서 온 거야."

나가미네는 넌지시 그런 말을 던진다. 신기하게도 얄밉지 않다. 오히려 미소를 짓게 된다.

"전에 같이 왔던 사람은 누군데?"

"글쎄, 누구였더라."

"부인?"

나가미네는 요란하게 고개를 저었다.

"에이. 마누라와 이렇게 근사한 레스토랑에 와 봤자 의미가 없지."

질투심에 던진 말은 아니었지만, 그렇게 받아들여도 신경 쓰지 않기로 한다. 여자의 질투심은 남자의 자신감을 증명하는 격이다. 그 정도 서비스를 아낄 생각은 없다.

"나가미네 씨도 이미 낚은 물고기에는 먹이를 주지 않는 주의야?"

"그건 피차 마찬가지지. 마누라도 그렇게 생각하고 있을걸. 나와 이런 곳에 와 봐야 즐거워하지도 않을 테고. 친구끼리 비싼 런치를 먹으면서 남편 험담이나 하는 편이 훨씬 즐겁겠지."

"후훗, 그렇겠네."

"물론 그런다고 잔소리 늘어놓을 마음은 없어. 마음껏 나가 놀면 좋지."

"그래도 가끔 가족끼리 외식하러 가는 일은 있겠지?"

"그야 물론 가끔은."

"그럼, 내가 본 게 마침 그 가끔이었나 보네."

나가미네가 나이프와 포크를 쥔 채로 유키오에게 시선을 고정했다.

그 표정에서 당혹스러움이 엿보여, 유키오는 그만 심술이 도지고 말았다.

"왜 전에 갤러리가 있는 기시멘 가게에 데려간 적 있잖아. 그

가게, 가족끼리 외식하기 딱 좋겠던데."

나가미네가 당황하면서도 미소를 지었다.

"혹시 지난주에 그 가게에 갔던 거야?"

"응, 어쩌다."

"그랬군. 그 가게에는 간혹 가. 아이들이 기시멘을 좋아해서."

"나가미네 씨, 아빠 표정이더라."

나가미네는 말이 없었다.

"내게는 보이지 않는 얼굴. 그런데 내가 아는 어떤 얼굴보다 멋진 얼굴이었어."

"허 참. 그거 비꼬는 건가?"

나가미네가 어깨를 으쓱한다.

"아니, 그런 거 아니야."

"불쾌했다면 사과하지. 생각해 보니까, 내가 무심했군. 당연히 기분이 상했을 거야. 내가 생각이 모자랐어."

"아니라니까."

"앞으로는 그런 일 없을 거야. 그러니까 화내지 말라고."

"화난 게 아니야."

나가미네의 오해를 풀고 싶은데, 어떻게 말하면 좋을지 모른다. 뭐라 말했다가 더 오해를 살 것 같기도 했다.

"와인이나 조금 더 마실까 보다."

포기하는 기분으로 유키오는 말했다. 그렇게 말하자 겨우 나가미네의 표정에도 여유가 돌아왔다.

"그래야지. 레드 와인으로 하겠어? 오늘은 거하게 마셔 보자고."

절대 질투심에서 꺼낸 말도 빈정거림도 아니었다. 사실 유키오의 마음속에 나가미네의 아내 따위는 거의 있지도 않았다. 다만 지금까지 본 적 없는, 나가미네의 아빠다운 얼굴에 신선한 놀람을 느꼈을 뿐이다.

그리고 그 놀람은 유키오가 어렸을 때부터 가슴 깊이 품고 있던 아버지라는 존재에 대한 애달픔 비슷한 감정을 되살아나게 했다.

다카히사 집안에 들어왔을 때, 유키오는 여섯 살이었다. 물론 엄마가 돌아가셨다는 것은 이해하고 있었다. 하지만 어딘가에는 아빠가 있다는 것도 알고 있었다. 언젠가 반드시 아빠가 자신을 데리러 온다. '얼마나 찾았는지 모른다'는 말과 함께 꼭 껴안아 준다. 가슴속에 언제나 그런 기대를 품고 있었다.

그러나 기대는 그저 기대로 끝났다. 엄마는 아빠에 대해서 한마디도 해 주지 않았다. 끝내 밝힐 수 없는 상대였던 것이라고 이해하게 된 후로 유키오는 더는 기다리지 않았다. 그리고 보통 사람들과는 다른 처지로 사는 삶을 받아들이는 데만 마음을 기울였다. 그런데도 아버지라는 존재에 대해서는 지금도 간혹 예민해지고 만다.

식사를 끝내고 평소대로 두 사람은 유키오의 집에서 둘만의 시간을 보냈다. 날짜가 바뀌기 조금 전에 나가미네는 돌아갔다. 그 모습을 배웅한 후, 유키오는 천천히 샤워를 했다.

자기 의지로 나가미네와 사귀고 있으면서, 혼자 남으면 오히려 안도하는 것은 어째서일까. 마치 자신에 대한 의무를 다한 기분이 들고, 이제야 겨우 하루를 끝낼 수 있다는 생각이 든다.

잠들기 전에 노트북을 열었더니, 준이치에게서 메일이 와 있었다.

'인사가 늦어서 미안하군. 저번에는 갑자기 불러내서 미안해. 하지만 덕분에 얘기도 많이 나누고 즐거웠어. 전에는 몰랐던 유키오의 일면도 볼 수 있었고 말이야. 기회가 되면 또 한잔하자고.'

간결한 문장에서 준이치다움이 묻어났다. 겸연쩍음과 무뚝뚝함이 동거하고 있는 준이치는 격식 차리는 것을 가장 싫어한다.

불현듯, 헤어질 때 준이치가 했던 말이 떠올랐다.

"제대로 살고 있는 거 맞아?"

물론이지.

유키오는 소리 내어 말해 보았다. 책임지고 해야 하는 일에 보람을 느끼고 있다. 그렇다고 밤낮으로 일에만 매달리는 것은 아니다. 처자식은 있지만 다정한 연인도 있다. 결혼을 못해 초조해하거나 세상의 상식에 얽매일 마음도 없다. 나는 자유롭게 하고 싶은 일을 하고 있다.

'나도 즐거웠어. 이런 말 하자니 뭐하지만, 세마 준이치는 많이 변했더라. 가나자와에서 만났을 때도 그렇게 생각했는데, 지난번에는 특히 그랬어. 우등생이었던 시절의 준이치만 봐서는 상상도 못할 만큼. 아무튼, 언젠가 또 한잔하자.'

답장을 보내고, 유키오는 침대로 들어갔다.

다음 날, 건축업자와 모델 하우스 내부 인테리어에 대해 협의를 끝내고 나자 시간이 벌써 여덟 시 가까웠다.

가는 길에 편의점에서 저녁으로 먹을 도시락과 내일 아침 먹을 빵과 샐러드를 사 들고 집으로 향했다. 완전히 지쳐 피곤했다. 입구로 들어가 우편함으로 손을 뻗는데, 누가 말을 걸었다.

"다카히사 유키오 씨 맞죠?"

돌아보니, 한 여자가 서 있었다. 삼십 대 중반쯤일까. 그런대로 우아한데, 수업 참관하러 가는 학부모처럼 조금 촌스런 베이지색 투피스를 입고 있다. 어디서 한 번 만난 것 같기도 하다. 누구일까. 유키오가 담당하고 있는 재건축 아파트의 소유자일까, 아니면 거래처 사람인가.

아, 하고 알아챈 순간 여자가 가볍게 고개를 숙였다.

"저는 나가미네라고 해요."

유키오는 천천히 눈을 깜박거렸다.

"나가미네의 아내입니다."

기시멘 가게 주차장에서 아이들을 나무라던 모습이 겹쳐졌다. 무슨 말을 하면 좋을지 몰라 유키오는 멀거니 나가미네 아내의 얼굴을 바라보았다.

"잠시 얘기를 하고 싶은데, 괜찮으세요?"

표정도 말투도 온건했지만, 거기에는 거절할 수 없는 강경함이 내포되어 있었다. 너무 갑작스러워 당황했지만, 지금 와서 도망칠 마음은 없었다. 이런 날이 언젠가 온다. 처자식 있는 남자와 사귄다는 것에는 그럴 가능성이 언제나 숨어 있다. 유키오는 침착함을 되찾고, 고개를 끄덕였다.

"알겠어요. 잠시 걸을까요? 큰길로 나가면 패밀리 레스토랑이 있어요. 거기로 가죠."

얘기가 복잡해질 것은 알고 있었다. 조용한 찻집은 오히려 얘기를 나누기가 껄끄러울 것이다.

"네, 그러죠."

유키오는 편의점 봉지를 손에 든 채 입구에서 나와 나가미네의 아내와 함께 걷기 시작했다.

가게에 도착할 때까지, 불과 오 분 정도의 시간이 영원히 계속되는 것은 아닐까 싶을 만큼 길었다. 말이 없는 상황이 무겁게 마음을 짓누르고, 앞으로 전개될 장면에 대한 상상이 어쩔 수 없이 부풀어 간다. 패밀리 레스토랑 의자에 앉았을 시점에는 그 상상만으로도 이미 지쳐 있었다.

서로 커피를 주문하고 겨우 얼굴을 마주 보았지만, 무슨 말을 하면 좋을지, 누가 먼저 말을 꺼내는 편이 좋을지 혼란스러웠다.

"제 남편이 늘 신세를 지고 있는 것 같더군요."

나가미네의 아내가 간신히 그렇게 말문을 열었다.

"아니에요, 저야말로."

대답하고서야 그 말이 이 자리에 걸맞지 않는 선택이라는 것을 깨달았지만, 이미 늦었다. 두 사람 앞에 커피 잔이 놓였다.

"주문하신 커피 나왔습니다."

매뉴얼대로 말하는 웨이트리스의 상냥한 목소리가 두 사람의 어색함을 부추기고 만다.

"무슨 얘기인지는 물론 알고 있겠죠."

나가미네의 아내가 말했다.

"네."

이제 와 부정할 수도 없어 유키오는 고개를 끄덕거렸다.

"결론부터 말씀드리죠. 그쪽은 우리 애들 아빠와 어떻게 하고 싶은 거죠?"

"어떻게 하고 싶냐니 ……."

"결혼을 원하는지 묻고 있는 거예요."

"설마요."

유키오는 바로 고개를 저었다.

"그럴 생각은 조금도 없어요."

"그렇다면 그저 불장난인 거군요."

결혼이냐 불장난이냐. 둘 중 하나밖에 선택할 수 없는 것일까. 결혼은 원하지 않지만, 그저 불장난을 하고 있는 것도 아니다. 나가미네와 함께 지내는 시간은 유키오를 느긋하게 풀어 주는 유일한 것이다. 그 시간은 나고야에서 근무한 후로 친구도 아는 사람도 없이 일에만 파묻혀 살았던 유키오의 나날에 활기와 윤기를 더해 주었다. 만약 나가미네가 없었더라면, 정말 멋없는 생활이었을 것이다. 하지만 그렇게 설명한다고 이해해 줄 리는 없었다. 오히려 이기적인 변명이라고 여겨지리라. 불장난이라는 말, 차라리 그 편이 그나마 나을지도 모르겠다.

"불장난이라면, 굳이 다른 사람의 남편이 아니라도 좋을 텐데. 혼자 사는 남자도 얼마든지 있잖아요. 좀 더 분별 있게 행동하는 게 좋지 않겠어요."

사과를 해야 하나, 유키오는 생각했다. 나가미네의 아내는 당연히 유키오가 사과해야 한다고 생각할 것이다. 처자식 있는 남자와 사귀는 것은 윤리에 어긋난다. 하지만 사랑과 연애는 언제나 어느 정도는 윤리에서 벗어나 있는 것이 아닐까. 그래서 혼란스러운 것이 아닐까. 모든 사람이 박수를 쳐 주는 연애는 연애의 가장 농익은 부분을 미처 맛보지 못하는 경우가 아닐까.

하지만 유키오는 아무 말도 할 수 없었다. 말할 수 없다고 해서 잘못을 인정하는 것은 아니다. 나가미네에 대한 마음이 잘못을 인정해야 할 만큼 값진 사랑이 아니라는 것을 유키오 자신이 알고 있기 때문이다.

"당신, 알고 있나 모르겠네. 사실 난 아내로서 위자료를 청구할 수도 있어요. 그런 부담, 당신은 지고 싶지 않죠?"

유키오는 퍼뜩 고개를 들었다.

"내가 만약 돈을 주면 이혼할 건가요?"

할 필요가 없는 말을 하고 만다. 이건 사랑 탓이 아니다. 쓸데없는 오기다. 아내라는 존재의 상식적인 발언에 몸속에서 뾰족뾰족한 반발심이 고개를 쳐들었다.

뜻하지 않은 반격에 나가미네의 아내는 당장 갑옷으로 온몸을 무장했다.

"당신은 결혼할 마음이 없잖아요?"

"네, 없어요."

"그렇다면 왜 돈을 주겠다는 말을 하나 모르겠네."

"말해 봤을 뿐이에요. 돈 얘기를 먼저 꺼낸 것은 그쪽이니까."

"아하, 그렇게 나오시겠다."

나가미네의 아내는 깔끔하게 손질한 눈썹을 찡긋 올렸다.

"과연 만만한 사람이 아니네요. 이런 자리에서도 그렇게 빈정거릴 수 있다니. 하기야 그렇겠죠. 사연 있는 출생에, 전에 있던 교토에서도 남자와 옥신각신하던 끝에 요란한 퍼포먼스를 펼쳐 보였다 하고."

유키오의 두 볼이 천천히 굳어 갔다.

"당신에 대해서 좀 조사해 봤어요. 내게 그 정도 권리는 있을 테니까. 팔에 난 그 상처는 이제 안 아픈가 모르겠네. 연애 때문에 자살까지 시도하다니, 나 같은 평범한 여자는 상상도 못할 일이지."

어떻게, 그걸 ……. 하지만 말은 나오지 않았다.

"회사에서는 당신의 그런 과거를 알고 있나요? 알면 뭐라고들 할까. 스캔들은 한 번 불거지면 평생을 따라다니는데. 사람들이 잊는 것은 좋은 소문뿐, 나쁜 소문은 술자리나 로커 룸에서 좋은 안주거리가 되지. 지금 다니는 회사를 계속 다닐 생각이라면, 그런 뒷말 때문에 골치를 썩고 싶은 마음은 없겠죠?"

유키오는 커피 잔을 바라보고 있다. 기름 막이 얇게 퍼져 있어 입을 대고 싶지 않았다.

나가미네의 아내는 또박또박 말을 이어 갔다.

"내가 왜 그렇게까지 뒷조사를 했을까, 그런 생각을 하고 있겠죠. 신원이나 행동거지를 조사한다는 건, 그렇게 품위 있는 방법은 아니니까. 하지만 남의 남편과 잠자리를 같이한 여자에게 품위 따위 운운해 봐야 소용없다고 생각했어요. 여자는 말이죠, 특히 결혼해서 정상적으로 가정을 꾸리고 있는 여자는, 옆에서 좋은 것만 낚아채는 영악한 여자를 절대 용서하지 않아요. 철저하게 싸운다는 뜻이죠."

그리고 나가미네의 아내는 우쭐거리며 덧붙였다.

"이제 우리 남편과 더 이상 만나지 않겠죠? 그게 나와 남편을 위한 일이 아니라 당신 자신을 위한 일이라는 것도 잊지 말아요. 참, 이거, 궁금하다면 드릴게요. 천천히 읽어 봐요."

아내가 가방에서 누런 봉투를 꺼내 테이블에 올려놓았다.

나가미네의 아내가 자리를 떠난 후에도 유키오는 한동안 움직일 수가 없었다. 어중간하게 공기가 빠져나간 풍선처럼 흐물흐물한 공간이 머릿속에 퍼져 나갔다.

문이 열리고 여고생들이 와글거리며 들어왔다. 그제야 정신을 차린 듯 유키오는 천천히 봉투로 손을 내밀었다.

거기에는 출생에서 현재에 이르는, 유키오의 인생이 간략하게 요약되어 있었다. 그야말로 자료다 싶게 번호 순으로 일목요연하게 정리되어 있다. 출생, 진학, 취직, 트러블 …… 모두 사실이 틀림없었다. 그러나 거기에는 울었던 일이나 괴로웠던 일, 고민했던 일은 적혀 있지 않았다. 그저 현상만이 열거되어 있을 뿐이다.

슬픈 것은 아니었다. 화가 나지도 않았다. 무기력하다는 느낌밖에 없었다. 어쩌면 자신이 지금까지 살아온 인생 따위는 결국이 종이 쪼가리 한 장에 다 담길 만한, 딱 그만큼의 것이었을지도 모른다.

모든 것은 나 자신에서 비롯한 일이다. 그렇다는 것을 유키오는 새삼 자각했다. 자업자득. 그 말이 귓속에서 울렸다.

그때, 휴대전화가 울렸다.

순간적으로 나가미네인가 하고 생각했다. 하지만 화면에 표시된 것은 준이치의 이름이었다. 지금은 아무와도 얘기하고 싶지 않다. 그런 생각과는 반대로, 누구와든 얘기하고 싶은 마음도 있었다. 유키오는 전화기를 손에 들었다.

"여보세요."

"아, 나야. 지금 통화할 수 있어?"

"응."

"조금 전까지 아이다네 가게에서 마시고 있었어. 술도 깰 겸 가나자와 성 안을 산책하고 있는데, 달이 예뻐서."

"달?"

"거기에서는 안 보이나?"

유키오는 유리창 너머로 하늘을 올려다보았다. 건물 사이로, 노란빛을 머금은 완벽한 달이 떠 있었다.

"아, 정말이네. 예쁘다 ……."

"그렇지, 예쁘지? 달을 보니까, 갑자기 너랑 얘기가 하고 싶더라."

갑자기 눈물이 핑 돌았다. 그리움과 안도감이 억누르고 있던 것을 단숨에 넘치게 했다. 유키오는 오열이 터져 나올 것 같은 입을 손으로 꾹 눌렀다.

"왜, 무슨 일 있어?"

"아니."

"좀 이상한데."

"나 ……."

"응."

"가나자와에 가고 싶다."

다음 말이 이어지지 않았다.

핏줄

리리코 ✳

니혼바시에 있는 전통 공예품 가게 앞에서 리리코는 걸음을 멈췄다.

아담한 가게의 두 쪽짜리 문에 '하나야'라는 간판이 걸려 있다.

시노가 알려 준 가게가 틀림없었다. 힐금 안을 들여다보았지만 사람은 없었다. 일단 지나쳐 다음 모퉁이까지 갔다.

어떻게 할까, 하고 다시 걸음을 멈춘다. 애써 여기까지 왔는데, 하는 마음과 지금 와서 뭐하러, 하는 마음이 가슴속에서 오락가락한다.

친엄마 야스코에 대해서는 전혀라고 해도 좋을 만큼 기억이 없다. 엄마가 집을 나갔을 때, 리리코는 세 살이 채 안 된 어린 아기였다. 다만 아빠와 헤어진 이유는, 어렴풋하게나마 알고 있었다. 어린 리리코를 안쓰러워하는 표정으로 "제 자식을 두고 다른 남자와 도망친 여자는 엄마도 뭐도 아니지" 하고 귓가에 속삭이는 심술궂고 말 많은 사람은 어디에나 있는 법이다. 상대 남자는 친엄마가 취미 삼아 다녔던 염색 공예가의 공방에서 수업하던 연하의 장인이었다는 것을, 며칠 전 시노에게 들었다.

하기야 일찌감치 친가의 친척을 찾아갔다면 당시의 사정이 어땠는지 알아낼 수도 있었을 것이다. 그러나 전처는 집을 나갔고 그다음에 결혼한 상대는 게이샤였던지라, 아빠는 친척들의 수치였던 것 같다. 친가의 할머니와 할아버지는 이미 세상을 뜨셨고, 아빠가 돌아가시고 나자 친척들은 당장 호적에서 이름을 지우라고 시노에게 지시했다. 그런데 리리코를 키워 줄 사람이 없어 보호 시설에 맡겨지게 된 것을 안 시노는 양자를 들이는 형식으로 리리코를 맞아들였다. 그런 일들 때문에, 결국 친척들과는 인연이 끊기고 말았다.

친엄마가 어떤 사람인지 알고 싶은 욕망이 간절했던 시기도 있었다. 시노와 오토와가 무척이나 귀여워해 주었지만, 문득 문득 '만약 친엄마가 있었다면 ⋯⋯' 하는 생각이 어디선가 고개를 쳐들곤 했다. 이 세상 어딘가에 자신과 한 핏줄인 인간이 있다. 그 사실은 낭만적인 감상과 겹치면서 어떤 사람일까, 친엄마도 사실은 나를 만나고 싶어 하지 않을까, 하는 상상을 부추겼다.

그럴 때마다 유키오는 언제나 냉정하게 말했다.

"핏줄이 그렇게 중요하니? 부모 자식이고 형제 사이면 다들 사이좋게 산다고 할 수 있어? 옥신각신하는 가족들이 얼마나 많은데. 아니, 그쪽이 훨씬 많을걸. 같은 핏줄이어도 어차피 사람은 다 외톨이야. 왜 그렇게 미련을 버리지 못하는 거니?"

조숙하고 사려 깊은 유키오는 리리코보다 훨씬 먼저 결론을 내린 상태였다.

그때, 하쿠만고쿠 축제를 구경하면서 시노는 입안에서 웅얼거리는 작은 목소리로 말했다.

"그냥 가만히 있을까, 얘기를 해 줄까 많이 망설였는데, 역시 그건 내가 결정할 일이 아니라는 생각이 들었어. 이제 리리코도 다 큰 어른이잖아. 네게 맡기기로 했어."

그런 결론에 이른 데에는 당연히 시노 자신의 재혼이 정해진 이유도 있을 것이다.

리리코는 발걸음을 돌려 다시 가게로 향했다. 그러나 여전히 머뭇거렸다. 그 머뭇거림 속에는 새삼스럽게 만나서 뭘 어쩌지 하는 당혹스러움 외에 만약 귀찮아하면 어쩌나 하는 두려움도 포함되어 있었다. 그 순간, 가슴속 깊이 남모르게 숨겨 놓은 달짝지근한 그리움이 무참히 깨지고 말았다. 그렇게 겁이 난다면 차라리 이대로 집으로 돌아가는 편이 낫다.

"그냥 손님으로 들어가는 건데 뭐 ……."

혼자 그렇게 중얼거리면서 리리코는 조그맣게 숨을 내쉬었다. 역시 만나 보고 싶다. 보기만 하면 된다. 친엄마가 과연 어떤 사람인지. 어떻게 생겼고, 목소리가 어떻고, 또 어떻게 살고 있는지.

그래도 발을 들여놓자니 용기가 부족해 리리코는 쇼윈도를 바라보는 척하면서 안을 엿보았다. 그때였다.

"마음에 드시는 게 있나요?"

불쑥 등 뒤에서 누가 말을 건넸다. 돌아보니, 시노와 나이가 비슷해 보이는 여자가 서 있었다. 엷은 먹색에 잔무늬가 있는 기모노를 입고 있다.

이 사람이다.

직감적으로 그렇게 느꼈다.

"괜찮으시면 안으로 들어와 천천히 보세요."

"아니요 ……."

"괜찮아요. 자, 사양 말고 들어오세요. 보시기만 해도 괜찮아요. 젊은 분이 조금이라도 이런 것에 관심을 가져 주시면, 그것만으로도 전 기뻐요."

그렇게 말하면서 여자가 가게 안으로 들어갔다. 이끌리듯 리리코도 그 뒤를 따랐다.

예쁘장한 가게 안에 기모노 허리띠를 묶는 장식 끈과 손가방, 버선, 보자기 등 소품들이 깔끔하게 진열되어 있었다.

"마음에 드시는 게 있으면 언제든 말씀해 주세요."

그 사람은 정감 있게 말을 건네고는 안쪽으로 들어갔다. 안쪽은 사무실인 듯했다. 그쪽을 기웃거리면서도 가게 안을 살금살금 걸어다니며 이것저것 구경하는데, 목소리가 들려 왔다. 전화가 걸려 온 듯하다.

"어머, 오늘 밤도 늦어요? 아, 그 주문. 급한 거라 어쩔 수 없겠네. 고생이 많아요. 나는 괜찮으니까, 고생스럽겠지만 힘내요."

가나자와 사투리가 들렸다. 상대는 아마 남편이 틀림없을 것이다. 아빠와 리리코를 버리면서까지 함께한 남자. 연하의 전통 염색 장인. 어떤 남자일까.

그때, 리리코의 눈에 벽에 걸린 보자기 하나가 들어왔다. 가나자와 소방대의 모습을 한 동자가 그려져 있다.

"그거, 귀엽죠?

등 뒤에서 목소리가 들렸다.

"네, 그러네요."

"너무 귀여워서 그만 액자에 넣어 저렇게 벽에 걸어 놓았어요."

리리코는 고개를 끄덕이고는 보자기를 보면서 중얼거렸다.

"정말 가나자와 인형은 마음을 푸근하게 만드는 것 같아요."

"어머나."

그 사람의 목소리가 조금 변했다.

"혹시 가나자와 분이세요?"

리리코는 돌아서서, 새삼스럽게 그 사람을 보았다.

"가나자와 인형이라고 하셔서. 아시는 분이 좀처럼 없거든요."

"그런가요 ……."

어색한 기분에 리리코는 눈에 띈 동전 지갑을 손에 들었다. 소품인데도 전통 염색 천을 사용했고, 그림에는 벌레 먹은 나뭇잎을 표현한 기법과 그러데이션 기법을 썼다.

"저, 이거 살게요."

그 사람이 당황한 표정으로 웃으면서 고개를 저었다.

"괜찮아요, 굳이 사지 않으셔도 됩니다. 그냥 둘러보시기만 해도 되니까."

"아니에요, 기념으로."

저도 모르게 그렇게 말하고 말았다.

"그래요, 무슨 기념일까요?"

그 사람이 웃는 얼굴로 묻는다.

"별건 아니에요. 그냥 사소한 기념이에요."

그 사람이 불현듯 진지한 표정을 하고는 리리코를 바라보았다. 그 시선을 피하듯이 리리코는 바닥으로 눈길을 떨어뜨렸다. 그 사람은 동전 지갑을 계산대로 가져가 포장하기 시작했다. 조금 더 얘기를 나누고 싶은데, 아니야, 할 얘기가 뭐가 있다고. 마음이 흔들린다.

"정말 고마워요."

그 사람이 포장한 동전 지갑을 내밀었다. 리리코는 값을 지불한다. 돈을 받아든 그 사람의 손을 봤을 때, 리리코는 움찔 놀랐다.

리리코의 약지 손톱은 모양이 약간 비틀려 있다. 거기만 딱지가 앉은 것처럼 두 겹이 되기도 한다. 다른 손톱은 아무렇지 않은데, 약지 손톱만 그렇다. 그 사람도 약지 손톱만 모양이 일그러져 있었다.

이것이 핏줄일까.

리리코는 포장한 동전 지갑을 받아들었다.

"감사합니다."

그 사람이 손동작을 멈췄다. 리리코처럼, 그 사람 역시 리리코의 비틀린 손톱을 알아본 것 같았다. 리리코를 보는 표정에 소리 없는 놀람이 차올랐다.

"아 …….."

그 사람의 입술이 천천히 움직였다.

리리코는 잠자코 머리를 숙이고, 동전 지갑을 손에 들고 문 쪽으로 향했다. 뒤에서 그 사람의 절박한 목소리가 따라왔다.

"혹시."

리리코가 걸음을 멈췄다. 하지만 돌아보지는 않았다.

"내가 사람을 잘못 봤다면 미안해요. 하지만 혹시, 혹시, 리리코 아니니 ……?"

리리코는 걸음을 멈춘 채 움직이지 않는다.

"그렇구나."

리리코 앞으로 다가온 그 사람의 눈가엔 이미 눈물이 맺혀 있었다.

"아아, 정말 리리코 맞지. 이게 꿈이 아니지."

리리코는 그 사람을 바라보았다. 감정은 지나치면 오히려 감각에서 멀어지는 것인지도 모른다. 갑작스레 싸늘한 기분에 휩싸였다.

"이렇게 어른이 되었구나."

그 사람의 얼굴에 울음과 웃음이 뒤섞인 표정이 번졌다.

"어떻게 이런 일이, 이런 곳에서 너를 만나다니."

리리코는 뭐라고 대답하면 좋을지 몰랐다.

"어떻게 여길 …… 아니지, 그런 건 아무래도 괜찮아. 잘 왔어. 이렇게 어엿한 숙녀가 되다니. 정말 잘 왔어. 하루도 너를 잊은 적이 없단다. 지금 뭘 하고 있는지, 행복하게 잘 살고 있는지. 언제나, 언제나 그 생각뿐이었어."

그 사람의 말이 마치 소설의 한 구절을 소리 내어 읽고 있는 것처럼 들렸다. 가슴속 깊이 묻어 뒀던 다양한 감정 중에서 가장 딱딱한 것이 고개를 쳐들었다.

"하지만 당신은 나를 버렸어요."

자신도 분명하게 느낄 수 있을 정도로 냉담한 리리코의 말에 그 사람은 겁을 먹은 것처럼 시선을 피했다.

"세 살도 안 된 나를 미련 없이 버렸어요."

그 사람이 고통스럽게 미간을 찡그렸다.

"그래. 네가 나를 원망하는 것은 당연해. 용서해 달라는, 그런 말을 할 수 있는 처지가 아니라는 건 알고 있어. 엄마로서 나는 정말 가장 저급한 인간인걸 ……. 그래서 너에게 뭘 어떻게 되갚으면 좋을지, 늘 그 생각만 했어 ……."

리리코는 똑바로 그 사람을 보았다.

"아니요, 그런 건 이제 됐어요. 한 가지만 물어볼게요."

그 사람이 겁에 질린 눈으로 리리코를 본다.

"당신에게 딸이란 뭐였죠?"

그 사람의 얼굴이 긴장한다. 한참이나 대답이 없었다. 그 사람은 입술을 깨물고 온 힘을 다해 할 말을 찾고 있는 것 같았다.

"그 무엇보다, 그 누구보다 소중했어."

"그런데 남자를 선택했군요."

"그렇지 않아."

"지금 와서, 그런 거짓말을."

"너는 기억하지 못하겠지만, 그때 너의 손을 잡았어. 너를 데리고 가려고 했어. 두고 가겠다는 생각은 추호도 없었단다."

그리고 그 사람은 잠시 숨을 골랐다.

"그런데 그 사람이 너의 손을 절대 놓아 주지 않았단다. 무릎을 꿇고 빌어도 내 말을 들어주지 않았어. 리리코 너와 함께였다면 얼마나 행복했을지, 지금도 생각한단다. 하지만 나 혼자 행복해지는 건 하늘이 허락하지 않을 거란 기분이 들었어. 그 사람이 아닌 사람에게 마음을 준 벌을 받아야만 한다고. 내게는 그게, 리리코 너를 잃는 것이었단다 ……."

마지막 말에는 오열이 섞여 있었다.

"나는 ……."

리리코는 신중하게 말을 골랐다.

"그 말을 어떻게 받아들이면 좋을지 지금은 잘 모르겠어요. 다만, 당신을 원망하지는 않아요. 아빠가 돌아가신 후, 정말 행복하게 살아왔어요. 세상에서 가장 멋진 가족들과 함께요. 그러니까 신경 쓸 거 조금도 없어요."

그 사람은 아무 말도 못한 채 눈가에 맺힌 눈물을 손가락 끝으로 얼른 닦았다.

"그럼, 나 이만."

스스로도 참 매몰차다고 느꼈다. 하지만 새삼스럽게 손에 손을 맞잡고 재회의 기쁨을 나눌 기분은 아니었다.

리리코는 고개를 숙이고 이번에야말로 그 사람에게 등을 보이고 걸어갔다. 눈꼬리에 아직도 하고 싶은 말이 남은 듯한 그 사람의 표정이 보였다. 리리코 역시 답답한 심정은 남아 있었다. 하고 싶은 말이 정말 그게 전부였을까. 이대로 헤어져도 후회가 남지는 않을까.

가게에서 나와 지하철을 타고 가면서 리리코는 차창에 비치는 자신과 마주했다.

친엄마는 상상했던 모습 그대로의 사람 같기도 하고, 전혀 다른 누구인 것처럼 느껴지기도 했다. 과거에 아무 일도 없었던 것처럼 행복하게 살고 있다면 참 싫겠네, 하는 마음과 동시에 평온하게 사는 모습을 보고 싶은 마음도 있었다. 이 세상에서 가장 만나고 싶지 않은 사람이면서 또 누구보다 만나고 싶은 사람이었다.

아마 이건 아주 큰 행운일 거야. 그렇게 속으로 말했다. 엄마는 아름다웠고, 은은한 먹색 기모노도 잘 어울렸다. 어이가 없을 정도로 손톱 모양도 꼭 닮았다. 그러면 된 거지 뭐, 다녀오기를 잘한 거야. 그렇게 몇 번이나 중얼거렸다.

어시스턴트 일은 그렇게 순조롭다 할 수 없었다.

아무리 머리를 쥐어뜯어 가며 아이디어를 생각해 낸들 결국은 곤노 유리의 작품이 되고 만다. 그런 생각을 하면 의욕이 싹 사라지고 만다.

최소한 유리가 조금이라도 고마워하는 기색을 보이면 그나마 기분이 풀린 텐데, 그녀의 오만함은 변함이 없었다. 구세주라고 여겼던 그녀의 어머니도 며칠 전 거의 협박에 가까운 말을 한 후로는 태도가 싹 달라지고 말았다. 그 격차가 너무 커서 지금은 불신감마저 느껴진다.

그렇다고 적당히 써서 건네면 반드시 다시 쓰라는 명령이 떨어진다. 유리와 어머니 뒤에는 시나다라는 존재도 있다. 허술하게 쓰면 리리코의 능력이 그 정도 수준이라 판단하고 잘라 버릴지도 모른다. 역시 유리 어머니가 말한 대로 이것을 하나의 기회라고 여기는 수밖에 없을 것 같다.

그런 생각을 하면서 오늘도 곤노 유리의 집으로 향했다. 벨을 누르자 늘 그렇듯 어머니가 살갑게 맞아 주었다.

"수고가 많네. 오늘도 잘 부탁해. 어서 들어와요."

다만, 여느 때와 달리 거실에 유리가 우뚝 서 있었다.

"엄마, 아직 얘기 안 끝났어."

유리가 감정적인 목소리로 외쳤다.

"유리, 그만해. 리리코 씨가 오셨잖아. 이제 그 얘기는 그만하자."

나무라는 어머니의 말 따위는 들리지 않는다는 듯이 유리의 말투가 한층 격해졌다.

"그게 무슨 상관이야."

리리코는 거실 문 앞에서 주춤거렸다. 늘 알콩달콩 사이좋은 모녀라고는 생각되지 않는 풍경이다. 이 두 사람이 말다툼을 하는 일도 다 있네 싶어 놀랐다.

"저, 그냥 돌아갈까요?"

어머니에게 물어보았지만, 웃음이 돌아올 뿐이었다.

"아니야, 괜찮아요. 일도 좀 밀렸잖아. 어서 들어와서 시작해요. 유리, 너도 2층으로 올라가."

그러나 유리는 조금도 감정이 진정되지 않은 듯했다.

"나 몰래 시나다 씨를 만나다니, 대체 뭐냐고!"

"유리, 자, 어서."

어머니는 참다 못해 유리의 손을 끌고 거실에서 데리고 나갔다. 그러나 복도에서 다시 언쟁이 시작되었다. 물론 거실에 있는 리리코에게도 고스란히 다 들렸다.

"뭐냐고, 둘이서 몰래 몰래."

"그러니까 아까도 말했잖니. 네 일 때문에 만나서 얘기한 것뿐이라고."

"내 얘기를 하는데 술은 왜 마셔. 그럴 필요 없잖아. 그런 건 집에서 해도 되는 거 아냐."

"그건 말이지, 시나다 씨가 엄마는 늘 집에만 있으니까 가끔 기분 전환도 해야 한다고 신경을 써 준 거야."

"왜 엄마가 기분 전환을 해야 하는데. 일하고 있는 사람은 나잖아. 엄마는 나한테만 일 시키고, 돈 벌게 하잖아."

이번에는 어머니 쪽 목소리가 거칠어졌다.

"유리, 해도 되는 말이 있고 안 되는 말이 있어."

"어떤 말은 되고 어떤 말은 안 된다는 거야. 나는 사실을 말하고 있는 건데."

"그래, 좋아. 그런 식으로 말할 거면, 엄마는 이제 모르겠다. 스케줄도 돈 관리도 네가 다 해. 이제부터 일체 관여하지 않을게."

"뭐 ……."

"뭐든 혼자서 할 수 있다는 그 자만, 이제 그만 좀 해."

으앙, 자지러지게 우는 유리의 울음소리와 계단을 뛰어 올라가는 발소리가 겹친다. 바로 2층 문이 쾅 닫혔다.

어머니가 거실로 돌아왔다. 그때는 이미 평소의 온화한 표정
으로 돌아와 있었다.

"미안해요. 부끄러운 꼴을 보여서."

"아니에요."

리리코는 고개를 저었다. 달리 대답할 말이 없었다. 어머니가
부엌에서 커피를 끓이면서 푸념하듯 말했다.

"유리가 정서적으로 불안정한 면이 좀 있잖아요. 그게 그 아이
의 재능을 뒷받침하고 있지만, 때로는 감당하기가 힘드네요."

아닌 게 아니라 리리코도 그 점은 느끼고 있었다. 스물다섯 살
이라는 나이치고 유리는 너무도 어린애 같다. 어리광을 부리고
제멋대로 굴 때도 유치함이 느껴진다. 이건 지나친 억측일지 모
르겠지만, 어머니도 그런 유리를 받아주고 한없이 어린애인 채
로 놔두려는 면이 없지 않아 보인다.

어머니의 앞치마 주머니 안에서 휴대전화가 울리기 시작했다.
전화기를 손에 들고 화면에 뜬 이름을 확인하자, 어머니의 표정
이 환하게 변했다.

"잠깐 실례할게요. 먼저 일 시작하고 있어요."

어머니가 거실에서 나간다. 그 발걸음이 유난히 가벼워 보인다.

"지난번에는 고마웠어요."

복도에서 달콤한 목소리가 들렸다.

상대는 시나다일까.

이런 생각은 악취미일지 모르겠다. 하지만 만약 어머니와 딸이 한 남자를 ······. 설마, 하고 생각한다. 하지만 만약 그게 사실이라면 앞날에 과연 어떤 일이 기다리고 있을까.

그러나 상상하는 것 자체가 민망해서 리리코는 얼른 노트북을 열었다.

❋ 유키오

준이치와 막상 얼굴을 마주하니 쑥스러웠다.

며칠 전 통화를 하면서 그만 약한 꼴을 드러내고 말아 준이치도 상당히 당황했을 것이다. 하지만 이렇게도 생각한다. 그 통화를 했을 때의 자신이야말로 있는 그대로의 나 자신이라고.

"조금은 기운이 났어?"

준이치가 맥주잔을 입으로 가져갔다.

"응, 조금."

유키오도 맥주를 마셨다. 전에 아이다네 가게에서 마셨을 때는 벚꽃이 질 무렵이었다. 지금은 한창 장마철이다.

전화에서 말했던 대로 유키오는 주말에 가나자와로 내려왔다. 도착 시간을 약간 늦게 잡은 것은 엄마와 할머니가 가게에 나가 있을 시간이라는 것을 알기 때문이다. 만나고 싶지 않은 것은 아니지만, 나가미네의 아내와 입씨름했던 여운을 끌고 내려온 탓에, 두 사람에게 왠지 모를 미안함이 있었다.

"그래서, 무슨 일이 있었는데 그래?"

준이치가 대놓고 물었다. 유키오도 머뭇거리지 않고 바로 대답했다.

"처자식이 있는 사람이랑 사귀고 있는데, 그 부인이 쳐들어왔어."

"뭐 ……."

잔을 쥔 준이치의 손이 움직임을 멈췄다.

"놀랐어?"

"음, 뭐."

"당연하지."

"네가 그런 바보일 줄은 몰랐다."

"그러게."

"뭐냐, 그 말은."

"뭐가?"

"반격을 해야지."

"아니. 바보라는 말이 듣고 싶어서 내려왔는걸."

그렇다. 자신의 어리석음을 누군가의 말로 듣고 싶었다. 어이없어하고 야단 치는 존재가 필요했다.

"알고는 있었어, 내가 무슨 짓을 하고 있는지. 그런데 좀처럼 결단을 내릴 수가 없었어."

"그러니까 그만큼 상대에게 푹 빠졌다는 뜻인가?"

"아니, 그 반대. 정말 좋아하면 분명한 결론이 났을 거야. 남자가 부인과 헤어지든지, 내가 남자와 헤어지든지. 그런데 내 마음이 그 정도는 아니었어. 딱히 사랑하는 것도 아니니까 맛있는 것만 먹으면 그만이라고 생각했어."

"호오, 그랬어."

"그런데 결국 이런 꼴을 당하고 나니까, 나 자신이 한심하고 싫어 죽겠어."

"어쩌다 그렇게 됐는데?"

준이치의 물음에 유키오는 어리둥절해졌다.

"뭐가 어쩌다야?"

"그런 성격 아니었잖아. 너는 언제나 자신에게 필요한 게 뭔지 정확하게 분별하는 녀석이었다고. 아차, 녀석이라고 부르면 안 되는 건가."

"상관없어 ……."

유키오는 말꼬리를 흐렸다.

"고등학교 시절부터 그랬어. 그 무렵, 다들 어떻게든 여친 남친을 만들려고 별 좋아하지도 않는 상대랑 죽어라 같이 다녔잖아. 그런데 너는 유난히 냉담한 눈길로 주위를 쳐다보기만 했지. 솔직히 말해서 너의 그런 점, 꽤 멋지다고 생각했는데."

"하긴 너야 요란하게 여자애들이랑 사귀었으니까."

"한창 사춘기를 겪던 아주 정상적인 청소년이었다는 증거지. 내 얘기는 됐고, 그랬던 유키오가 어쩌다 이 지경이 된 거야?"

유키오는 주방에서 안주거리를 만들고 있는 아이다에게 말을 건넸다.

"위스키 칵테일 만들어 줄 수 있어?"

"나도. 나는 온 더 록으로 마실래."

알았어, 하고 아이다의 대답이 돌아왔다.

금요일 밤이라 그런지 자리가 거의 꽉 찼다. 커플도 있고 집으로 돌아가는 길의 여사원 동지들도 있다. 제각각 자신들의 화제에 열중하느라 다른 사람의 얘기 따위는 안중에도 없는 듯하다.

"아마, 정말 좋아하는 남자에게 배신당했기 때문에?"

아이다가 각자 앞에 잔을 내려놓았다.

"자, 여기."

"고마워."

잔을 들고 한 모금 마신다. 그때에는 이미 자신이 마음속 얘기를 모두 다 털어놓고 싶어 한다는 것을 자각하고 있었다.

"정말, 정말 좋아하는 사람이 있었어. 정말 좋아했지. 사랑이란 말을 사용하기에는 거부감이 있지만, 그 사람을 정말 진심으로 좋아했어."

준이치가 입을 열기까지 잠시 틈이 있었다.

"그 남자가 유키오를 배신했어?"

"배신이라는 말은 어울리지 않을지도 모르지. 마음이 변한 거니까. 사람은 누구나 그럴 수 있잖아."

"그래도 약속을 했을 거 아니야."

결혼이라는 말은 하지 않았지만, 내심 그렇게 생각하고 있다는 정도는 알 수 있었다.

"맞아. 서로에게 맹세했지. 둘 다 그렇지 않은 인생을 상상할 수 없었으니까."

"그런데?"

준이치의 술 마시는 속도가 빨라진 듯한 기분이 든다.

"사귄 지 일 년 정도 지났을 때, 그가 자기 부모님을 소개해 주더라. 부모님은 정말 호의적으로 맞아 주셨어. 다 같이 식사도 하고, 그의 어렸을 적 앨범을 보면서 웃기도 하고. 그리고 돌아갈 때는 또 놀러 오라고 하셨지. 난 완전히 흥분해서 다음에는 우리 집에 그를 데리고 가야겠다고 생각했어. 그랬는데 ……."

유키오가 말을 흐렸다.

"그랬는데, 뭐가 잘못됐어?"

지금 와서 주저할 정도면 애당초 이런 얘기는 꺼내지 말았어야 한다. 유키오는 등을 살짝 뒤로 젖혔다.

"흔히 있는 일이지만, 내 성장 과정을 알고는 그의 부모님이 반대하고 나섰어."

"그걸 남자는 몰랐어?"

"설마. 사귀기 시작하고 나서 바로 얘기했지. 걱정하는 날 보고, 그는 오히려 웃으면서 이렇게 말했어. 네 책임이 아니다, 어떤 사정이 있든 네가 태어나 준 것에 감사한다."

불쑥, 유키오는 눈물을 글썽일 뻔했다. 그때의 행복이 사라지고 난 지금이기에 오히려 더 선명하게 되살아난다. 남자의 말에 거짓은 없었다. 그의 말을 믿었다. 하지만 진실의 모양이 언제까지나 변하지 않으리란 보장은 없다. 그 말이 끝내 거짓말로 변해 가는 것을 유키오는 그저 망연히 받아들일 수밖에 없었다.

"나는 그 사람이 부모님에게 당연히 얘기했을 줄 알았어. 그가 이렇게 말했거든. 부모님이 선입관을 갖게 하고 싶지 않다, 당신을 만나 보면 그런 건 큰 문제가 되지 않을 거다. 그런데 그의 말대로 되지 않았던 거지."

"그러니까 그 남자가 부모님의 반대에 굴했다는 거네."

"금방은 아니었어."

그렇게 대답하고서, 지금도 남자를 감싸려고 하는 자신이 어이없었다. 아니, 이건 변명이다. 그렇게 쉽게 마음이 변할 남자였다고 말하면, 준이치가 자신을 정말 한심한 여자로 여길 듯한 기분이 들었다.

"그는 무슨 일이 있어도 부모님을 설득하겠다고, 그래도 허락해 주지 않으면 집을 나오겠다고까지 했어."

"그렇군."

"그래서 그때는 우리 사이가 더 깊어진 것 같은 기분마저 들었지. 무슨 일이든 그렇지만, 맞서 싸울 대상이 생기면 결속이 더 단단해지잖아. 우리도 그랬어."

"응, 그건 알 것 같다."

"반년 정도, 거의 동반 자살이라도 하겠다 싶은 심정으로 지냈어. 우리를 갈라놓을 수 있는 것은 죽음밖에 없다 여길 정도로. 아니, 죽음도 갈라놓을 수 없을 거라고 생각했어."

준이치는 이제 아무 대꾸도 하지 않았다.

"그런데 그의 태도가 조금씩 이상하게 변하는 거야. 부모님과 나 사이에서 흔들리고 있다는 걸 바로 알았어. 그는 그런 눈치를 내비치지 않으려고 애썼지만, 그런 건 금방 알 수 있잖아. 안 그래? 이 세상에서 가장 사랑하는 남자인데. 알지 않아도 될 것까지 속속들이 알게 되는데. 하지만 난 아무 말도 하지 않았어. 그를 믿겠다고 결정했으니까. 그리고 얼마 후에 그가 시간을 두고 생각해 보자고 하더라. 집을 나오겠다는 말까지 했던 그가, 아무튼 지금은 냉정하게 생각하는 것이 중요하다면서. 그땐 정말 화가 많이 났어. 내가 생각해도 놀랄 만큼 무지하게."

유키오가 잠시 숨을 골랐다.

"그렇잖아. 원래 그런 말을 하는 것은 내 역할이어야 하니까. 폭주하는 그를 달래고 다독이는, 그런 입장에 있는 것이 불안한 내 감정을 이겨 낼 수 있는 유일한 방법이었어. 그런데 그가 그 말을 먼저 한 거야. 그때, 내 안에서 무언가가 무너졌어."

"그게 뭔데?"

"사랑하는 마음과 비슷하면서도 정반대인 거, 많은 것들을 복잡하게 만드는 골치 아픈 거."

"그게 뭔데?"

"아마 자존심이겠지."

"아아 ……."

준이치는 수긍이 간다는 식으로 고개를 끄덕였다.

"그때는 물론 사랑 때문이라고 착각하고 있었지만."

둘의 잔이 비었다. 준이치는 아이다에게 '같은 거' 하고 신호를 보냈다. 아이다가 고개를 끄덕이고는 잠시 후 주방에서 나와 잔을 내려놓으며 말했다.

"바빠서 미안하다."

아이다에게는 미안하지만, 바쁘게 굴어 주는 게 유키오는 차라리 좋았다.

"그래서?"

준이치가 잔을 이리저리 흔들자, 얼음 부딪치는 소리가 유난히 크게 났다.

"자존심을 다친 사람이 하는 짓이야 뻔하지."

"뭔데?"

"오로지 상대방을 몰아세우는 거."

준이치는 또 말을 않는다.

"그는 필사적으로 믿어 달라고 했어. 하지만 이미 그건 사랑이 아니었어. 내게는 남자의 체면으로 보였지. 맹세를 지키려는 게 아니라, 지키지 못한 자신을 위장하려는 것으로. 나는 그렇다면 집에서 나오라고 했어. 물론 그것도 이미 사랑은 아니었지. 오기라고 해야 하나."

"남자의 체면과 여자의 오기라. 알기는 쉬운데, 엄청나게 골치 아프군."

준이치가 입속에서 중얼거렸다. 맞는 말이라고 유키오도 생각했다. 대화가 조금 갑갑해졌다. 유키오는 일부러 화제를 돌렸다.

"준이치도 그런 상황에 놓였던 적 있어?"

"없어. 없지만, 같은 남자로서 그 작자는 결단을 못 내리는 유약한 남자라고 생각해. 그러나 동시에 나름 좋은 사람이었다고도 할 수 있겠지."

"그럴지도 모르지. 악역을 맡을 수 없는 사람이었던 거야. 그러니까 나를 떨쳐 내지도 못하고 부모님의 반대를 무릅쓰지도 못한 거겠지."

"그래서 유키오 네가 넌더리가 나서 그 작자를 떨쳐 냈던 거야?"

"아니, 내가 떨려났지. 좀 더 정확히 말하면 자멸한 거겠지만."

"자멸?"

"지금 생각하면 왜 그런 짓을 했나 싶은데, 그때는 그 길밖에 없다고 생각했어. 정신 상태도 엉망이었고, 나를 잃어버려서 뭐가 뭔지도 몰랐고 ……."

불현듯 준이치의 표정이 굳는 것을 알 수 있었다.

"그와 말다툼을 하다가, 발작적으로 부엌으로 뛰어가 내 팔을 칼로 그었어."

준이치는 잠시 아무 말도 하지 않았다. 시끌시끌하던 가게의

잡음이 뚝 끊긴 듯한, 눅진하고 무거운 침묵이 흘렀다. 유키오는 조그맣게 숨을 토했다.

"긋는 순간, 피가 엄청 솟구쳐서 깜짝 놀랐어. 그는 훨씬 더 놀 랐겠지만. 아무튼 있는 힘을 다해서 나를 병원으로 데리고 갔어. 그리고 상처를 꿰맸지. 얼마나 아프던지. 웃기는 일인데, 부엌칼 로 그었을 때보다 더 아프더라고. 그리고 정신을 차렸어. 처치가 끝난 후에 복도에서 기다리고 있던 그에게 가서 사과했어. 미안 하다고, 이제 모든 게 다 끝났다고."

준이치가 잔을 비우고는 아이다를 불렀다.

"더블로 부탁해."

"그때 난 한 번 죽은 거라고 생각해. 도가 지나친 사랑을 한 것 도, 부엌칼을 집어 드는 그런 어리석은 짓을 한 것도, 지금 생각 하면 다 남 일 같아."

말을 끝내고서, 유키오는 준이치를 쳐다보았다.

"놀랐니? 놀라는 게 당연하지."

"응, 솔직히 말해서 진짜 놀랐다. 내가 아는 유키오와 전혀 달 라서."

"오늘 밤은 너를 계속 놀라게 하네."

"그 일 때문에 처자식 있는 남자를 만난 거라고?"

"보통 그렇잖아. 이제 더는 누군가를 진심으로 좋아하고 싶지 않았어."

"그럼 아무와도 안 사귀면 되잖아."

"그래, 그럴 수 있었다면 좋았을 텐데. 참 이기적인 말이지만, 내가 좋아하지는 않아도 나를 좋아해 주는 존재가 필요했어."

"정말 이기적이군."

"맞아."

준이치가 위스키를 마신다. 속도가 점점 빨라지고 있다.

"놀란 일은 한 가지 더 있어."

준이치가 말했다.

"뭔데?"

"유키오는 왜 그렇게 중대한 일을 내게 털어놓았을까."

"그러네. 이런 얘기는 들어야 하는 쪽도 힘들 텐데."

"그런 말이 아니야. 나 같은 놈에게 해도 되느냐는 뜻이지. 너로서는 평생 가슴에 묻고 싶은 일이잖아."

유키오는 나가미네 아내 얼굴을 떠올렸다. 우쭐거리면서 누런 봉투를 유키오에게 내밀었을 때의 그 얼굴.

"사귀는 남자의 아내가 쳐들어왔을 때 ……."

"응."

"그 여자가 내 뒷조사를 했더라고. 그러니까 당연히 그 일도 알고 있었고."

"흠, 그랬군."

"나에 대해서 아무것도 모르는 사람이, 아무도 몰랐으면 하는 나의 어떤 부분을 알고 있다는 거, 정말 부조리하다는 생각이 들었어. 그냥 이대로 입 다물고 있자니 갑자기 짐이 무겁게 느껴져서, 누군가에게 털어놓고 싶어진 거야. 그렇다고 할머니나 엄마에게 말할 수는 없잖아. 물론 리리코도 그렇고."

"왜? 너희들은 서로 뭐든 다 알고 지내는 자매잖아."

"치. 리리코에게 말했다가는 그 남자에게 무슨 짓을 할지 모르는데."

준이치가 그제야 웃었다.

"하긴 그렇다. 그 녀석은 그런 면이 있으니까."

"그런데 그때 마침 준이치 네게서 전화가 와서."

"뭐야, 어쩌다 나였던 거야?"

"불쾌하겠다는 생각은 했지만."

준이치는 진지한 표정을 지으며 천천히 고개를 저었다.

"그렇지 않아. 오히려 영광으로 생각해. 들어 주는 것밖에 할 수 없지만, 얘기해 줘서 기뻤어."

준이치가 눈을 가늘게 찌푸리고 조용히 미소를 머금었다. 유키오는 고집스럽고 싸늘하게 굳어 있던 가슴속에 따스한 무언가가 흘러드는 것을 느꼈다.

지난봄, 근 십 년 만에 준이치와 뜻하지 않게 재회했다. 그 우연한 재회가 이런 식으로 이어지고 있는 것이 마냥 신기했다.

"고마워, 들어 줘서."

그리고 바쁜 시간이 대충 마무리된 아이다와 함께 유쾌하게 마셨다. 준이치는 지금까지 유키오와 나눴던 대화 따위는 까맣게 잊었다는 듯이 행동했고, 유키오는 그 배려가 기꺼웠다. 시간을 걱정하면서도 결국 아이다네 가게가 문을 닫을 때까지 마셨다. 집에 도착했을 때는 새벽 한 시가 가까운 시간이었다.

오토와도 시노도 그만 자고 있을 줄로만 알고 집에 들어갔다. 그런데 다실에 두 사람의 기척이 있었다.

"미안해, 늦게 들어와서."

혼나려나 싶어 고개를 움츠리고 들여다보았더니, 둘은 아직 옷도 갈아입지 않은 채 다실에 앉아 있었다.

"친구랑 좀 노느라고."

변명을 했지만, 둘은 이쪽을 슬쩍 쳐다볼 뿐이었다. 그제야 비로소 두 사람의 태도가 평소와 다르다는 것을 알아차렸다.

"왜 그러는데?"

두 사람 앞에 앉자, 오토와가 당혹스러운 표정을 지었다.

"그게 말이지 ……."

전에 없이 말투가 답답하다.

"무슨 일 있는 거야?"

"정말, 지금 와서 왜 일이 이렇게 되는 건지 ……."

"뭔데 그래? 안 좋은 일이야?"

불안한 심정으로 유키오는 자기도 모르게 몸을 앞으로 쓱 내밀었다.

"실은, 엄마가 말이다."

"됐어요, 어머니. 내가 말할게."

오토와의 말을 시노가 이어받았다.

"저 있지, 야마자키 씨와 결혼하기로 한 거, 없었던 일로 했어."

"뭐 ……."

유키오가 시노의 얼굴을 다시 보았다.

"그게 무슨 말이야?"

"그러니까 결혼 안 한다고."

유키오는 자기도 모르게 소리를 질렀다.

"왜?"

"여러 가지 사정이 있지만, 아무튼 오늘 야마자키 씨와 의논해서 백지로 돌리기로 했어. 유키오, 그렇게 심각해질 필요 없어. 애당초 결혼 같은 거, 엄마에게는 안 맞는다고 생각했으니까. 이렇게 되고 나니 오히려 홀가분하다."

시노의 말투가 아주 명랑하다. 하지만 그것이 괜한 오기라는 것 정도는 유키오도 안다.

"잘돼 가고 있었잖아. 그런데 왜? 이유가 뭔데, 왜 그만두는 거야?"

"이유는 뭐가 되었든 상관없어. 이미 결정 난 일이야."

"그런 말로 설명이 된다고 생각해!"

"이제 늦었으니까 이 얘기는 내일 다시 하자. 아, 졸려."

시노는 갑자기 얘기를 툭 끊고는 자기 방으로 올라갔다.

"할머니, 어떻게 된 거야, 응?"

그러나 오토와도 고개를 저을 뿐이었다.

"나도 잘 모르겠구나. 조금 전에 갑자기 그런 얘기를 꺼내서."

한숨을 쉬는 오토와의 모습에 유키오는 그저 당혹스러울 뿐이었다.

망설임

리리코 ☀

　지금까지 단 하루도 멀거니 지낸 적이 없었다. 언제든 하고 싶은 일이 넘쳤다.

　쓰고 싶은 이야기는 물론이고, 마냥 쌓여 있는 책도 읽고 싶었고, 녹화만 해 놓은 채 보지 못한 드라마도 보고 싶다. 산책도 하고 싶었고, 동네 상점가에 나가 쇼핑도 하고 싶었다.

　그런데 주말이 되어도 리리코는 아무 의욕 없이 창문으로 하늘을 바라보면서 담배만 계속 피고 있다.

　월요일부터 금요일까지 곤노 유리의 집에서 하는 일은 상상했던 것보다 훨씬 일거리가 많았다.

　대본을 쓰는 것 자체는 싫지 않았지만, 그렇게 고생해서 쓴 글이 모두 유리의 이름으로 발표되고 만다. 그것이 일이라고 하면

달리 할 말이 없다. 하지만 그래서 더욱 풀 길 없는 답답함만 더해 간다.

게다가 유리와 어머니의 갈등을 매일같이 봐야 하는 고통도 있다. 밖에서는 알 도리가 없는 가정불화. 그 모녀를 잇는 애정은 진하고 깊다. 그런 데다 갈등과 모순마저 품고 있어 리리코는 날마다 지친다.

어머니가 시나다와 식사를 했다는 사실을 안 후로 유리의 정서는 점점 더 불안정해지는 것 같았다. 어머니는 어머니대로 그런 유리를 달래고 어르면서 고양이 다루듯 하는가 하면, 어쩔 땐 갑자기 쌀쌀맞게 내쳤다. 그리고 그럴 때마다 유리는 야단법석을 부렸다.

아마 유리는 원고를 한 줄도, 아니 어쩌면 한 글자도 못 쓰고 있지 않을까. 전에 건넨 원고에는 아주 미미하지만 자존심의 흔적처럼 손질된 곳이 더러 있었는데, 지금은 리리코가 쓴 글이 고스란히 대본으로 사용되고 있다.

그래, 얼마 남지 않았어. 조금만 더 참아.

지금은 유리의 집 문 앞에 서서 벨을 누르기 전에, 그 말을 주문처럼 읊조리곤 한다.

게다가 얼마 전 친엄마 야스코를 만난 일 역시 마음에 일말의 혼란을 남겼다.

물론 냉정하게 처신하고 있다. 이런 일이 십 년 전에 벌어졌다면 훨씬 더 강렬하게 반감을 품었을 것이다. 지금은 자신이 엄마의 희생물이라는 생각 따위는 없다. 여기 있는 것은 결과이며, 그 결과 또한 통과해야 하는 과정에 지나지 않는다는 것쯤 똑똑히 인식할 수 있을 만큼 어른이 되었다고 생각한다.

그러자 문득 생각나, 손가락을 꼽아 보았다. 엄마가 집을 나간 것은 지금의 리리코 나이 때였다. 그것을 알았을 때, 가슴속 깊은 곳에서 밀치고 올라온 듯한 한숨이 흘러나왔다.

리리코는 자신이 저돌적인 성격이라는 것도 알고 있다. 그 탓에 오토와와 시노, 그리고 유키오에게 수없이 걱정과 폐를 끼쳤다. 미안하다는 마음이 있어도, 일단 뭘 하겠다는 생각이 들면 도무지 멈출 수가 없었다.

만약 지금의 자신이 엄마와 같은 입장에 있다면 …… 역시 엄마처럼 정열에 몸을 맡기지 않을까. 이런 게 핏줄이라는 것일까. 이런 게 친엄마와 친딸 사이라는 것일까.

하지만 물론 핏줄로 모든 것을 해석할 뜻은 없다. 가령 같은 핏줄이라도 엄마는 엄마고, 리리코는 리리코다. 다른 인격을 지니고 전혀 다른 인생을 살아가고 있다.

창문으로 보이는 도쿄의 하늘은 온통 두툼한 장마철 구름에 덮여 있다. 리리코는 다시 담배에 불을 붙였다. 지금 멀거니 있는 원인은 한 가지가 더 있다.

구라키가 한 말 때문이다.

"이제 리리코를 만나지 않을 거야."

그 말이 줄곧 머리에서 떠나지 않는다.

구라키의 입에서 설마 그런 말이 나올 줄은 꿈에도 몰랐다.

구라키가 리리코에게 미련을 버리지 못하고 있다는 것은 알고 있었다. 알고 있으면서 모르는 척을 해 왔다. 그것은 무의식적인 계산이었다고도 할 수 있다. 불러내면 반드시 나와 주는, 그런 남자가 있다는 든든함에 번번이 구라키를 이용했다.

그러다가 지금 된통 당하고 있는 것이다.

이제는 구라키에게 전화를 걸 수 없다. 불러낼 수도 없고 만날 수도 없다. 얘기도 나눌 수 없다.

그 사실이 상상했던 것 이상으로 큰 타격이었다.

구라키를 잃고 싶지 않았던 것일까.

리리코는 자문한다.

응. 잃고 싶지 않아.

왜? 편리하게 쓸 수 있는 남자가 없어지니까?

그렇지.

아니면 구라키가 헤어지자는 말을 먼저 꺼냈다고 자존심이 상해서?

그것도 아니라고는 할 수 없지.

하지만 그게 전부는 아니다. 견딜 수 없는 상실감이 리리코를 에워싸고 있었다.

그렇기는 해도 지금의 자신에게는 그런 생각조차 할 자격이 없는 듯하다. 술에 취해 뭐라도 되는 양 허세를 부린 적도 있었다. 괜한 화풀이를 마구 해 댄 적도 있었다. 그 하나하나의 장면이 뜻밖이다 싶을 만큼 선명하게 되살아나 숨이 턱턱 막혔다. 지금까지 그런 식으로 구라키를 얼마나 불쾌하게 만들고, 또 얼마나 많은 상처를 주었을까.

리리코에게 구라키는 자신의 선택이 틀리지 않았다는 것을 확인하기 위한 존재였다. 구라키처럼 안전한 장소로 도피하고 싶지 않다. 그런 생각이 앞이 보이지 않는 불확실한 생활 속에서 리리코를 붙잡아 준 하나의 기둥 역할을 했다. 그리고 지금은 잘 안다. 그 기둥이 있었기에 지금까지 글이 팔리지 않고 일거리가 없어져도 힘내서 살아올 수 있었다는 것을.

아직은 늦지 않았을지도 모른다.

그렇게 생각하자, 가만히 있을 수가 없었다. 리리코는 당장 휴대전화로 손을 뻗었다. 번호를 누르기만 하면 바로 구라키의 목소리를 들을 수 있다. 사과하면 그만이다. 미안해, 그 한마디면 된다. 평소의 나처럼. 이성적으로 따지기 전에 이미 돌진하고 있는 나 자신 그대로.

그러나 리리코의 손가락이 더는 움직이지 않는다.

만약 냉담한 목소리로 거절하면? 귀찮다는 듯이 반응하면? 구라키의 결심이 뒤집히지 않는다면?

그렇다면 메일이라도 보낼까.

그런데 만약 열어 보지도 않은 채 방치된다면? 수신이 아예 차단되어 있다면? '그만 안녕'이라는 답장이 온다면?

상상이 망설임을 증폭시킨다. 망설임 따위, 리리코는 입속에서 중얼거렸다. 그런 것은 언제나 자신과 가장 멀리 있는 게 아니었던가. 아니다, 두려운 것이다. 구라키의 반응이 두려워 견딜수가 없는 것이다. 자신의 내면에 이렇듯 나약한 부분이 있었다니, 리리코는 처음 깨달았다.

그때, 휴대전화가 울렸다.

쳐다보니, 유키오의 이름이 떠 있었다. 구라키가 아니라는 사실에 낙담하면서 리리코는 통화 버튼을 눌렀다.

"지금 통화할 수 있니?"

유키오의 목소리가 들렸다. 이렇게 목소리를 듣기도 오랜만이다.

"그럼. 무슨 일 있어?"

정신을 차리듯, 리리코는 밝게 물었다.

"나, 지금 가나자와에 와 있어."

"어라, 집에 갔어? 거기는 비 안 와?"

"오고 있지. 큰비는 아니지만."

"마당에 흰 수국도 폈어?"

"응, 예뻐. 지금이 한창 필 땐가 봐."

그렇게 대답하고는 유키오가 살짝 말투를 바꿨다.

"그런데 실은 좀 골치 아픈 문제가 생겼어. 그래서 어떻게 하면 좋을지 너랑 의논하려고."

유키오답지 않은 말이었다. 유키오는 언제나 혼자 결정하고, 혼자 행동으로 옮긴다. 그리고 대개 틀리는 경우가 없다.

"문제라니? 뭔데?"

"엄마가 결혼을 안 하겠대."

"뭐!"

자기도 모르게 목소리가 커졌다.

"어젯밤에 그러잖아. 자세한 얘기는 오늘 해 주겠다고 했지만, 아무리 캐물어도 엄마는 결정 난 일이라는 말밖에 안 해. 할머니에게도 아직 속사정은 얘기하지 않은 것 같고."

"아니, 왜? 얼마 전까지 그렇게 좋아 보이더니."

햐쿠만고쿠 축제 행렬을 바라보면서 행복하게 미소 짓던 시노의 모습이 떠올랐다.

"아무튼 안 한대. 그 말뿐이야."

"싸우기라도 한 건가."

"그런 것 같지도 않아. 훨씬 더 냉담하달까."

"게다가 엄마 성격을 봐서는 그리 간단히 마음을 바꾸지 않았을 텐데."

"하지만 아무 얘기도 안 해 주면 어떻게 도울 방법이 없잖아. 아무리 딸이라고는 하지만, 어디까지 관여해도 되는지 알 수도 없고."

"그렇긴 하지 ……. 알겠어. 지금 바로 가나자와로 내려갈게."

"괜찮니?"

"토요일이라 좌석이 없을 수도 있지만, 대기든 뭐든 어떻게 해 볼게. 밤에는 도착할 거야."

"그래, 다행이다. 기다릴게."

유키오는 안심이라는 듯이 말했다.

전화를 끊고 벽시계를 쳐다보았다. 열두 시가 조금 지났다. 비행기 삯을 또 쓰자니 속이 쓰렸지만, 지금은 그런 걸 아까워할 때가 아니다. 리리코는 곧바로 준비를 하고 아파트를 뛰쳐나갔다.

두 시 비행기는 이미 늦었지만, 그다음 비행기의 취소표를 기다려 좌석을 구했다. 이 시간이면 해가 떨어지기 전에 집 문턱은

밟을 것 같다.

여섯 시 조금 전, 리리코는 현관 문고리를 잡아당겼다.

"나 왔어."

유키오가 후다닥 뛰어 나왔다.

"잘 왔어. 기다리고 있었어."

"엄마는?"

"가게 나갈 준비 하고 있어."

다실에 들어서자 시노는 밑 손질을 한 조림거리와 생선이 담긴 플라스틱 용기를 보자기에 싸고 있는 중이었다. 그 모습을 오토와가 기가 차다는 듯이 바라보고 있다.

"엄마, 대체 무슨 일이야?"

시노가 리리코를 힐금 올려다보았다.

"어머나, 리리코도 왔어? 난리로구나."

"언니한테 듣고 얼마나 놀랐는데. 결혼 안 할지도 모른다는 거, 정말이야?"

"안 할지도 모르는 게 아니라, 이미 끝났어."

시노는 단칼에 부정했다.

"그 얘기는 이미 결론이 났어. 너희들이 뭐라고 해도 변하지 않아."

"하지만 엄마."

"그럼 엄마는 먼저 가게에 나가 봐야겠네. 어머니, 얘들이랑 천천히 차라도 한잔 마시고 오세요."

시노는 보자기 꾸러미를 껴안더니 총총히 집을 나섰다. 뭐라 말 붙일 틈도 없었다.

"참 내⋯⋯."

오토와가 한숨을 푹 내쉬었다.

"네 엄마는 왜 저렇게 이상한 데에 고집이 센가 모르겠구나."

리리코는 오토와와 마주 앉았다.

"할머니, 진짜 아무 말 못 들었어?"

"아무 말도. 어젯밤에 처음 알았어."

유키오가 다기를 챙겨 와 리리코 옆에 앉았다. 찻주전자에 뜨거운 물을 붓는다. 녹차 향이 방 안에 퍼진다. 도쿄에 있을 때는 늘 커피를 마시는데, 가나자와에 돌아오면 어떤 차보다 녹차가 마시고 싶어진다.

"그러고 보니, 햐쿠만고쿠 축제가 끝날 무렵부터 좀 기운이 없다 싶기는 했어."

오토와는 유키오가 우린 차를 호르륵 마셨다.

"가게는 앞으로도 자기가 계속 할 거라느니, 갑자기 그런 말을 꺼내서 이상하다 생각은 했다만."

"할머니랑 엄마가 결혼하면 가게는 어떻게 할 작정이었는데?"

"물론 접을 생각이었지."

"그랬구나……."

그 일에 대해서는 어딘가 모르게 미안한 마음이 없는 것도 아니다. 리리코나 유키오 어느 한쪽이 가게를 물려받으면 좋겠지만, 둘 다 이미 자신의 길을 가고 있다. 물론 오토와와 시노는 단 한 번도 그래 줬으면 하는 뜻을 비친 적이 없다. 뒤를 이어 가게 일을 하겠다고 하면 '이 일을 우습게 보면 안 된다' 하고 오히려 꾸중이나 했으리라.

할머니와 엄마가 결혼하면 '다카히사'는 문을 닫을 수밖에 없다. 단골인 가즈에마치의 게이샤 언니들도 그 소식을 들으면 무척 아쉬워할 것이다.

"최근에도 엄마랑 야마자키 씨가 만났어?"

"그랬겠지……."

오토와는 한참을 생각하더니, 겨우 생각이 났다는 듯이 얼굴을 들었다.

"그러고 보니 야마자키 씨의 아들딸을 만난다면서 외출한 적이 있었는데."

"그게 언제였어?"

"축제 끝난 다음이었어."

"만나서 무슨 일이 있었나?"

"글쎄다. 알 수가 있어야지."

"돌아왔을 때, 어떤 느낌이었어?"

리리코와 유키오는 번갈아 오토와에게 질문했다.

"그냥 보통이었는데. 선물이라며 긴쓰바(밀가루 피에 팥소를 넣어 불에 구운 떡)를 들고 왔어. 생각보다 빨리 왔다는 느낌이야 들었지만."

"그때, 엄마가 뭐라고 안 했어?"

"아니, 아무 말도 없었는데."

리리코와 유키오는 얼굴을 마주 보았다. 같은 생각을 하고 있는 듯 보였다.

"할머니, 두 사람 결혼을 야마자키 씨의 아들딸도 찬성한 거 맞지?"

"당연히 그랬겠지. 그렇지 않으면 결혼 얘기를 꺼내지도 않았을 테니 ……."

오토와의 표정에도 불안한 기색이 어렸다. 처마 끝에 비가 뿌린다. 날이 완전히 저물어, 툇마루 너머에 핀 흰 수국도 이제는 보이지 않는다.

"아이고, 나도 이제 가게에 나가 봐야겠다."

오토와가 테이블을 손으로 짚으면서 일어섰다.

"이따가 밥 먹으러 와."

늘 하는 말인데, 말투에 수심이 배어 있다.

"응, 그럴게."

오토와를 배웅한 후, 리리코와 유키오는 한참 동안 말이 없었다.

"반대하는 걸까."

리리코가 테이블에 턱을 괴었다.

"그럴지도 모르지."

유키오는 찻잔에 남은 녹차를 바라보고 있다.

"야마자키 씨네 아들딸 다 결혼해서 아무 지장 없다고 했던 거 같은데."

"그랬지."

"그럼, 지금 와서 일이 왜 이렇게 됐을까."

말해 놓고서, 리리코는 스스로 고개를 저었다.

"아니야, 아무것도 단언할 수 없어. 이유는 따로 있을 수도 있으니까."

"예를 들면?"

그렇게 물으니 뭐라 답해야 할지 알 수 없었다.

"그야 여러 가지가 있을 수 있잖아. 사람의 마음이 바뀔 수도 있는 거고. 사랑을 할 때는 상대의 코털까지 예뻐 보이지만 사랑이 식으면 소름이 끼칠 정도로 징그러워지기도 하잖아. 아까부터 야마자키 씨 쪽에 무슨 변화가 있는 게 아닐까 그런 생각이 들었지만, 어쩌면 엄마 마음이 떠났을지도 모르지. 그렇다면 결혼이 백지가 된 것도 어쩔 수 없지."

리리코의 말에 유키오는 잠시 생각에 잠겼다가 조그만 소리로 중얼거렸다.

"차라리 엄마 마음이 변한 거라면 좋겠는데."

저녁을 먹으러 가게에 갔더니, 시노는 아무 일도 없는 사람처럼 카운터 안에서 분주하게 일하고 있었다. 동네 상점가의 가게 주인, 민낯의 게이샤 언니 들이 늘 그렇듯 느긋한 표정으로 앉아 있다. 리리코나 유키오가 거의 얼굴을 아는 이들이다.

"아직 신부 자리 못 구했어?"

그런 애정 넘치는 농담들이 오간다.

시노는 평소보다 오히려 더 밝아 보였다. 단골손님과 농담도 주고받고, 벌써 술도 조금 마신 모양이다. 시노와 오토와는 둘 다 술을 좋아하고 센 편이기도 하다. 그러나 가게에서는 밤이 깊어서야 마신다. 문을 열자마자부터 이렇게 마시는 일은 좀처럼 없다.

등 뒤에서 드르륵 문 여는 소리가 들렸다. 리리코와 유키오가 돌아보았다. 밤의 문틈으로 얼굴을 들이민 사람은 야마자키 씨였다.

아 …… 하고, 저도 모르게 숨을 삼켰다.

"어서 오세요."

그렇게 인사를 건네던 시노의 입에서 그다음 말이 나오지 않았다. 그러더니 야마자키 씨가 뭐라 말도 꺼내기 전에 볼일 없다는 듯이 말을 이었다.

"죄송합니다. 지금 자리가 꽉 차서."

단호한 말투였다.

"아니, 여기 비어 있는데 왜."

아무것도 모르는 시계포 주인아저씨가 자기 옆자리를 가리키며 태평하게 말했다.

"그 자리는 예약 손님이 있어요."

"허어, 이 가게가 언제부터 예약 손님을 받았지. 난 오늘 처음 알았네."

시노는 들리지 않는 척하면서 야마자키에게 다시 말했다.

"아무튼 오늘 밤은 자리가 없으니, 돌아가세요."

야마자키의 입술이 뭐라 할 말이 있는 듯 움직였지만, 결국은 말을 못한 채 고개를 숙이고 등을 돌렸다.

그 모습이 문 밖으로 사라지자, 리리코와 유키오는 얼굴을 마주 보았다. 같은 생각을 하고 있다는 것을 금방 알 수 있었다.

"우리, 그만 갈게."

자리를 박차고 일어난 것도 동시였다. 돌아서는 등에 대고 시노가 뭐라고 말을 한 것 같은데, 그런 말에 귀 기울이고 있을 때가 아니었다. 가게에서 튀어 나가자마자, 야마자키 씨를 쫓아갔다.

✳ 유키오

자신을 부르는 소리에 야마자키 씨가 걸음을 멈췄다.

돌아본 그의 얼굴에 당황한 기색이 번지는 것을 밤눈으로도 알 수 있었다.

마주 서기는 했는데, 무슨 말을 하면 좋을지 몰라 유키오는 머리를 푹 숙이고 인사말을 건넸다.

"안녕하세요."

옆에서 리리코도 인사를 했지만, 속으로는 빨리 핵심을 말하고 싶어 답답할 것이다.

"잠시 얘기를 하고 싶은데요."

유키오의 말에 야마자키는 천천히 고개를 끄덕였다. 어디 가서 차라도 마시자. 그렇게 생각했지만 이 부근에는 얼굴을 아는 사람이 많다. 언제 어디서 누구와 마주칠지 모른다. 가능하면 다른 사람은 안 들었으면 싶다. 결국 아사노 강 대교를 건너가, 눈에 띄는 카페에 들어갔다. 가게 안에는 여자 손님 둘과 젊은 커플이 있었지만 한눈에 관광객이라는 것을 알 수 있었다.

세 사람이 각자 커피를 주문하자, 더는 못 참겠다는 듯이 리리코가 몸을 앞으로 내밀었다.

"대체 우리 엄마와 무슨 일이 있었던 거예요?"

야마자키는 긴장한 표정을 감추지 못했다.

"정말 미안한데, 그 전에 시노 씨가 뭐라고 했는지, 그걸 물어봐도 되겠나?"

"엄마는 결혼을 하지 않는다고 했어요."

"그렇군 …….."

야마자키의 미간에 굵은 주름이 잡혔다.

커피가 나왔다. 각자 앞에 잔이 놓였지만, 아무도 손을 내밀지 않는다.

"그러니까 무슨 일이 있었는지 가르쳐 주세요."

유키오의 채근에 야마자키가 고개를 끄덕였다.

"실은 며칠 전에 시노 씨에게 우리 아들과 딸을 소개했어. 그때, 내 자식들이 아주 실례되는 말을 했지."

"실례되는 말이요?"

"지금까지 그런 일을 해 온 당신 같은 사람이 어떻게 밭일을 할 수 있겠느냐고 ……."

그 말만 들었는데도 유키오의 가슴에 분노가 치밀었다. 리리코 역시 마찬가지일 것이다. '그런 일'이라는 말 속에는 시노의 삶을 모욕하는 뉘앙스가 충분히 담겨 있었다. 그러나 그런 말 하나로 시노가 결혼을 취소했다고는 생각되지 않는다. 그 정도 각오는 했을 것이다. 지금까지 그런 이목을 받고 살아온 사람이다.

유키오가 말을 이었다.

"그게 전부는 아니겠죠. 그런 일로 엄마가 결심을 뒤집지는 않았을 거예요."

야마자키가 입술을 꾹 다물었다가, 결심한 듯 대답했다.

"왜 그런 식으로 말했는지, 정말 나도 이해할 수가 없는데 …… 당신을 어머니로 인정할 마음도 없다, 당신이 기대하는 만큼 우리 집에는 재산이 없다는 말도 ……."

"그렇다면 우리 엄마가 당신 재산을 노리고 결혼하겠다고 했단 말이에욧!"

리리코가 외쳤다. 손님들의 시선이 이쪽으로 몰렸다. 물론 리리코 안중에는 그런 것이 들어올 리 없다.

"어이가 없네. 우리 엄마는 돈에 눈 먼 사람이 아니라고요."

리리코는 완전히 흥분한 상태다.

"물론이지. 그건 내가 가장 잘 알고 있어. 재산이라고 할 만한 것도 내게는 없고."

"그러니까 자녀분들이 결혼을 반대한다는 말이군요."

유키오의 물음에 야마자키는 잠시 말을 더듬었다.

"아니, 결혼을 반대하는 것은 아니고 ……."

"그러면 우리 엄마라서 반대한다는 건가요?"

"……"

"한마디로 우리 엄마가 과거에 게이샤였고, 지금은 술집을 하고 있어서, 그게 마음에 안 든다는 거죠?"

리리코가 쏟아 낸 말에 야마자키는 뭐라 대답을 못하고 허둥댔다.

"정말 미안하군. 자식들은 이미 분가해서 가정을 꾸린 성인들인데, 아직도 세상 물정을 몰라. 선입견을 미처 버리지 못하고 있는 것이겠지. 그 점에 대해서는 오해를 풀 수 있도록 내가 반드시 설득하겠어."

"만약 설득하지 못하면요?"

야마자키가 얼굴을 들었다. 그리고 이때만큼은 강경하게 말했다.

"자식들의 의견 따위는 상관없어. 설령 그 둘이 반대를 하든 뭘 어쩌든, 내 마음은 변하지 않아."

그제야 리리코의 표정이 풀어졌다.

"다행이네요. 그 말을 들으니까 안심이 됩니다. 뭐가 어떻든 엄마 편은 야마자키 씨밖에 없으니까요. 그 마음을 엄마에게도 전하셨나요?"

"물론 전했지. 몇 번이나."

그런데 야마자키가 또 말을 흐렸다.

"그런데 시노 씨의 마음이 변한 것 같아. 그날 이후로는 딱 거리를 두고 있으니."

"우리 엄마도 충격이 컸겠죠. 지금 와서 자식들이 반대를 할 줄이야 누가 상상이나 했겠어요. 하지만 야마자키 씨의 마음이 변함없다면, 엄마 마음도 틀림없이 되돌아올 거예요."

"나는 얼마든지 기다릴 수 있어. 그동안 자식들과의 일도 반드시 해결하겠어."

리리코는 안도했다는 듯이 커피 잔으로 손을 내밀었다.

"야마자키 씨의 마음을 확인하니까 안심이 된다. 그치, 언니."

리리코는 안도하는 표정을 지었지만, 유키오는 그 반대였다.

"야마자키 씨, 건방지게 들릴지도 모르겠지만요."

그렇게 말을 꺼내 놓고도 유키오는 자신의 말투가 딱딱하다는 것을 느낄 수 있었다.

"음."

"그때, 야마자키 씨의 태도가 애매했던 건 아닐까요?"

야마자키가 유키오를 쳐다보았다.

"반대하는 자식들 앞에서 지금 말씀하셨던 것처럼 분명하게 선언하셨나요?"

야마자키가 우물쭈물하고 만다.

"아니, 그때는 자식들도 흥분한 상태여서 좀 진정된 후에 얘기를 하려고 ……."

"그래요? 사실은 자식들 말에 겁을 먹은 게 아니고요?"

어금니를 꽉 물었는지, 유키오를 쳐다보는 야마자키의 볼이 슬쩍 움직였다.

"그런 일은 절대 없어."

"우리 엄마는 사람의 마음을 잘 읽는 사람이에요. 그때 야마자키 씨를 보고, 생각을 바꿨는지도 모르겠군요."

"무슨 뜻이지?"

"자녀분들에게 야마자키 씨가 악역을 자처할 리 없다고요."

유키오의 뇌리에 한때 연인이었던 남자의 어쩔 줄 모르던 얼굴이 떠올랐다.

괜찮아, 걱정할 필요 없어. 전부 내가 해결할 테니까. 부모님도 잘 설득할게.

그렇게 말해 놓고서, 마지막에는 자신이 한 말에 발목이 잡혀 이러지도 저러지도 못하게 된 남자.

"우리 엄마 때문에 아드님이나 따님과 결별하게 되어도, 정말 후회 없으신가요?"

"물론이야."

야마자키가 힘주어 고개를 끄덕인다. 유키오는 한숨을 쉬었다.

"그래요. 그렇다면 그 말은 믿기로 하죠. 하지만 이렇게 말씀 드리면 기분이 상하실지도 모르겠지만, 솔직히 설득이라니요. 굉장히 화가 나네요. 나는 억지로 설득을 해야만 하는 사람들이 있는 곳에 우리 엄마를 보내고 싶지 않아요."

야마자키의 얼굴에 낙담의 빛이 번졌다.

"언니, 그 말은 좀 지나치잖아."

리리코가 말했다. 유키오가 그 얼굴을 빤히 쳐다본다.

"뭐가 지나치다는 거니."

"그야 물론 모든 사람에게 축복받으면서 결혼할 수 있다면 가장 좋겠지. 하지만 세상 일이 그렇지 않잖아. 그렇다고 결혼 자체를 안 하면, 아무도 결혼할 수 없다고."

"과연 그럴까."

"이런 일은 무턱대고 밀고 나가는 것보다 시간을 두고 천천히 설득하는 게 상책이야. 야마자키 씨도 설득을 하겠다고 하시니까, 맡기면 되는 일이잖아."

그러나 유키오는 수긍할 수 없었다.

"가령 설득을 했다 치자. 그럼 엄마는 앞으로도 내내 야마자키 씨 자식들에게 부담을 안고 살아가야 하겠지. 왜 우리 엄마가 그래야 돼? 그런 마음고생을 안고 사느니 결혼 안 하는 게 좋아."

리리코도 물러서지 않았다.

"여러 가지 문제가 있지만, 그걸 둘이서 짊어지고 하나하나 해결하면서 살아가는 게 결혼이잖아. 모든 것을 갖춘 결혼은 타산에 가까울 것 같은데."

"극단적으로 말해서, 이번 일은 엄마와는 아무 상관없어. 야마자키 씨가 자식들에게 엄마를 소개하기 전에 깔끔하게 정리하셨어야 하는 문제였다고. 그런 준비도 제대로 안 하셨다는 게 나는 도무지 용납이 안 돼."

"그럼 두 사람 결혼에 언니도 반대하는 거네. 야마자키 씨 자녀분들처럼."

"반대하는 게 아니야. 나는 엄마의 생각을 존중하고 싶은 거라고."

"그러면 야마자키 씨를 비난하고 몰아세우는 말은 하지 말아야지. 좀 더 건설적인 의견을 내 봐."

"너야말로 안이한 태도 보이지 마. 지금 이 문제는 아주 신중하게 생각해야 되는 일이라고."

"나는 엄마를 위한 방향으로 생각할 거야."

"나 역시 그래."

"좀 기다려 줄 수 없을까."

야마자키가 유키오와 리리코 사이에 끼어들었다.

"유키오 씨가 한 말은 아주 타당해. 이 문제는 내가 먼저 정리를 했어야 하는 일이었어. 뒤늦게 시노 씨에게 상처를 준 건, 정말 미안하게 생각하고 있어. 그리고 리리코 씨 말에는 힘을 얻었어. 이렇게 한심한 사람이지만, 그래도 남은 인생을 시노 씨와 함께 하고픈 마음은 진심이야."

야마자키의 말에 둘 다 아무 말 하지 않았다.

"내가 어쩌면 내 행복만 생각했는지도 모르겠군. 시노 씨에게 행복이란 뭔지를, 좀 더 깊이 생각했어야 됐다는 걸 지금 깨달았어. 당분간 시간을 좀 줘. 지금도 나는 시노 씨와 결혼하고 싶은 마음이야. 그래도 미안하지만, 조금 유예 기간이 필요해."

카페 앞에서 야마자키와 헤어진 후 둘은 집으로 돌아갔다.

돌아가는 길에도, 집에 들어가서도 둘 다 입을 열지 않았다. 리리코와 다투기는 오랜만이다. 이 집에서 같이 살던 시절에는 툭하면 다퉜지만, 떨어져 살고부터는 그럴 기회조차 없었다.

기다리고 있으니, 열두 시가 가까워 오토와와 시노가 가게 일을 마치고 돌아왔다.

둘이 야마자키를 쫓아갔다는 것을 알고 있을 텐데, 시노는 그 일에 대해서는 입도 벙긋하지 않았다.

"아아, 오늘 좀 과하게 마셨나 보네."

일부러 그렇게 말하고는 냉큼 자기 방으로 올라가 버렸다. 하지만 오토와는 역시 마음이 쓰이는지, 다실에 남아 둘에게 상황을 물었다.

"그래서 야마자키 씨가 뭐라고 하던?"

"자식들이 반대한대요."

오토와가 후, 한숨을 내쉬었다.

"아아, 역시 ……."

"그리고 시간을 좀 달랬어요."

리리코의 말에 오토와는 어깨를 축 늘어뜨렸다. 그리고 골똘히 생각하는 것처럼 자기 손을 물끄러미 바라보더니, 혼자 중얼거렸다.

"나도 이 집에 남아야 하려나."

"왜요? 할머니 결혼을 누가 반대하는 것도 아닌데."

"그렇다고 이 나이에 나만 결혼해서 어쩌겠니."

"엄마 일은 할머니랑 아무 관계 없잖아. 나는 유키오가 먼저 결혼해도 아무 상관 없어. 만약 나 때문에 유키오가 결혼을 취소한다면 그때는 정말 화가 날 거야."

"얘는. 예를 들어도 어떻게 그런 예를 드니?"

유키오가 자기도 모르게 피식 웃었다.

"참 내, 그렇잖아. 엄마도 할머니 결혼을 진심으로 바란다고."

"그건 그럴지 모르겠다만 ……."

"할머니는 그런 일 없었어? 사와키 씨 가족의 반대. 사와키 씨네 집안은 가나자와에서도 유서 깊은 그릇 가게잖아."

지금 이런 질문은 적절하지 않을지도 모르지만, 유키오는 과감하게 물었다.

"그야 없었던 것은 아니지."

"어떤 반대였는데? 역시 우리 집 사정이나 술장사를 한다는 게 문제가 된 거야?"

"그렇지 뭐. 하지만 처음부터 그런 말이 나올 줄 알고 있어서, 그렇게 되지 않도록 우리 둘이 미리 손을 썼다."

"손을 썼다고?"

유키오와 리리코는 오토와의 얼굴을 새삼스럽게 쳐다보았다.

"재산의 증여와 상속은 물론 생활비까지, 모조리 계약서에 적었어."

둘은 어리둥절해 소리를 질렀다.

"계약서?"

"정말?"

오토와가 끄덕였다.

"좀 노골적이지만, 그런 일은 분명히 해 두는 게 훗날 골치 아픈 일이 생기지 않을 것 같아서 말이야. 나나 사와키 씨나 얼마 남지 않은 인생을 깔끔하게 끝내기 위해서는 어떻게 하면 좋을지 생각해 봤어. 그래서 변호사를 찾아가 상담도 받았고. 그다음에 여러 가지 계약을 맺었지. 예를 들어 사와카 씨가 먼저 죽을 경우, 나는 생명보험 한 가지만 받고, 나머지 재산은 전부 포기한다든지. 사와키 씨와 함께 살기로 한 집은 미리 아들 명의로 변경하기는 하지만, 내가 죽을 때까지 거기에서 살아도 된다든지. 생활비는 사와키 씨가 내기로 한다든지. 나도 많지는 않지만 연금이 나온다고 했는 데도, 사와키 씨가 남편으로서 할 일을 하게 해 달라고 해서 그 말을 받아들이기로 했다."

"우와, 우리 할머니 대단하네."

둘은 정말 감탄했다는 듯이 탄성을 질렀다.

"거기까지 생각했단 말이야."

"그야 그렇지."

"그런 지식은 어디서 배웠는데?"

"얘들은 참, 신문이나 잡지에도 실버 세대의 결혼이 얼마나 어려운지 자주 실리잖아. 그 정도는 할미도 읽어서 안다."

"우와, 역시 우리 할머니야."

원래 오키야를 했던 만큼 화제가 달리지 않도록 신문도 구석구석 읽고, 다양한 정보에 능통한 오토와였지만, 그렇게까지 치밀하게 준비하고 있을 줄은 몰랐다.

"그래서 이 집은 어떻게 할 건데?"

리리코의 물음에 오토와는 잠시 난감한 표정을 지었다.

"그게 말이야, 너희를 생각하면 미련 없이 처분해 버리기도 쉽지가 않아. 가나자와에 집이 없으면 내려와도 서글프잖니."

"우리들 생각은 안 해도 괜찮아. 밖에서 좋아하는 일을 하고 있는데 뭐."

유키오의 말에 리리코도 동조한다.

"그래. 할머니나 엄마나 앞으로는 자기 생각만 하면 돼."

"그래, 고맙다."

이 집이 없어진다고 생각하면 역시 쓸쓸하다. 하지만 가족은 집이 있어야만 이어지는 것이 아니다. 집이 없어져도 네 가족의 유대는 변하지 않는다.

"가게는?"

"그건 빌린 거니까 돌려주면 그만이지. 주인에게는 오래도록 신세를 져서 정말 고맙게 생각한다."

"식은 언제 올릴 건데?"

"아직 분명하게 정하지 않았는데 …… 가을에 할미 일흔 살 생일이 돌아오니까, 그때 하자 싶다."

그렇게 말하고서 오토와는 또 한숨을 쉬었다.

"네 엄마가 저렇게 될 줄 알았으면, 할미도 일을 어떻게 진행할지 생각을 했을 텐데. 역시 재혼이란 게 참 어려운가 보구나. 나만 결혼을 하다니, 기분이 개운치가 않아."

"다음 일은 엄마와 야마자키 씨에게 맡기는 수밖에 없지 않을까. 어떤 결과가 나올지 모르겠지만, 어느 쪽이든 나는 엄마의 의견을 존중할 거야. 그럼 되지, 리리코?"

"물론이지. 결혼하는 사람은 엄만데 뭐. 엄마가 충분히 생각하고 납득한 후에 선택하면 좋겠어."

리리코도 고개를 한껏 끄덕였다.

다음 날, 점심때가 지나 둘이 집을 나섰다.

시노와 오토와도, 리리코와 유키오도, 아침을 먹을 때나 현관에서 배웅을 할 때나 서로가 아무 일도 없었던 것처럼 평소대로 행동했다.

하고 싶은 말은 야마자키 씨에게 모두 했다. 이제는 두 사람의 결론을 기다리자고 생각한다.

시내버스를 타고 가나자와 역으로 갔다. 거기에서 유키오는 나고야로 가는 열차를 타고, 리리코는 도쿄로 가는 고속버스를 탄다.

"그럼, 여기서 안녕 하자."

역 앞에서 리리코와 유키오는 마주 보았다.

"오랜만에 언니랑 다투기도 하고, 즐거웠어. 여전히 현실적이어서 어이가 없었지만."

물론 유키오도 그 말을 받아쳤다.

"그런 말을 잘도 하네. 네가 변함없이 낭만적인 건 어쩌고."

"그럼 이만."

"응. 대본 쓰는 일, 열심히 해. 또 보자."

둘은 각자의 장소로 돌아가기 위해 다른 방향으로 걸음을 내디뎠다.

있을 곳

리리코 ✳

　드라마 대본이 절반, 8회까지 완성되었다. 어제 시나다가 전화를 걸어 촬영도 순조롭게 진행되고 있다고 알려 주었다.

　지금까지 시나다는 진행 상황을 유리에게 알려 주었지만 요즘은 직접 리리코에게 말한다. 어쩌면 시나다도 유리가 감당이 안 되는지 모르겠다.

　유리는 날이 갈수록 정서가 점점 더 불안정해 보였다. 리리코를 대하는 태도는 여전히 완고하고 건방지지만, 때로 마주 앉아 초점이 맞지 않는 눈으로 멍하니 쳐다보는 일도 있었다. 2층에서 조용히 있나 싶더니 갑자기 음악을 방방 틀지 않나, 산책을 한다고 집을 나가서는 산더미처럼 쇼핑을 하고 돌아오질 않나. 흥분해서 조잘거리는 날이 있는가 하면 훌쩍거리고 지내는 날도 있었다. 어머니는 그런 유리에게 휘둘리면서도 부지런히 잡다한 일을 처리했다.

지금은 꽤 익숙해져서, 유리에게는 마음 써 봐야 아무 소용없다고 포기하고, 대본에 관련된 일이 아니면 귀도 막도 눈도 감게 되었다.

오늘도 평소대로 유리의 집에 와, 거실에서 노트북을 열었다. 고생스럽지만 스토리는 순조롭게 흘러가고 있다. 만남이 있고, 서로에게 끌리는 마음과 반발하는 마음에 흔들리고, 친구와 가족, 일과 환경에 영향을 받으면서 겨우겨우 거리를 좁혀 가는 두 사람. 하지만 물론 두 사람 사이가 그렇게 매끄럽게 발전하지는 않는다. 시청자들의 관심을 끌기 위해서도 이쯤에서 사랑의 성취에 찬물을 끼얹을 필요가 있다. 그러기 위해서는 어떻게 하는 게 좋을까. 지금까지의 드라마에는 없었던, 시청자가 깜짝 놀랄 만한, 그러면서도 현실성이 떨어지거나 작위적이지 않은, 감동과 공감을 불러일으키는. 그리고 무엇보다 곤노 유리라는 젊은 드라마 작가의 러브 스토리다운 것.

지금이 가장 어렵다.

좀처럼 아이디어가 떠오르지 않아 리리코는 키보드에서 손가락을 떼고 천장을 올려다보았다. 기댈 수 있는 것은 자신의 상상력뿐이다.

멍하니 있는데, 유리가 계단을 내려왔다.

"엄마, 내가 좋아하는 파란 블라우스 어디 있어?"

문 너머로 유리의 목소리가 들렸다.

"어느 블라우스 말이니?"

어머니가 되묻는다.

"왜 있잖아. 소매에 리본 달린 거."

"아, 그거. 세탁소에 보냈는데."

"왜!"

유리가 버럭 소리를 질렀다.

"왜는, 네가 드라이해 놓으라고 했잖아."

"그럼, 지금 당장 찾아 와. 오늘 그 블라우스를 꼭 입어야겠으니까."

유리의 목소리가 높아진다. 또 시작이군, 하고 생각하면서 리리코는 한숨을 쉬었다. 이럴 때 유리는 스물네 살이라는 나이가 믿기지 않을 만큼 유치해진다. 떼를 부리고 말도 안 되는 소리를 늘어놓으면서 어린애로 돌아가 어머니를 곤란하게 한다.

"다른 블라우스도 많잖아. 오늘은 다른 거 입어."

"싫어. 그 블라우스가 좋단 말이야."

"그럼 네 손으로 세탁소에 전화하든지."

엄마도 기가 차는지 말을 받아쳤다.

"엄마, 일부러 그런 거지?"

유리의 목소리가 험악해진다.

"뭐가 일부러야?"

"오늘 내가 시나다 씨랑 같이 식사하러 외출하는 게 못마땅한 거잖아. 그래서 일부러 그 블라우스를 세탁소에 보낸 거 아니야."

"말도 안 되는 소리 마라. 네가 시나다 씨를 만난다는 건 오늘 아침에 알았잖아. 블라우스를 세탁소에 보낸 건 그 전이고."

"나한테 질투해 봐야 소용없어. 시나다 씨는 엄마를 좋아하지 않을 거니까. 치, 내가 엄마보다 훨씬 젊고 예쁜데 뭐."

"그래, 그럼. 당연하지. 유리는 정말 젊고 예뻐. 오늘은 시나다 씨와 재미나게 데이트하고 들어와. 자, 외출할 건데 빨리 준비해야지."

엄마는 매몰찬 말투로 그렇게 말했다. 아니나 다를까, 유리가 울음을 터뜨리면서 우당탕탕 2층으로 뛰어 올라갔다.

신경 쓰지 말자고 생각하는 한편, 유리는 과연 어떤 모습을 하고 나타날까 궁금하기도 했다.

삼십 분쯤 지나 다시 유리가 내려왔다.

"엄마, 택시 불러."

목소리의 느낌으로 봐서 기분이 좋아진 것 같다. 이런 식으로 유리의 행동은 변덕스럽다. 어머니가 택시를 불렀다. 십 분 정도 지나 벨이 울렸다. 유리가 나간다.

"조심해서 다녀 와."

어머니가 안도한 듯이 그녀를 배웅한다.

리리코도 이제야 겨우 차분하게 노트북과 마주했다.

어머니가 연적이라니, 과연 어떤 심정일까.

생각하다가, 문득 아이디어가 떠올랐다. 그가 처음 그녀의 집에 초대를 받는다. 그리고 그녀의 어머니를 만난다.

어머니가 없는 그는 그녀의 어머니에게서 모성을 느낀다. 어머니는 딸에게 없는 묘한 매력이 있었다. 그의 마음이 미묘하게 흔들린다. 태도에도 변화가 나타난다. 그걸 알아차리고 그녀는 몹시 동요한다. 어머니가 아직도 '여자'라는 것에 혐오를 느낀다. 어머니를 어머니로밖에 보지 않았던 만큼 강한 질투도 느낀다.

너무 대담한 건가 싶은 생각도 없지 않았다. 지금까지는 그야 말로 곤노 유리표, 밝고 상큼한 러브 스토리 노선으로 써 왔다. 그런데 어머니와 갈등을 겪게 되는 꼴이다. 당연히 드라마의 색깔도 달라지게 된다.

유리가 읽으면 이 전개를 어떻게 생각할까. 아이디어의 배경에 자신과 자신의 어머니, 그리고 시나다라는 인물이 존재한다는 것을 유리도 당연히 눈치챌 것이다.

그런데 한번 생각을 시작하니 상상이 점점 확대되었다. 리리코는 정신없이 키보드를 두드렸다.

솔직히 리리코 자신도, 이런 전개가 다소 억지스럽다는 것은 자각하고 있었다. 그러나 지금까지는 줄곧 '내가 유리라면'이라는 필터를 통해서만 써 왔다. 그것이 리리코에게 주어진 역할이었고, 일이었다. 절반까지는 그럭저럭 유리 행세를 해 왔는데, 조금은 자신을 어필해 보고 싶은 욕망이 움텄다.

한 번쯤은 내 생각대로 써 보고 싶다. 그래서 원고가 쓰레기가 된다 한들 상관없다. 아무튼 쓰기라도 해 보자.

오랜만에 의욕이 샘솟았다.

그날은 집에 돌아가서도 계속 쓰느라 거의 밤을 새웠다. 새벽에 완성되어, 초고를 유리에게 보냈다.

당연히 어떻게 나올지는 예상하고 있었다. 하지만 그렇게 격하게 반응할 줄은 정말 몰랐다.

다음 날, 유리의 집에 도착했다. 어머니가 이런 말로 맞았다.

"유리가 오늘은 유독 예민하게 구네."

어머니는 리리코가 쓴 대본을 아직 읽지 않은 것 같다. 거실에 들어갔더니 유리가 소파에 앉아 있었다. 테이블 위에는 출력한 원고가 놓여 있다. 유리가 리리코를 올려다보면서 다짜고짜 고함을 질렀다.

"이거 대체 무슨 생각이야?"

"별론가요?"

리리코는 공손하게 대답했다. 상대의 나이가 어리든 어떻든, 이쪽은 고용된 몸이다.

"당연하지. 지금까지와 흐름이 전혀 다르잖아. 왜 이렇게 되는 건데?"

"시청자를 좀 놀라게 하는 방향으로 흘러가도 좋지 않을까 하는 생각에요."

"당신, 착각하고 있는 거 아냐? 주인공인 두 사람은 아이돌 노선의 탤런트라고. 말했잖아, 상큼하고 공감을 부르는 러브 스토리를 그려야 한다고. 그런데 왜 갑자기 엄마와 삼각관계에 빠지는 거야?"

"삼각관계가 아니라, 그의 마음이 미묘하게 흔들리는 것에 그쳤는데요."

"그래도 엄마나 딸이 그걸 눈치챘으니까, 심리적으로는 충분히 삼각관계라고. 아유, 불쾌해. 딸의 연애에 엄마가 끼어들다니. 나는 마음이 따뜻해지는 드라마를 만들고 싶단 말이야."

"하지만 아무 갈등 없이 예쁘기만 한 드라마는 시청자들이 지겨워할 텐데요. 마음속 깊이까지 헤집지 않으면 ……."

"네가 뭘 안다고 나한테 그런 소리를 지껄여."

유리가 테이블을 두 주먹으로 쾅 쳤다.

"너, 네가 뭐라도 되는 줄 아는 모양인데. 어디까지나 어시스턴트라는 걸 잊지 마."

목구멍까지 치고 올라온 분노를, 리리코는 꾹 눌러 참았다.

"내 이름 덕에 쓰고 있는 거라고. 내 이름이 없으면 너 따위는 아무 가치 없어. 그걸 알아야지. 당장 다시 써. 이런 건 내 대본이 아니야. 내 드라마를 막장으로 만들지 말라고."

내 드라마, 유리는 그렇게 말했다. 그러나 지금까지 완성된 8회까지 유리가 쓴 것은 거의 없다. 전부라도 해도 좋을 만큼 리리코가 썼다.

"똑바로 듣고 있는 거야!"

유리가 원고를 움켜쥐더니 리리코에게 내던졌다. A4 용지가 리리코의 가슴에 부딪쳤다가 후드득 바닥으로 떨어졌다. 한계라고 생각했다. 아무리 일이라도, 아무리 어시스턴트 입장이라도, 이런 취급을 받을 이유는 없다.

리리코는 얼굴을 들고 말했다.

"분명히 말하지. 이건 네 드라마가 아니야. 쓰고 있는 사람은 네가 아니니까."

부엌에서 어머니가 나타났다.

"아니 이게 무슨 일이야, 둘 다."

이 집에 올 때까지, 리리코는 원고를 다시 쓸 생각이었다. 유리가 그런 스토리를 용납할 리 없고, 시나다의 양해도 구할 수 없다는 것을 잘 알고 있었다. 나름 잘 썼다고 생각하지만, 일이니까 어쩔 수 없다고 포기하고 있었다. 그래도 조금은 자기주장을 하고 싶었다.

유리의 표정이 점차 일그러졌다.

"너 따위, 자르면 그만이야."

"그래요. 그럼, 그만두죠."

이런 일, 이제 넌더리가 난다. 충동적이고 건방진 유리를 상대하는 것도, 말도 안 되는 어머니와의 관계를 옆에서 지켜보는 것도 이제 신물이 난다.

어머니가 끼어들었다. 간이라도 빼 줄 것 같은 목소리였다.

"아이, 그게 무슨 말이야. 리리코 씨, 지금까지 잘해 오다가 왜 그래. 그런 말을 하다니 리리코 씨답지 않네. 그리고 유리 너도 아무 걱정 마. 리리코 씨가 싹 다시 써 줄 테니까. 아무 걱정 할 거 없어. 그렇지, 그럴 거죠?"

어머니가 리리코를 본다. 그 눈초리에 그만 압도되고 만다.

"아이, 그렇게 약속했잖아. 유리의 힘이 되어 주겠다고. 이렇게 하다 말고 어중간하게 내던지면, 리리코 씨가 훗날 곤란해지지 않겠어. 시나다 씨의 신뢰를 잃게 되면 앞으로 일거리 얻기도 어려울 텐데."

어머니의 공손한 말투 이면에 깔린 협박에는 늘 압박감을 느낀다.

"엄마, 그러지 마. 붙잡지 말라고. 뭐야, 이 여자. 전부터 영 마음에 안 들었어. 늘 나를 깔보는 눈초리였다고. 이런 여자, 절대 싫어. 어시스턴트로 일할 사람은 얼마든지 널렸잖아. 시나다 씨가 다른 사람을 바로 소개해 줄 거야. 그러니까 그냥 잘라 버려."

지금 머리를 숙이고 어머니의 말대로 하면 모든 게 원만하게 수습될지도 모른다. 하지만 그런 짓을 하는 자신은 상상만 해도 몸이 푸르르 떨렸다.

괜찮다. 이게 나와 어울리는 방식이다. 시나다와의 인연이 끊어져도 할 수 없다. 이렇게 결착을 짓는 것이 나답다. 원고를 들고 여기저기 뛰어다니면서 처음부터 다시 시작하면 그만이다.

"짧은 동안이나마 신세 많이 졌습니다."

리리코는 딱 잘라 말하고 둘을 등진 채 현관으로 걸어갔다. 손잡이를 잡는데, 등 뒤에서 어머니가 불렀다.

"리리코 씨, 내일도 기다리고 있을게."

누가 오나 보라지. 그렇게 마음속으로 중얼거리면서 밖으로 나갔을 때에는 이미 내일부터 또 다른 아르바이트나 찾아봐야겠네, 생각하고 있었다.

그날 밤, 오랜만에 한잔하러 나갔다.

시모키타자와로 발길이 향한 것은, 조금쯤 될 대로 되라는 기분 탓도 있었다. 그곳에는 극단에서 활동할 당시 자주 다녔던 술집이 몇 군데 있다. 그 거리에는 크고 작은 극단이 있고, 돈은 없지만 연극에 대한 열정 하나로 살아가는 인간이 수두룩하다. 가면 틀림없이 아는 사람과 마주칠 수 있을 것이다.

오늘 밤은 혼자 있기가 조금 버겁게 느껴졌다. 마시고 떠들고 논쟁을 벌인다. 그런 밤에 젖고 싶었다.

생각했던 대로 보고 싶은 얼굴과 재회했다. 그들은 과거와 조금도 변함없는 친밀함을 내보였다. 서로의 근황을 얘기하고, 지인의 소식을 듣고, 대화가 끊이지 않았다.

그러나 리리코는 왠지 모르게 소외감을 느꼈다. 진짜 무대에 서고 있다는 자긍심으로 사는 그들과 드라마 따위는 정반대 지점에 있다. 그 세계에서 드라마 작가가 되려 하는 리리코는 이미 동료라 불리지 않았다. 그들의 연극론이 시작되었을 무렵, 리리코는 자신이 끼어들 자리가 없다는 것을 깨달았다.

가게에서 나왔다. 이대로 집에 돌아가는 편이 좋다는 것을 알면서도 다음 가게에서는 틀림없이 즐겁게 마실 수 있을 거라는 어처구니없는 기대를 버리지 못했다. 알고 있는 다른 가게로 발길을 돌렸다.

술기운이 꽤 오른 상태였다. 역에서 꽤 떨어진 카운터 바다. 열 자리 정도밖에 없는 조그만 가게지만, 전에는 종종 마시러 갔다.

어쩌면 구라키가 있을지도 모른다 ……. 그런 생각은 그가 있으면 불편하겠다는 건지 있으면 좋겠다는 건지. 그 가게 마스터가 구라키의 학창 시절 선배여서, 몇 번이나 밤을 밝혀 가며 얘기를 나눴던 추억이 있다.

지금 구라키는 뭘 하고 있을까, 무슨 생각을 하고 있을까, 어쩌면 마스터는 알고 있을지도 모른다. 아니, 그런 건 아무래도 상관없다. 알고 싶지도 않다. 그런 비굴한 생각을 품고 있는 자신에게 진저리를 치면서 리리코는 문을 열었다.

"안녕하세요."

밝은 목소리에 밝은 태도다.

"야, 이거 리리코 씨잖아. 오랜만에 왔군."

반년 만에 얼굴을 보는 마스터다. 전에 여기 왔을 때는 물론 구라키와 함께였다.

"마스터, 건강해 보이네요."

"덕분에. 뭐 마실래?"

"맥주 주세요."

"알았어. 그런데 꽤 마신 것 같은데. 뭐 좋은 일 있었어?"

"글쎄요."

손님은 구석에 앉아 있는 커플뿐이다. 리리코는 바로 앞에 있는 선반을 건너다보았다. 연인이던 시절, 거기에는 늘 구라키와 리리코의 위스키 병이 놓여 있었다. 싸구려 위스키였지만, 둘의 이름이 적힌 동그랗고 조그만 라벨이 목에 걸려 있었다. 그런 병을 앞에 놓고, 쑥스럽기도 하고 사랑스럽기도 한 기분에 젖었다. 이제 아주 먼 옛날 일만 같다.

마스터가 잔을 내밀었다.

"일은 잘돼 가고 있어?"

리리코가 잔을 들었다.

"그런대로요."

이 정도는 거짓말이 아닐 것이다.

"음, 그게 가장 좋아."

마스터의 배려가 느껴졌다.

리리코는 카운터에 두 팔을 올려놓고 짧게 숨을 내쉬었다. 벌써 오지 말걸 그랬다고 후회하고 있다. 생각했던 것 이상으로 구라키가 가슴을 차지하고 있었다. 구라키가 없어 더욱이 그 존재감이 컸다.

그때, 등 뒤에서 문이 열렸다. 리리코는 무심결에 돌아보았다가, 구라키의 모습을 발견하고는 숨을 삼켰다.

구라키도 리리코를 이내 알아보고는 놀란 듯이 걸음을 멈췄다. 오늘 밤, 구라키도 이 가게에 왔다. 그 사실이 어쩌면 의미 있는 일로 이어지지 않을까 생각했다. 그런데 그것도 아주 잠깐의 착각이었다.

"왜 그래, 자리 없어?"

구라키 뒤에서 한 여자가 모습을 보였다.

"아니 ……."

"다행이네, 빈자리가 있어서."

그 자리에 우뚝 선 구라키에 앞서 여자가 먼저 자리에 앉는다. 세미롱 스타일의 머리에 줄무늬 블라우스와 검은 바지 차림의 회사원으로 보이는 여자였다. 리리코가 다시 고개를 앞으로 돌리자, 몹시 당황한 마스터와 얼굴이 마주치고 말았다. 웃으려고 했는데, 웃음이 나오지 않았다.

"지난 번 위스키, 아직 남아 있나요?"

여자가 마스터에게 물었다. 마스터는 고개를 끄덕이면서 선반으로 손을 뻗었다. 구라키와 여자 앞에 병이 놓였다. 과거 리리코와 함께 마시던 싸구려 위스키가 아니라 유명한 싱글 몰트다. 목에는 라벨이 걸려 있고, 거기에 두 사람의 이름이 적혀 있다. 하나는 구라키, 다른 하나는 읽을 수 없어도 리리코 이름이 아니라는 것만은 분명하다.

옛날을 떠올리며 감상에 젖었던 자신이 우스꽝스러웠다. 별일 아니다. 구라키는 새 생활을 시작했을 뿐.

"안녕하세요."

리리코가 구라키를 향해 싱긋 웃으며 말했다.

"어어, 안녕."

구라키가 대답한다. 여자는 조금 놀란 듯이 리리코를 본다. 하지만 곧 "안녕하세요" 하며 웃음을 머금는다. 웃는 얼굴이 아주 보기 좋다. 그래서 기뻐해야 하는지 우울해야 하는지, 알 수 없었다.

"그럼, 나는 이만."

그렇게 말하자, 마스터가 계산을 해 주면서 미안하다고 작은 소리로 사과했다.

"뭘요. 신경 쓰지 마세요."

밖으로 나왔다. 달도 별도 보이지 않았다. 그저 밋밋한 먹색 하늘만이 있었다. 리리코는 역을 향해 바삐 걸어갔다.

✹ 유키오

나가미네에게서 휴대전화로 몇 번이나 연락이 와 있어, 유키오는 나고야로 돌아가 그에게 연락을 했다.

사실은 그러지 말아야 했는지도 모른다. 하지만 이대로 아무 말 없이 헤어지는 것도 왠지 모르게 한심하다는 생각이 들었다. 나름의 매듭은 짓고 싶었다.

메일로 상황이 허락되는 날을 묻자 바로 답장이 왔다. '맡길 게.' 그 답장을 보고서 나가미네와 아내 사이에 모종의 일이 있었다는 것을 감지했다. 서비스 정신이 투철한 나가미네는 메일 하나를 보내면서도 반드시 농담을 섞었다. 아마 지금은 그럴 여유조차 없는 상황일 것이다.

이런 일에 시간을 쏟아 봐야 소용없다. 유키오는 내일 밤, 늘 만나던 카페에서 기다리겠다는 메일을 보냈다.

다음 날, 약속한 시간보다 십 분 일찍 카페에 들어섰는데 나가미네는 벌써 와 있었다. 재떨이에 꽁초가 세 개나 짓눌려 있었다. 유키오를 보자 네 번째 담배를 끄면서 나가미네는 난감한 표정을 지었다.

"안녕."

유키오는 건너편 자리에 앉았다. 커피를 주문한 후, 나가미네와 눈을 마주하기는 했는데 뭐라 말을 꺼내면 좋을지 첫마디가 떠오르지 않았다. 나가미네도 마찬가지인 듯 계속 눈만 끔벅거리고 있다. 이 자리를 심각한 분위기로 만들고 싶은 기분은 없었다. 애당초 그런 두 사람이 아니지 않은가.

"미안해."

나가미네가 불쑥 머리를 숙였다.

"정말 미안하다. 당신을 불쾌하게 만들었네."

"그러지 마. 내가 불쾌한 것쯤 당신 부인에 비하면 아무것도 아니지."

"설마 아내가 그런 짓까지 할 줄은 정말 몰랐어. 당신의 과거까지 조사하다니, 정말 뭐라고 사과하면 좋을지."

유키오는 어깨를 으쓱했다.

"자업자득이지 뭐. 다 사실이니까. 그 서류, 당신도 봤지?"

"아니 ……."

나가미네가 눈길을 피했다.

"겁나지 않았어? 그런 과거가 있는 여자라는 거 알고."

"아니, 뭐, 좀 놀라기는 했지만."

"괜찮아. 굳이 돌려 말하지 않아도."

"그런 게 아니야. 정말 놀랐어. 당신에게 그렇게 뜨거운 면이 있었다니. 냉철한 타입인지 알았는데."

유키오 앞에 커피 잔을 내려놓고 웨이트리스가 사라졌다.

"그런 여자가 되고 싶었어. 이렇게 말해도 화내지 마. 나, 나가미네 씨를 만나면서 한편으로는 참 안심이 됐어. 나도 하려고 들면 영리하게 사람을 사귈 수 있다는 걸 알았거든. 그리고 그런 의미에서 당신에게 참 고마워."

"아무튼 기분이 좀 복잡한데, 고맙다는 말은 하지 마."

나가미네는 어색한 기분에 미적지근해진 커피를 마셨다.

"거짓말 아니야."

"지금 와서 이런 말 하는 것도 남자답지 못하지만, 나 정말 당신을 좋아했어."

유키오는 천천히 나가미네를 보았다.

"당신이라는 사람이 없었다면, 아내와 오히려 사이가 더 나빠졌을지도 몰라."

뜻밖에도 그렇게 말하는 나가미네의 눈길이 온화했다.

"결혼한 지 이제 십삼 년이야. 가족을 무엇보다 소중하게 여기고 있고. 사랑하고 있다고 해도 좋아. 그건 틀림없어. 하지만 동시에 집은 별 재미없는 장소이기도 해. 이래저래 시끄러운 일도 끊이지 않고 말이지. 대출금이다, 고부 관계다, 아이들 교육이다, 아무튼 그야말로 현실적인 문제들로 꽉 차 있어. 가정과 일밖에 없는 매일을 지내다 보니, 뭐라 표현하면 좋을까, 좀 부끄럽지만 내 마음속에 있던 부드럽고 섬세한 부분이 점점 사라지는 기분이었어. 나는 그게 두려웠어. 그런 것이 다 없어져도 아무렇지 않게 살아갈 수 있다는 게 겁이 났어. 그런데 당신과 함께 있으면 중학생 시절의 철부지로 돌아간 것 같아 마냥 설렜어. 만날 때마다 아직은 괜찮다, 나는 소중한 것을 잃지 않았다, 그런 기분으로 시간을 보낼 수 있었어."

단숨에 말을 쏟아 내고서, 나가미네는 늘 보이던 장난스러운 표정을 지었다.

"나와 영 어울리지 않는 대사지만."

"아니야, 그렇지 않아."

유키오는 얼른 고개를 저었다.

"당신을 만나서 정말 다행이었다고 생각해. 이런 말 할 입장도 못 되지만, 고마웠어."

무슨 말을 하려 했지만, 적절한 표현이 떠오르지 않았다. 어차피 한때의 불장난에 불과한 관계라고 생각했다. 그런데 이런 나가미네와 마주하고 있자니 역시 어떤 의미가 존재했을지도 모르겠다는 생각이 든다.

알게 모르게 유키오의 가슴속에 따스한 것이 퍼졌다. 나가미네의 아내에게는 미안하지만, 이 또한 하나의 사랑이었는지도 모르겠다.

"잘 지내요. 당신을 만나서 좋았어. 나도 그렇게 생각해요."

그리고 유키오는 자리를 떠났다.

그날 밤, 아파트로 돌아와 우편함에 들어 있는 우편물을 훑어보았다. 그중에 바뀐 주소를 알리는 엽서가 있었다. 최근에 막 결혼한 친구였다. 알림 내용은 인쇄된 것이었지만, 구석에 손으로 직접 쓴 짧은 글이 있었다.

'결혼하니까 참 좋더라. 너는 어이없어하겠지만, 난 정말 행복해. 조만간 놀러 와. 기다리고 있을게.'

글에서 행복의 기운이 몽글몽글 피어오르는 것 같았다.

유키오의 친구들도 몇 명은 벌써 결혼했다. 엽서를 보낸 친구처럼 행복을 누리고 있는 사람도 있고, 불만에 가득 찬 사람도 있다. 아직 독신으로 지내는 친구도 독신 생활에 만족하는 이가 있는가 하면 고독과 불안에 절어 있는 이도 있다. 결혼하면 행복해질 수 있다는 생각은 아무도 하지 않는다. 물론 독신으로 살면 행복해질 거라는 생각도 하지 않는다. 다만 행복해지고 싶다는 소망만 있을 뿐이다.

불쑥 시노가 떠올랐다.

야마자키와의 결혼을 취소한 의사는 존중할 생각이지만, 정말 그래도 좋은 걸까 싶은 찜찜함은 지금도 남아 있다. 그 후로는 어떻게 되었을까. 후회하고 있지는 않을까. 역시 결혼하는 편이 좋은 것은 아닐까.

유키오는 전화기를 들었다.

오토와가 전화를 받아, 슬그머니 안도했다.

"엄마는 어쩌고 있어?"

"그게 글쎄, 어제 혼자 건물주를 찾아가서 재계약을 하고 왔지 뭐니. 그러고는 가게 벽지를 새로 발라야겠다느니, 메뉴도 더 늘리겠다느니, 그렇게 야단을 떨고 있다. 정말 결혼은 안 할 모양이야. 어쩌면 좋을지 모르겠어."

오토와의 목소리에는 어처구니없지만 체념하는 수밖에 없다는 뉘앙스가 담겨 있었다.

"그렇구나. 정말 결혼을 안 하는구나."

"야마자키 씨는 좋은 사람이야. 그 후에도 몇 번이나 연락이 왔는데, 엄마가 결심을 단단히 한 모양이야. 할미가 다 미안한 심정이다. 정말 그래도 되는 건지 모르겠어."

유키오는 찻집에서 어깨를 떨구던 야마자키의 모습을 떠올렸다. 쉰이 넘은 다 큰 어른이 딸만큼이나 어린 유키오와 리리코 앞에서, 남은 생을 시노와 함께할 수 없다는 두려움에 떨던 모습이 애처로웠다.

어른이 되면 연애는 안 하는 줄 알았다. 그런데 그렇지 않다는 사실을 알게 되자, 유키오는 한숨이 나왔다. 그런 일을 치렀으니 신물이 날 만도 한데, 그럼에도 또 누군가를 좋아하게 될까. 그리고 그 사람과 인생을 같이하고 싶다고 바라게 될까. 혼자서 살

각오를 다지고 싶다. 이런 생각을 하는 것은 그저 오기일까.

"아무튼 엄마가 건강해서 다행이네."

"조금은 허세도 부리고 있겠지."

"그야 그렇겠지. 그렇게 쉽게 방향을 바꿀 수는 없잖아."

"참, 네 엄마도 얼마나 고집이 센지 모르겠다. 한번 결정하고 나면 꿈쩍을 하지 않으니."

유키오는 웃었다.

"그건 할머니를 닮아서 그렇지."

"그러냐? 참 골치가 아프다니까."

"어디 엄마만 그런가. 리리코도 나도 꼭 닮았는데."

이런 때, 네 사람 사이에 같은 핏줄이 한 명도 없다는 사실은 까맣게 잊고 만다.

"그럼 무슨 일 생기면 또 전화해, 할머니."

"알았다, 그러마."

전화를 끊으려고 하는데, 오토와가 전에 없이 차분하게 말을 이었다.

"아 참, 리리코에게 들었는데, 너 전에 여기서 세마 씨네 아들을 만났다면서?"

오토와의 입에서 준이치의 이름이 나와 놀랐다. 물론 숨길 생각은 없다. 숨길 일도 아니다.

"동창생이 고린보에서 가게를 하고 있어서, 거기서 같이 한잔
했어 ……. 왜, 무슨 일 있어?"

"아니다, 아무 일도 아니야. 그래, 동창이니 만나서 같이 마시
러 갈 수도 있지."

평소의 오토와와 달리 어째 말투가 애매했다.

준이치의 아버지는 가나자와에서도 손꼽히는 재력가다. 이웃
동네에 살고 있으니 어떤 집인지는 오토와도 물론 알고 있다. 가
나자와는 좋은 의미에서나 나쁜 의미에서나 좁은 도시다. 오토
와는 어떤 형태로든 태생에 신경을 쓰는 사람이 아니지만, 만에
하나 유키오가 험한 말을 듣게 되지는 않을까 염려하는지도 모
르겠다.

"괜찮아, 할머니. 걱정할 일 하나도 없어."

"그래, 할미도 나이를 먹었나 보구나. 괜한 노파심에."

"그럼, 또 전화할게."

"그래. 몸조심하고."

유키오는 전화를 끊고서 잠시 멍하니 있었다.

어렸을 때부터 물장사를 생업으로 하는 오토와와 시노에게 무
분별한 말과 태도로 대하는 사람을 수도 없이 봐 왔다. 두 사람
다 그에 굴할 만큼 나약하지 않았지만, 유키오와 리리코가 그 때
문에 괴롭힘을 당하거나 상처받는 일이 생기면 무척 마음 아파

했다. 물론 유키오나 리리코도 두 사람을 닮아 충분히 기가 세서, 그런 일로 마음이 비뚤어지는 일은 없었다. 그러나 그럴 수 있었던 것은 오토와와 시노가 얼마나 정직하게, 그리고 얼마나 열심히 사는지를 두 눈으로 늘 봐 왔기 때문이다. 그렇기에 누가 뭐라고 하든 어떤 태도로 대하든, 언제나 가슴을 당당하게 펼 수 있었다.

자기 전에 컴퓨터를 켜니, 준이치에게서 메일이 와 있었다.

가나자와에서 돌아오자마자 짧게 고마웠다는 메일을 보냈는데, 그 답장이었다.

'잘 지내고 있는 것 같아 다행이다. 지난번 일은 고마워할 것도 없지 뭐. 난 그저 얘기를 들어 줬을 뿐이니까.'

그날 밤의 대화가 기억 나, 유키오는 괜히 민망해지고 말았다.

'그 일과는 별개로, 이렇게 말하면 기분 나빠 할지도 모르겠지만 아주 흥미로웠어. 지금까지 몰랐던 유키오의 새로운 면을 발견한 기분이랄까. 옛날에는 우등생 유키오밖에 몰랐으니까, 아무튼 신선한 충격이었지. 꼬치꼬치 캐묻기 좋아하는 사람으로 여겨지고 싶지는 않지만, 그 후에 어떻게 되었는지 조금 마음이 쓰이는군. 유키오라면 분명하게 매듭을 지었을 거라고 생각하지만 말이야.'

그럼, 분명하게 매듭을 지었으니까 안심하시길.

'참, 조만간 시라카미 산지로 너도밤나무를 보러 갈 계획이야. 너도밤나무 거목은 귀를 갖다 대면 물 흐르는 소리가 들려. 나무가 살아 있다는 것을 실감할 수 있지. 가나자와에도 좋은 나무가 여러 그루 있지만, 제대로 살펴 주지 못해서 말라 죽는 경우도 제법 많아. 가능하면 그런 나무들을 구제할 수 있는 힌트를 얻어 올 생각이야. 아무튼 나는 잘 지내고 있어. 그럼, 또.'

준이치다운 쑥스러움과 무뚝뚝함이 잘 섞여 있는 글이었다. 유키오는 바로 답장을 썼다.

'가나자와에서는 정말 고마웠어. 들어 준 것만으로도 얼마나 마음이 가벼워졌는지 몰라. 그리고 그 일, 분명하게 얘기하고 헤어졌어. 그냥 그렇다고 보고하는 거야. 시라카미 산지에 간다니 부럽네. 가 본 적은 없지만, 세계유산인 곳이잖아. 일본의 자랑이기도 하고. 조심해서 다녀 와. 시간 나면 나고야에도 또 놀러 오고.'

메일을 보내고 나서 유키오는 짧게 한숨을 쉬었다.

뜻하지 않게 준이치와의 거리가 좁혀지고 있다. 그래서 기분이 좋기도 하고, 그만큼 불안이 느껴지기도 한다. 가슴속을 차지한 이 생각이 그저 정겨움에서 오는 편안함인지, 아니면 다른 감정도 섞여 있는지 잘 모르겠다.

하지만 지금은 자신의 감정을 따지고 분석하지 않기로 했다.

이대로도 괜찮다. 정답이 필요한 것은 아니다. 언제든 정답을 원하기 때문에 길을 잃고 만다. 이 세상에는 정답이 없는 일도 참 많다는 것을 이제 조금은 알게 되었다. 지금은 그저 이 상태를 자연스럽게 받아들이기로 했다.

다음 날, 오전에는 모델 하우스에서 손님을 맞고, 오후부터는 소유주들을 찾아가 실내 구조와 인테리어에 대해 의논했다.

유키오의 도움이 필요치 않을 정도로 모든 것을 스스로 결정한 사람도 있거니와, 한참이나 시간을 끌다가 겨우겨우 결정 났다 싶었는데 '역시 조금 더 바꾸겠다'고 갑자기 연락을 하는 사람도 있었다. 물론 그런 고객을 상대하는 것이 유키오의 일이니 불만을 토로할 마음은 없다.

그런 와중에 유키오는 갑자기 가와데 노인이 마음에 걸렸다. 새로 이사한 곳으로 몇 번이나 전화를 걸어 보았지만 있으면서도 전화를 받지 않는 것인지, 좀처럼 연락이 되지 않았다.

겨우 전화를 받아 슬슬 실내 구조를 생각해 보라고 부탁하자, 전부 다 맡길 테니 알아서 하라는 밋밋한 대답이 돌아올 뿐이었다. 고객이 그렇게 말하면 곤란하다. 이래서야 직접 방문하는 수밖에 없다. 유키오는 오랜만에 가와데 노인을 찾아갔다.

벨을 눌렀는데도 영 대답이 없는 것에는 이제 이골이 났다.

"가와데 씨, 저예요, 다카히사입니다. 가와데 씨, 안에 계시나요?"

끈질기게 문을 두드리자 간신히 가와데 노인이 얼굴을 내밀었다.

"아, 안녕하세요. 실내 구조 건으로 의논도 드릴 겸 찾아뵀어요."

애써 밝은 목소리로 유키오는 말했다.

"아, 고맙군."

가와데 노인이 난감한 표정을 하고 고개를 끄덕거렸다.

"잠깐 들어가도 될까요?"

"응, 뭐, 그러지."

가와데 노인은 시큰둥하게 유키오를 집 안으로 들였다.

짐도 거의 풀지 않았는지 집 안에는 종이 상자가 그대로 쌓여 있었다. 가와데 노인도 여전히 생기가 없었다. 설마 싶었는데, 아직 그 일에서 헤어나지 못한 것일까. 이제 그 여자가 사기꾼이었다는 것을 알았을 텐데, 이렇게 이사까지 한 지금도 미련을 못 버리는 것일까.

유키오는 거실에 앉아 가와데 노인과 마주 보았다.

"며칠 전에 말씀 드린 실내 구조 건 말인데요. 결정하셨어요?"

가와데 노인은 초점이 오락가락하는 눈으로 이쪽을 쳐다보았다.

"전부 맡기겠다고 했을 텐데."

"네, 그 말씀은 들었어요. 하지만 역시 전부 이쪽에서 알아서
할 수는 없거든요. 방을 하나로 하실 건지 아니면 두 개로 하실
건지, 최소한 그 정도는 정해 주세요. 가와데 씨의 미래 라이프
스타일에 맞춰서 저도 열심히 생각해 볼게요."

"라이프 스타일이라 ……."

가와데 노인이 희미하게 웃었다. 양 볼에는 어딘지 모르게 빈
정거리는 기색이 어려 있었다.

"어차피 남은 인생이 길지 않아. 그러니 내 라이프 스타일은
생각하지 않아도 돼. 새로 짓는 아파트는 아들에게 물려줄 거야.
아들은 규슈에 사니까, 상속받으면 세를 놓겠지. 그냥 남에게 빌
려주기 쉬운 구조로 만들어 줘."

"하지만, 그러시면 ……."

"그러면 돼."

가와데 노인은 짧게 말을 끝냈다.

인연

리리코 ✳

시나다에게서 전화가 왔다.

유리의 어머니에게 어시스턴트 일을 그만두겠다는 얘기를 전해 들었다고 한다.

"진심으로 한 말은 아니겠지?"

시나다의 목소리는 평소와 다름없이 평온하다.

"아니요, 진짜예요."

리리코는 다소 딱딱한 투로 대답했다.

"그래, 분명 유리 때문에 속상한 부분도 있을 거야. 철이 없어도 너무 없는 아가씨니까 말이지. 하지만 그래서 더욱이 리리코에게 어시스턴트를 부탁했던 거라고. 이미 촬영도 들어갔고, 첫방 날짜도 임박했어. 그런데 지금 리리코가 그만두면 남은 부분은 어떻게 되겠어. 솔직히 말해서, 지금 네가 그만두면 상황이 아주 곤란해져."

그렇다는 것은 리리코도 충분히 알고 있다.

"시나다 씨께는 죄송해요. 하지만 더는 못해요. 한계입니다. 게다가 무엇보다 유리 씨도 날 자르라고 했고요. 나로서는 유리 씨가 바라는 스토리를 쓸 수가 없어요. 유리 씨 의향을 맞출 수 있는 어시스턴트를 찾아보세요. 그러는 편이 좋겠습니다."

"아무튼 좀 만나."

시나다가 말했다.

"만나서 천천히 얘기해 보자고."

거절할 수 없었다.

저녁때 긴자에 있는 카페에서 만나기로 했다. 조금 늦게 카페로 들어온 시나다는 자리에 앉지도 않고서 태평스럽게 말했다.

"저녁이나 먹으러 갈까?"

"아니요, 저는 ……."

"내가 배고파서 그래. 같이 가 줄 거지?"

그렇게 말하더니 시나다는 계산대 앞으로 가서 재빨리 찻값을 치렀다. 리리코는 허둥지둥 그를 쫓아갔다.

그가 데려간 곳은 가로수 길가 건물 4층에 위치한 고급 일식집이었다. 시나다는 단골인 모양인지 가게 주인이 환하게 웃는 얼굴로 그를 맞고는 안쪽의 조그만 방으로 안내해 주었다.

바로 종업원이 나타나 물수건을 건넸다.

"우선 맥주."

시나다가 종업원에게 말하고는 리리코에게도 물었다.

"맥주, 괜찮아?"

"네 ……."

리리코는 고개를 끄덕인다.

"음식은 적당히 알아서 준비해 줘. 그리고 리리코 씨, 싫어하는 음식은?"

"아니요, 없어요."

"그래. 그럼 부탁해요."

종업원이 사라지자, 그 자리가 불편한 리리코는 무릎으로 시선을 떨궜다.

"그래서 말인데."

시나다의 말투가 약간 바뀌었다.

"아까 하던 얘기 말이야. 정말 그만둘 생각이야?"

"네."

절대 오기를 부리는 게 아니었다. 냉정하게 생각해 봤지만, 이이상은 계속할 수 있을 것 같지 않았다.

"지금까지 쓴 대본은 아주 완성도가 높아. 스토리도 좋고, 대사도 세련되었고. 그런데 이번 회는 나름 재미있기는 하지만, 그녀의 작품이라는 느낌이 안 들어. 왜 갑자기 노선을 바꾼 거지?"

"갑자기는 아니에요. 고민의 결과죠."

"그녀를 골탕 먹일 생각은 아닌 거지?"

"어떻게 그런 말을 ……."

리리코는 바로 부정했지만, 가슴속에 그런 생각이 없지 않다는 것을 알고 있었다. 곤노 유리에 대한 반발심이 그런 형태로 나타났다는 생각도 한다.

"그러니까 약속한 일을 도중에 내던지겠다, 그런 얘기군."

리리코는 시나다의 얼굴을 똑바로 쳐다보았다.

"말씀 중에 죄송한데요, 시나다 씨는 틀림없이 어시스턴트라고 했잖아요. 유리 씨의 집필을 돕는 보조 활동일 뿐이라고요. 그런데 실제로는 거의, 아니 전부라고 해도 좋을 만큼 내가 다 썼다고요. 그건 처음 약속과 다르지 않나요?"

"그래, 그렇긴 하지."

리리코의 말에 시나다가 고개를 끄덕거렸다.

"솔직히 말해서 나도 유리가 그렇게까지 못 쓰게 될 줄은 몰랐어."

시나다가 한숨을 쉰다.

"실은 지금 유리와 얘기를 하고 오는 길이야."

"그랬군요."

"그녀는 리리코와 더 이상 일을 같이 할 수 없다고, 무슨 일이 있어도 바꿔 달라고 해."

리리코가 고개를 까딱 숙였다.

"그렇겠죠."

맥주가 나왔다. 이어서 요리가 담긴 접시도 줄줄이 나왔다. 시나다가 리리코에게 맥주를 권했지만 한 방울도 입에 대고 싶지 않았다.

"정말 대책이 없는 아가씨지. 그러나 이 드라마는 유리의 이름으로 나가기로 결정되어 있고, 그 점은 어떻게 할 수가 없어."

"알고 있습니다."

시나다가 자신의 잔에 맥주를 더 따랐다.

"그런데 그렇게 힘들여서 절반을 써 놓고, 이제 와서 그만두면 아쉽지 않겠어? 끝까지 다 쓰고 싶은 마음이 정말 없어?"

리리코는 대답을 못하고 우물쭈물했다.

"그건 ……."

시나다가 그때를 치고 들어왔다.

"그렇겠지. 글을 쓴다는 것은 그런 거야. 마침표를 제 손으로 찍고 싶은 법이라고."

"하지만 유리 씨가 용납하지 않을 거예요."

"그녀가 원하는 대로 대본을 써 주기만 하면, 설득은 당연히 내가 할 거야."

"쓰고 싶지도 않은 스토리를 쓰라는 말인가요?"

"프로는 그런 거잖아."

시나다가 천천히 고개를 들었다. 그 눈이 지금까지와는 다른 빛을 띠고 있었다.

"설마 드라마 작가라고 뭐든 자기 마음대로 쓸 수 있다고 생각하는 건 아니겠지? 그건 착각이야. 예를 들어서 말이야, 화장품 회사가 광고주인데 화장품 때문에 피부가 뒤집힌 장면을 내보낼 수는 없잖아. 가스 회사 돈을 받고 가스 누출 사고가 나는 장면은 그릴 수 없고. 당연하지. 스폰서가 있어야 드라마도 존재하는 거라고. 언제나 제한은 있어. 그 제한을 감안하면서 가장 재미있게 쓰는 작가라야 프로라고 할 수 있는 거야."

리리코는 다시 무릎으로 시선을 떨어뜨렸다. 시나다의 말이 옳기는 하다. 언제든, 뭘 하든 제한은 있다.

"결과적으로 너에게 약속한 이상의 일을 떠맡게 한 것은 미안하게 생각해. 그러나 아무튼 이번에는 그녀 뜻대로 대본을 써 줄 수 없을까."

리리코는 얼굴을 들 수 없었다.

"지금 네가 그만두면, 내 입장이 아주 곤란해져. 너에게는 여러 가지로 잔신경을 많이 써 줬다고 생각하는데, 그것도 여기서 끝이겠지."

은근히 압력을 가하는 게 느껴졌다. 지금 그 말은, 지금 리리코가 이 일을 그만두면 앞으로는 국물도 없다는 뜻이다. 지금의 리리코에게 방송국에 연줄이 있는 인재는 시나다밖에 없다. 만약 여기서 시나다 라인마저 끊기면, 지푸라기도 없어진다는 뜻이다. 무명의 리리코 따위는 아무도 거들떠보지 않을 것이다. 어쩌면 드라마 작가라는 꿈마저 사라질지도 모른다. 각오한 일이기는 하지만, 리리코는 입술을 깨물었다.

대답할 말을 찾지 못하고 있자, 시나다가 피식 웃었다.

"너도 참 끈질기다."

리리코는 고개를 저었다.

"그런 게 아니에요. 어떻게 하는 게 가장 나다운 일인지 생각하고 있을 뿐입니다."

"모든 걸 이쪽 사정에 맞추라고는 하지 않겠어. 이쪽도 어느 정도는 양보를 해야겠지."

리리코가 간신히 얼굴을 들었다.

"작가의 어시스턴트로 네 이름을 올려주지. 후반 방영분부터 말이야."

"정말인가요?"

리리코가 자기도 모르게 되물었다.

"크게 띄울 수는 없겠지만, 아무튼 반드시 그렇게 할게. 그러면 안 되겠나? 원만하게 해결된 걸로."

이건 거래다. 손익계산이다. 크레딧에 이름이 올라가면 입장이 전혀 달라진다. 경력으로 남는다. 다음 일로 이어질 가능성도 커진다. 유리의 그림자로 끝나지 않을 수도 있다. 무엇보다 대본을 쓴다는 것에 대한 의식이 달라진다.

그렇다고 대뜸 의지를 꺾는 자신을 어딘가 모르게 꺼림칙하게 생각하면서도 리리코는 결심했다.

"알겠어요."

고개를 끄덕이면서 말했다.

"좋아, 그럼 양쪽 다 하는 것으로 결정."

시나다는 호쾌하게 맥주를 추가 주문했다.

돌아오는 전철 안에서 리리코는 생각했다.

이런 때, 구라키를 만날 수 있다면. 그가 이런저런 얘기를 들어줬으면 좋겠다. 리리코의 선택에 자기 의견을 말해 줬으면 좋겠다. 그러나 이제 그럴 일은 없다.

연인 관계를 끝내고서도 구라키를 사사건건 편리하게 이용한 사람은 리리코다. 그런 자신이 무슨 말을 할 수 있을까. 어떤 감정도 지닐 자격이 없다.

그런데도 그날 밤, 구라키가 낯선 여자와 가게에 나타났을 때, 스스로도 놀랄 만큼 동요했다.

정말 이렇게 끝내도 좋은 것일까. 내가 아주 소중한 것을 잃어 버린 게 아닐까. 내가 큰 잘못을 ······.

아니야.

리리코는 고개를 내저었다. 이런 생각을 하는 것 자체가 분했다. 언제든 자신이 취한 행동과 선택을, 가령 그것이 실수였다 해도 스스로 수긍해 왔다.

오히려 그렇게 자신을 채찍질해 왔다.

그래, 이렇게 끝내면 그만인 거야. 아무 문제 없어. 결국 이게 서로에게 가장 바람직한 결말이었던 거야.

그날 밤, 웬일로 시노에게서 전화가 걸려 왔다.

"내일 리리코 너 보러 가도 되겠니? 일이 많이 바빠?"

"웬일이야, 엄마가? 물론 괜찮지. 가게는 어쩌고?"

시노가 도쿄로 오다니, 몇 년 만일까. 지금 사는 집에는 아직 한 번도 온 적이 없다. 그보다 시노는 가나자와를 떠난 적이 거의 없다.

"가게를 수리하는 바람에 잠시 짬이 생겼어. 이런 일이라도 없으면 우리 딸을 보러 갈 수가 없잖아. 좋은 기회다 싶어서."

가게를 수리한다는 말은, 역시 야마자키와 결혼하지 않기로 했다는 뜻이다. 그래서 겸사겸사 잠시 가나자와를 떠나 있고 싶은지도 모르겠다.

"그럼, 내일 하네다 공항으로 마중 나갈게."

"그래. 미안하지만 부탁하마."

다음 날, 리리코는 공항에서 시노를 맞았다. 평소와 다르게 청바지에 블루종을 차려입은 시노가 참 젊어 보였다.

"엄마, 여기."

리리코가 손을 들어 신호를 보냈다. 시노가 이제야 안심이라는 듯이 다가왔다.

"나오라고 해서 미안하네."

"에이, 무슨 소리야. 짐, 이리 줘."

리리코는 일부러 퉁명스럽게 대꾸했다. 가족과 집이 아닌 장소에서 얼굴을 마주할 때면 왠지 모르게 쑥스럽다. 아마 시노도 그런 듯 리리코의 얼굴을 별로 쳐다보지 않았다.

"잠깐 긴자에 들렀다 갈까?"

"글쎄. 그것도 좋기는 한데, 오랜만에 비행기 탔더니 좀 피곤해. 바로 네 집으로 갔으면 좋겠네."

모노레일을 타고 나가 다시 지하철로 갈아타고 아파트로 돌아갔다.

"아이구, 이렇게 깨끗하게 살고 있었어."

집 안으로 들어서는 순간, 시노가 감탄스럽다는 듯이 둘러보았다.

"어렸을 때는 만날 유키오에게만 청소를 미루더니."

리리코는 어깨를 으쓱했다. 시노의 전화를 받은 후, 허둥지둥 정리한 탓에 벽장 안은 쑤셔 박은 짐들로 엉망진창이다.

잠시 방에서 쉬다가 동네 산책을 나가기로 했다.

"볼거리 하나도 없어."

"그저 네가 사는 동네를 보고 싶을 뿐이야."

상점가를 슬렁슬렁 걸으면서 이 가게 다코야키는 그런대로 맛있다, 이 두부 가게 비지가 진짜 맛있다, 이 세탁소는 친절하고 세탁도 빨리해 준다, 그렇게 해도 그만 안 해도 그만인 얘기를 나눴다.

해가 기울어 가고, 초등학생들이 뛰어서 모녀를 앞질러 간다. 가게 앞에서는 파는 사람 사는 사람이 두루 엉켜 활기 넘치는 대화를 주고받는다. 바로 앞에서 비치는 저녁 햇살에 시노가 눈을 찡그렸다.

"리리코랑 둘이서 이렇게 걸으니까 기분이 참 이상하네. 저녁 때는 대개 장사 준비로 바빠서 너희들 돌아볼 틈도 없었는데."

"집에 돌아오면 아무도 없는 게 당연했는걸. 그래도 전혀 외롭지 않았어. 유키오도 있었고."

"그래. 그래서 엄마도 안심이었지."

"이렇게 멋진 딸이 둘이나 있어서 좋지?"

리리코의 말에 시노가 깔깔 웃었다.

"좋다마다. 내 배 아프지 않고도 너희처럼 착한 딸을 얻어서 조상님께 감사하고픈 심정이다."

조금 이르지만 저녁은 메밀국수를 먹기로 했다. 다다미 방에 앉아 메밀국수를 먹기 전에 정종을 조금 마셨다. 안주는 볶음된 장과 계란말이, 그리고 잔새우 튀김이다.

"참 좋네. 해도 안 떨어졌는데 이렇게 마시니까. 조금 미안한 마음이 드는 것도 좋고."

리리코는 시노의 잔에 술을 채웠다. 평소에는 술이 센 시노가 웬일로 벌써 두 볼이 발갛게 물들었다. 그만큼 긴장을 풀고 있다는 뜻이리라.

"엄마, 지난번에는 말을 못 했는데, 나, 니혼바시에 가서 그 사람 만나고 왔어."

그렇게만 말했는데도 시노는 알아들은 것 같았다.

"그랬구나."

시노가 고개를 희미하게 끄덕였다.

"어쩔까 망설이다가."

시노는 아무 말이 없다. 표정은 온화하다.

"왠지 기분이 이상했어. 이 사람이 내 친엄마다, 그런 실감도 전혀 없고."

"오랫동안 헤어져 살았으니까 그렇지."

이번에는 시노가 리리코의 잔을 채웠다. 리리코는 잔을 입으로 가져갔다.

"어렸을 때, 할머니가 종종 인연이라는 말을 했잖아. 그 무렵에는 정말 고리타분하다는 생각밖에 없었는데, 지금 새삼스럽게 알겠더라. 인연이 피보다 진하다는걸. 나, 그 사람을 만나고 나서 이런 생각이 들었어. 아무리 생각해도 나는 엄마의 딸이고, 할머니의 손녀고, 유키오와 자매라고."

시노가 환하게 미소 지었다.

"리리코를 처음 만났을 때가 생각나네."

"왜? 뭐가 좀 특별했어?"

"나를 보고서 대뜸 '오랜만입니다' 하는 거야."

"내가? 전혀 어린애답지 않은 말이네."

"그러게. 깜짝 놀랐어."

"나는 기억 안 나. 그런데 왜 그랬을까, 처음 만나는 사람이었을 텐데."

"그러게 말이다. 어쩌다 그런 말이 나왔겠지만, 엄마는 그때

이 아이의 엄마가 되는 건 오래전부터 정해진 일이었구나, 그런 생각이 들었어."

"흐음 ……."

뭉클, 가슴속에 따스한 것이 흘러들었다. 그것이 뭔지는 말로 할 수 없어도, 정종 탓이 아닌 것만은 분명했다.

"술, 한 병 더 시킬까?"

"그래, 좋지."

바로 새 술병이 나왔다. 시노와 리리코는 서로에게 술을 따랐다. 이 밤, 옛이야기를 안주 삼는 것도 좋으리라. 하지만 도쿄에 온 시노의 가슴속에서 다 꺼지지 못한 불길을 잠자코 보고만 있을 수는 없다.

"엄마. 정말 야마자키 씨와 결혼 안 할 거야?"

시노의 미간에 불현듯 먹구름이 어렸다.

"그 얘기는 이미 끝났어."

시노는 화제를 돌리려 했다.

"나는 엄마의 결정에 반대할 마음 없어. 하지만 왠지 개운하지가 않아. 정말 이래도 되는 건지, 똑같은 질문을 몇 번이나 했는지 몰라."

"벌써 가게 수리도 들어갔고, 앞으로는 열심히 일만 할 거야."

"그래, 그런 엄마도 좋아. 일하는 건 대찬성이야. 하지만 일만 하는 게 좋을까 싶은 거지."

시노는 어이없다는 듯이 웃었다.

"설마 리리코 너, 결혼이 여자의 행복이라 여기는 건 아니겠지. 너희들 세대는 결혼 같은 거 안 해도 상관없다고 생각하지 않아?"

"물론 그렇지. 결혼이 곧 행복이라고는 생각지 않아. 만약 그게 사실이라면, 그렇게 많은 부부가 이혼할 리 없잖아. 그래도 좋아하는 사람과 같이 사는 건 행복한 일이라고 생각해. 난 엄마의 결혼을 원하는 게 아니야, 엄마의 행복을 바라는 거지."

시노가 말없이 잔을 기울였다. 리리코는 약간 불안해졌다.

"내가 좀 건방졌나?"

"아니."

시노가 천천히 고개를 젓는다.

"우리 딸이 어느 틈에 이렇게 컸나 싶어서 놀랐어."

리리코는 부끄러워서 어깨를 으쓱했다.

"벌써 스물아홉이야. 세상에서는 한물갔다고 하는 나이라고. 하기야 내가 이 나이가 돼 보니까 그런 말도 싫지만."

"그러네. 벌써 스물아홉이나 되었어, 리리코도 유키오도."

시노는 스스로에게 말하듯 몇 번이나 고개를 끄덕이면서 그렇게 중얼거렸다.

다음 날에는 긴자로 나가 오토와를 위한 선물로 기모노 허리띠를 묶는 장식끈을 하나 사고, 그다음에는 가부키도 한 막만 짧게 구경했다. 저녁은 백화점 식당가에서 장어를 먹었다. 사실은 좀 세련된 프렌치 레스토랑이나 이탈리안 레스토랑에 데려가고 싶었는데, 시노는 이쪽이 편하다고 했다. 그러는 내내 시노는 즐거운 표정이었다.

그리고 그다음 날 엄마는 "몸조심해"와 "벽장 안이 그게 뭐니, 좀 깔끔하게 정리하고 살아"라는 말을 남기고 가나자와로 돌아갔다.

❊ 유키오

시노에게서 도쿄에 다녀왔다는 전화가 왔다.

"아이참, 나고야에도 들리지 그랬어."

"그러고 싶었는데, 나고야에는 얼마 전에 할머니가 갔잖아. 그래서 엄마는 리리코에게 간 거야. 다음에 꼭 갈게."

얘기 중에 가게를 수리하고 있다는 말을 들었다. 새 메뉴도 몇 가지 더 준비할 거라고 했다. 가을이 되면 오토와는 사와키의 품으로 시집을 간다. 가게 일을 거들어 줄 사람도 구해야 한다. 너무 바빠서 정신이 하나도 없다. 그런 얘기를 시노는 활기찬 목소리로 말했다.

어찌 되었든 건강하다는 것이 고마웠다. 야마자키와의 일은 마음 정리가 끝났다는 뜻이리라.

다만 정말 잘된 일인가 생각하면, 오히려 유키오 쪽이 마음 정리가 잘 안 됐다. 그때는 시노 편을 들었지만 결혼 자체를 반대하는 것은 아니었다. 핏줄도 아닌 딸을 둘이나 키우면서 평생을 혼자 살았다. 이제야 겨우, 정말 겨우 인생을 함께하고픈 사람이 나타났다고 여겼을 것이다.

인생 참 안 풀리네, 하고 유키오는 한숨을 쉰다. 결혼이 행복의 종착역이 아니라는 것쯤은 알고 있지만, 시노의 바람이 이루어지지 않았다는 사실에 대한 아쉬움은 남아 있었다.

다음 날, 가와데 노인을 찾아갔다.

유키오 나름으로 몇 가지 구조를 생각해 도면을 보여주기 위해서였다. 벨을 눌러 봐야 어차피 금방은 나오지 않을 것이라고 생각했는데, 놀랍게도 노인이 시원스럽게 문을 열어 주었다.

"아, 가와데 씨. 안녕하세요."

"이거, 수고가 많군."

유키오를 맞는 그의 표정이 전에 없이 평온했다.

"오늘은 도면을 보여 드리려고 왔어요."

"자, 들어와요."

"실례합니다."

집 안도 전보다는 꽤 정리가 되어 있었다.

"차를 끓이지."

"괜찮습니다. 신경 쓰지 마세요."

미련을 이제야 털어 버린 것 같다. 그렇다면 얘기하기도 어렵지 않을 것이다.

가와데 노인이 찻잔을 들고 왔다. 유키오는 미소를 보였다.

"이제 많이 안정되셨나 보네요."

"음, 뭐, 간신히."

"다행이에요. 기운을 차리셔서."

가와데 노인은 애매한 표정으로 고개를 끄덕거렸다.

"그럼, 바로 도면을 보여 드릴게요."

유키오는 테이블에 도면을 펼쳤다. 준비한 도면은 방 한 개짜리와 두 개짜리다. 물을 써야 하는 곳들의 위치를 변경할 수 있도록 했다. 방 역시 벽을 움직여 크기를 조절할 수 있고, 욕실과 화장실도 널찍하게 잡아, 만일의 경우 간병 도우미가 방문했을 때 함께 사용할 수 있도록 했다.

입사 당시에는 노인 문제를 전면에 내세우면 계약자들이 때로

언짢아하는 경우도 있었지만, 지금은 아직 너무 이르다 싶은 세대까지 노후를 감안한 구조를 염두에 둔다.

가와데 노인이 도면을 죽 훑어보았다.

"자네는 어느 쪽이 좋은가?"

유키오는 방 하나짜리 도면을 가리켰다.

"혼자 사시는 경우에는 작은 방이 여러 개 있는 것보다는 널찍한 공간이 있는 게 생활하기 편하실 거예요. 그렇다고 실내를 다 터 버리면 때로 곤란할 때도 있으실 테니까, 침실은 따로 냈어요. 하지만 그 벽도 손쉽게 분리할 수 있도록 했습니다."

"나는 괜찮아."

가와데 노인이 말했다.

"전에도 말했지만, 이 집은 세를 놓게 될 거니까 세놓기 쉬운 구조로 지으면 돼."

"그럼, 가와데 씨는 규슈에 계시는 아드님 댁으로 가실 건가요?"

"아니, 그런 건 아니지만, 앞날이 얼마 남지 않은 노인 때문에 굳이 실내 구조를 고민할 필요는 없다는 말이야. 그보다 그 후를 내다보는 게 상책 아니겠나."

마치 이제 수명이 다했다는 식의 말투였다.

"그런 말씀 마세요."

유키오가 당황하자, 가와데 노인은 넌지시 웃었다.

"괜찮아. 사실이 그러니까."

"그래도 ……."

"자네에게는 감사하고 있어. 여러 가지로 고생을 많이 시켰지만, 잘해 줘서 고마워요. 요즘 누구와도 얼굴을 마주하고 싶지 않았는데, 자네가 가끔 찾아와 준 덕분에 세상 끈을 놓지 않고 산 셈이야. 정말 신세 많이 졌네. 고마워."

유키오는 얼른 고개를 저었다.

"아유, 천만의 말씀이세요. 앞으로는 더 자주 찾아뵐게요. 구조가 결정되면 바닥이며 벽지며, 의논드릴 일이 무척 많아요."

"나는 할 말 다 했어. 나머지는 자네가 다 알아서 하면 돼."

가와데 노인은 모든 것이 끝났다는 듯이 말했다.

그날 밤, 집으로 돌아가 컴퓨터를 켜니 준이치에게서 메일이 와 있었다.

'이번 주말, 시라카미 산지에 갈 거야. 소담스러운 너도밤나무를 내 손으로 만질 수 있다 생각하니 벌써부터 설레는군. 그래서 돌아오는 길에 그쪽에 잠시 들릴까 해. 일요일 저녁, 5시쯤이 될 텐데, 괜찮을까. 그때 먹었던 닭날개의 맛을 잊을 수가 없어서 말이지. 마침 맥주도 맛있는 계절이 되었고. 따뜻한 닭날개를 안주로 한잔 시원하게 들이키고 싶군. 가나자와로 돌아갈 때는 지난번처럼 마지막 열차를 탈 예정이야. 사정이 허락되지 않으면 거절해도 괜찮아. 갑자기 들르는 거니까 마음 안 써도 돼.'

유키오는 바로 답장을 썼다.

'닭날개가 꽤나 마음에 들었나 보네. 물론 나는 괜찮아. 도착 시간이 정해지면 연락 줘. 기다리고 있을게.'

메일을 보낸 후, 유키오는 수첩에 일정을 메모했다.

나가미네와 사귀던 때는 늘 만나는 날에 조그만 표시만 되어 있었다. 만약 누가 볼까 싶어 이름을 쓸 수 없었던 것이다. 하지만 준이치 이름은 커다랗게 써넣는다. 그 정도 변화에도 기분이 가볍다.

일요일.

전화가 울린 것은 네 시가 좀 지나서였다. 다섯 시에는 역에 도착한다고 했다. 개찰구에서 나오는 준이치를 발견했을 때, 유키오는 조금 놀랐다. 준이치의 표정이 날로 좋아지고 있었다. 시라카미에서 너도밤나무를 보고 온 덕분인지도 모르겠지만, 좋아하는 일을 마음껏 즐기고 있다는 만족감과 호기심이 넘실대고 있었다.

준이치는 유키오를 보자마자 빨리 가자고 재촉했다.

"닭날개, 빨리 먹고 싶다. 점심을 못 먹어서 신칸센 안에서 도시락을 사 먹으려다가, 닭날개 때문에 참았어."

실제로 가게에 도착해 카운터 자리에 앉자마자 준이치는 삼인분을 주문했다.

"나, 어른이 되기를 정말 잘한 거 같아."

맥주와 닭날개를 번갈아 입에 넣으면서 준이치는 진심이라는 듯이 절절하게 말했다.

"왜?"

"왜는, 좋아하는 걸 먹고 싶은 만큼 먹을 수 있잖아."

"치, 뭐라는 거야."

유키오는 자기도 모르게 웃고 만다.

"그렇게 말하지 마. 아주 중요한 거라고. 그 왜 봄과 가을에 구보이치 신사에서 축제가 있잖아. 그 축제가 아이들에게는 꽤 큰 이벤트인데, 나 혼자만 야키소바도 레모네이드도 솜사탕도 전부 금지였어."

"어째서?"

"엄마가 그런 건 몸에 안 좋다고 잔소리를 해 대서."

"헤에, 그래서 준이치는 그 말을 고분고분 다 지켰구나. 와, 진짜 샌님 맞네."

유키오는 그렇게 빈정거렸다.

"지켰다기보다는, 엄마에 대한 일종의 배려였지."

준이치가 기름이 묻어 번들거리는 손가락을 물수건으로 닦아 냈다.

"배려?"

유키오가 준이치를 쳐다보았다.

"우리 부모님은 내내 사이가 안 좋았거든. 아버지가 밖에서 나도는 시간이 많아서 엄마는 언제나 신경이 곤두서 있었어. 지금이야 평화롭게 지내고 있지만, 그 무렵에는 두 사람이 만날 싸워대서 정말 하루도 조용한 날이 없었어. 그렇다 보니까 나라도 엄마 말을 잘 들어야겠다, 어린 마음에 배려를 한 거지."

의외였다. 윤택한 가정에서 아무 걱정 없이 사는 줄만 알았다.

"그랬구나 ……. 하기야 밖에서는 보이지 않아도, 각 가정에는 저마다 속사정이 있는 법이니까."

"그야 당연하지."

"우리 집은 어쩌면 그 반대였는지도 모르겠네."

"반대?"

"밖에서 보기에는 엄청 사연 많은 가정 같잖아."

"뭐, 그렇기는 하지."

"그런데 실제로 안은 전혀 그렇지 않았거든. 물론 티격태격하는 일이야 있었지만, 정말 평화롭고 느긋하고, 얼마나 편했나 몰라. 난 학교 가는 것보다 집에 있는 게 더 좋았어."

준이치가 슬그머니 눈을 찌푸렸다.

"부럽다, 그런 얘기 들으니까."

그리고 준이치는 화제를 바꿔, 막 보고 온 시라카미의 너도밤나무 얘기를 시작했다. 나무 얘기만 나왔다 하면 준이치는 말을 멈추지 않았다. 어린애처럼 눈을 반짝거리며, 언젠가는 장기 휴가를 내서 세계 각국의 나무를 보러 다닐 거라고 했다.

그때 불쑥 휴대전화가 울렸다.

"잠깐, 전화 좀 받을게."

유키오는 가게 밖으로 나가 통화 버튼을 눌렀다.

"네, 다카히사입니다."

"아, 저, 나는 ……."

"여보세요, 누구세요?"

"…… 가와데입니다."

"어머, 가와데 씨, 무슨 일 있으세요?"

"아니, 딱히 무슨 일이 있는 건 아니고 ……."

가와데 노인의 목소리가 너무 가늘어 제대로 들리지 않았다.

"그럼, 웬일이세요?"

"미안하지만 지금 이쪽으로 와 줄 수 없을까 해서."

"지금 말인가요?"

황당하네, 하고 생각했다. 그런 유키오의 머릿속을 꿰뚫어본

듯 가와데 노인이 바로 자신의 말을 거두었다.

"아니야, 됐어. 미안하군, 이상한 말을 해서."

"죄송해요. 내일 아침 일찍 찾아뵐게요. 그래도 괜찮으세요?"

"그럼, 괜찮고말고. 그럼."

그러고는 바로 전화가 끊겼다.

유키오는 가게로 돌아와 맥주잔을 들었다.

"미안해. 손님에게서 온 전화였어."

"일요일인데도 일 때문에 전화가 오다니 힘들겠다."

"지금 재건축 중인 아파트가 있는데 …… 아마 실내 구조 때문에 의논할 게 있어서 전화했을 텐데."

유키오의 표정에 준이치가 시선을 고정했다.

"왜 그러는데? 뭐 마음에 걸리는 거라도 있는 거야?"

"저 있지, 지금 전화 한 사람, 나이가 여든이나 된 할아버지인데 혼자 사셔. 얼마 전에 여러 가지로 사정이 많아서 상당히 울적해하셨거든. 예전에는 정말 건강하시고 활동적이었는데, 그때 모든 의욕을 다 잃으시는 바람에."

"흐음."

"혹시 자살이라도 하는 게 아닐까, 소문이 돌 정도였어."

문득 불길한 말을 내뱉고 말았다고 후회했다.

"하긴 요즘에는 마음의 병을 앓는 사람이 많으니까."

"그러다 며칠 전에 찾아뵈었을 때는 기운을 회복하셔서 깜짝 놀랐어. 이제야 다시 일어나셨나 싶어서 안심했거든. 그런데 지금 목소리가 영 안 좋아. 다시 제자리로 돌아갔나 봐."

"그래?"

고개를 끄덕이고서 준이치가 무심하게 덧붙였다.

"기운을 좀 차렸을 때가 가장 위험하다고 들었는데."

유키오가 깜짝 놀라 고개를 들었다.

"아, 미안해. 겁주려던 건 아니야."

유키오의 가슴에 불안한 그림자가 어렸다. 아무래도 좀 이상하다. 지금까지 가와데 노인이 먼저 연락한 적은 단 한 번도 없었다. 언제나 유키오가 몇 번이나 전화를 걸고 나서야 겨우 통화를 하는 식이었다. 그렇게 기력을 잃었던 사람이 갑자기 기운을 차린 것도 부자연스럽게 느껴진다. 무슨 일이 있는 것일까.

"미안, 아무래도 다시 연락해 봐야겠어."

유키오는 다시 밖으로 나가 가와데 노인의 집으로 전화를 걸었다. 벨은 울리는데 전화는 받지 않는다. 전화를 받지 않는 것은 늘 있던 일이다. 하지만 유키오에게 전화를 건 후로 오 분밖에 지나지 않았다. 걱정이 된다. 어쩌지, 하고 생각한다. 물론 이대로 준이치와 함께하고 싶었지만, 이대로 있어 봐야 바늘 방석일 것 같다.

자리로 돌아온 유키오의 표정이 어지간히 굳어 있었던 모양이다. 준이치가 불안한 얼굴로 물었다.

"통화했어?"

"안 받아."

"그래?"

"준이치, 모처럼 왔는데 미안해. 나, 지금 할아버지 집에 가 봐야겠어."

"응, 괜찮아. 나는 신경 쓰지 마."

계산을 치르고 둘은 밖으로 나왔다.

"별일 없을 거야."

"그래. 그럴 거야. 아무 일 없을 거야."

그리고 무슨 생각인지 준이치도 같이 가겠노라고 나섰다.

"왜?"

"열차 시간까지 아직 여유가 있으니까. 만약 아무 일 없으면 다시 마실 수 있잖아. 그리고 사실은 나, 장어도 먹고 싶었거든."

농담처럼 말했지만, 유키오의 불안을 감지했음을 알 수 있었다.

택시를 잡아타고 서둘러 가와데 노인의 집으로 향했다. 그동안에도 몇 번이나 전화를 걸어 보았지만, 역시 받지 않았다. 집 앞에 도착해 벨을 눌러도 마찬가지였다. 있으면서 없는 척하는 것인지, 아니면 정말 없는 것인지.

그때, 준이치가 현관문의 신문 꽂이에 얼굴을 갖다 대었다.

"이거, 가스 냄새잖아!"

"뭐……."

"틀림없어. 가스야. 빨리 관리인에게 열쇠 받아 와."

준이치의 말에 유키오는 고개를 저었다.

"여기는 밤에 관리인이 없어."

심장이 쿵쿵 뛰기 시작한다. 다리가 후들후들 떨린다. 준이치
는 긴장 때문인지 아무 표정이 없다.

"알았어."

준이치는 그렇게 말하고는 옆집 벨을 눌렀다.

"죄송합니다. 옆집을 찾아온 사람인데, 잠깐만 나와 보세요."

주인이 바로 얼굴을 내밀었다. 사십 줄로 보이는 남자였다.

"갑자기 죄송합니다. 아무래도 이상해서요. 분명 안에 사람이
있는데, 아무리 불러도 대답이 없어요. 죄송하지만, 댁의 베란다
로 들어가면 안 될까요?"

"아, 그게, 난데없이 그렇게 말하면……."

남자는 당황스러워했다.

"죄송합니다. 급해서요, 실례하겠습니다."

준이치가 억지로 집 안으로 들어갔다.

"아니, 이 사람이."

남자가 소리를 지른다. 유키오도 그 뒤를 따랐다.

그 밤의 일은 평생 못 잊으리라.

옆집 베란다 난간을 넘어 가와데 노인 집 베란다로 간 준이치는 유리창을 깨고 안으로 들어갔다. 가스 밸브를 잠그고 창문을 모두 활짝 열면서 "구급차" 하고 외쳤다. 유키오는 얼른 휴대전화를 꺼내 119를 눌렀다.

가스를 틀어놓은 지 얼마 되지 않아 그나마 천만다행이었다. 폭발도 면했다. 정신이 몽롱하던 가와데 노인도 구급차에 실려 병원으로 가는 동안, 구급대원의 처치로 의식이 돌아왔다.

병원 검사에서 가스를 많이 마시지 않았다는 결과가 나와 집중 치료실로 들어가는 일 없이 병실로 옮겨졌다. 보호자를 대신해 유키오가 의사로부터 환자 상태를 보고받았다. 관계자라는 이유로 경찰의 참고인 조사에서도 사건 경위를 설명해야 했다. 한밤중이 되어서야 그 모든 일이 일단락됐다. 유키오와 준이치는 지칠 대로 지쳐 있었다.

아무도 없는 대합실 벤치에 앉아 축 늘어져 있자, 준이치가 캔 커피를 사들고 왔다.

"고마워 ……."

준이치가 옆에 앉는다.

"다행이다. 빨리 발견해서."

"응."

무수한 생각이 유키오의 가슴속을 오갔다. 왜, 왜 이런 일이. 이 상황을 온전히 받아들이기에는 시간이 부족했다.

"아들과는 연락이 됐어?"

"응, 내일 아침 첫 비행기를 탄대."

"많이 놀랐겠다."

"응, 엄청 ……. 준이치, 미안해. 이렇게 늦은 시간까지."

벌써 새벽 두 시다. 당연히 열차는 없다.

"괜찮아. 아침 첫차 타면 되지 뭐. 여기서 하룻밤 새우고."

"어쩌다 이런 일에 휘말려서."

"신경 쓸 거 없다니까."

준이치가 캔을 딴다. 고요한 대합실에 그 소리가 유난히 크게 울렸다.

"준이치는 참 침착하더라. 솔직히 말해서 놀랐어."

"경험이 있으니까."

준이치가 아무렇지 않게 대답했다. 유키오는 눈을 깜박거리면서 그를 쳐다보았다.

"그래?"

"엄마가 비슷하게 자살 시도를 한 적이 있거든. 벌써 오래전 일이지만."

뭐라 대꾸할 말이 없었다.

"그런 일이 있었구나 ……."

"그때는 정말 당황했어. 엄마의 정신 상태가 그렇게까지 절박했을 줄은 전혀 몰랐거든. 하기야 그때 난 아직 애였지만."

사람들 모두가 저마다 무거운 짐을 짊어지고 있다. 그 사실이 유키오는 가슴 아팠다.

"나, 가와데 씨의 뭘 보고 있었던 걸까. 그렇게 여러 번 얼굴을 마주하면서도 이런 일이 생길 줄은 정말 생각도 못했어 ……."

"아마 본인도 그럴 거야. 자신이 그런 짓을 저지를 줄은 상상도 못했겠지. 정신이 휙 도는 순간이 정말 있는 것 같아. 유키오는 이해할 수 있잖아. 그러니까 분명 할아버지도 정신이 돌아오면, 죽지 않은 걸 다행이라고 생각할 거야."

"그랬으면 좋겠어 ……."

유키오는 그때의 자신을 떠올렸다. 죽지 않아서 다행이라고, 진심으로 생각한다. 죽음이 해결해 주는 것보다 삶이 주는 것이 얼마나 더 귀중한지, 몸소 겪어서 알고 있다.

"그럴 거야. 반드시 그럴 거야. 그렇게 생각하고 믿는 것이 살려 낸 사람의 책임이기도 하니까."

유키오의 마음속에 그제야 비로소 안도감이 퍼졌다. 혼자서는 도저히 대처할 수 없었으리라. 준이치가 옆에 있어 준 덕분에 모든 것이 가능했다. 유키오는 그 행운에 감사했다. 그러자 그 순간을 기다렸다는 듯이 눈물이 왈칵 쏟아졌다. 유키오는 두 손으로 얼굴을 덮었다. 눈물은 손가락 사이로 줄줄 샐 만큼 가득가득 넘쳐흘렀다.

"아이, 내가 왜 이러지 ……."

"괜찮아. 울 수 있다는 건 좋은 거야. 이런 때는 특히."

준이치의 팔이 유키오의 어깨를 안았다. 부드러운 무게가 유키오를 포근하게 감쌌다. 동시에 이 무게는 준이치라는 존재 자체의 무게라고, 유키오는 생각했다.

축배

리리코 ✳

드디어 드라마가 방영되기 시작했다.

타이틀은 「퓨어 마인드」. 이 제목은 곤노 유리가 붙인 것이다. 심플하지만 상상력을 부추기는 분위기가 있다. 분하지만, 잘 지었다고 생각한다.

방영은 월요일부터 목요일 밤 열한 시에서 열한 시 반까지 삼십 분 동안이다. 젊은 여성 시청자를 겨냥한 시간대. 녹화 버튼을 누르고 다소 긴장한 얼굴로 텔레비전 앞에 앉았다.

OST는 지금 한창 인기몰이 중인 여성 보컬. 바로 오프닝 타이틀이 화면에 뜨고, 출연자의 이름, 그다음은 드라마 작가인 곤노 유리의 이름이 흘렀다. 어쩔 수 없다. 후반부터는 리리코의 이름도 꼭 올려 주겠다고 했으니까, 지금은 신경 쓰지 않기로 한다.

대본도 어느 정도 손질이 되어 있었지만, 그것도 어쩔 수 없다. 1회 대본은 유리도 손을 댔고, 프로듀서와 제작자, 감독, 출연자, 또 촬영 현장에서 바뀌는 경우도 있다. 물론 스토리의 흐름 자체가 변경되면 리리코도 내용을 다시 생각해야 하지만, 지금은 그렇지 않다. 그러니까 그만큼 리리코의 대본이 인정받고 있다는 뜻이다.

삼십 분이 순식간에 지나갔다. 엔딩이 흐르자, 리리코는 후 숨을 내쉬었다. 어깨에 잔뜩 힘을 주고 있었다는 것을 이제야 알았다. 왠지 맥이 쭉 빠진다. 그리고 천천히, 후훗 …… 웃음이 흘러나온다.

"괜찮은데, 나쁘지 않아. 재미있어."

자기가 쓴 대본이 영상이 됐다. 그것이 드라마 작가가 되기로 작정한 후의 꿈이었다. 비록 지금은 자기 이름으로 발표하진 못했지만, 아무튼 꿈의 첫걸음을 내디딘 셈이다. 역시 기쁘다. 정말 기쁘다.

혼자서 그 기쁨을 만끽하고 있는데 전화벨이 울렸다. 시나다였다.

"어땠어? 꽤 괜찮게 만들어졌지?"

시나다의 목소리도 기분 탓인지 유쾌하게 들린다.

"네, 아주 재미있었어요."

"이 정도면 시청률도 기대할 수 있을 것 같아."

드라마는 뭐니뭐니해도 시청률이 중요한 과제다. 시청률이 높으면 스폰서가 제작비를 아끼지 않는다.

"마지막 회까지 잘 부탁해."

"네, 열심히 하겠습니다."

"언제쯤이면 다 쓸 것 같아?"

"구상은 다 되어 있으니까, 그리 오래 걸리지 않을 거예요."

"그래. 늦지 않게 부탁할게. 기대가 커."

시나다의 말이 기분 좋게 귓가에 울린다. 기대가 커. 프로듀서에게 그런 말을 듣다니 마치 꿈만 같다.

전화를 끊고 난 리리코는 혼자서 축배를 들기로 했다. 실은 오토와와 시노, 유키오에게도 보고하고 같이 기뻐하고 싶지만, 그건 크레딧에 실제로 자신의 이름이 오를 때 하려고 아껴 두고 있다. 그때 세 사람의 놀라는 모습을 상상하고는 혼자서 또 히죽 웃는다.

리리코는 부엌으로 가 냉장고에서 샴페인을 꺼냈다. 오늘 밤을 위해 저녁때 술 가게에 가서 사온 것이다. 마개를 따고 잔에 따른다. 자잘한 거품이 사르륵 올라온다.

"건배."

리리코는 잔을 높이 들었다.

드라마 작가 공모전에서 가작을 수상한 후로 삼 년을 별 볼일 없이 지냈다. 먹고살기 위해서 온갖 아르바이트를 전전했다. 호스티스 일도 했고, 대필 작가 노릇도 했다. 아슬아슬한 비디오에 출연한 적도 있다. 그러는 동안 자신을 버티게 해 준 것은 언젠가는 꼭 드라마 작가로 우뚝 서겠다는 단단한 마음뿐이었다.

솔직히 말하면, 포기하려고 한 적도 있었다. 노력하면 보상이 따른다? 그렇게 쉽지 않다는 것도 알고 있었다. 노력하는 건 당연한 일이다. 모두가 그렇게 한다. 드라마 대본을 쓴다는 것, 오직 그게 좋아서 지금까지 그저 열심히 견뎌 왔다.

샴페인 기운이 슬슬 돌기 시작한다.

나는 구라키와는 다르니까.

조그맣게 중얼거렸다.

꿈을 희생해 안정된 생활을 얻으려 하지 않았다. 도망치지도 않았다. 구라키가 집에서 하던 사진관을 물려받았을 때, 리리코에게 곧잘 이런 말을 했다. "응원할게." 말은 그렇게 했지만 속내는 어땠을까. '저러다 포기하겠지.' 그렇게 생각하지 않았을까. 청혼을 거절했을 때도 '언젠가는 울며불며 매달릴 것'이라 얕잡아본 것은 아닐까. 문득 그런 생각이 들끓었다. 그러다 보니 그 생각이 맞겠다는 생각이 들었다. 그래, 보나마나 구라키는 그렇게 생각했을 거야. 하지만 나는 그렇게 되지 않았어. 내 꿈을 이뤄 가고 있다고.

이런 자신을 구라키에게 보여 주고 싶었다.

리리코는 취한 머리로 생각했다.

구라키가 시모키타자와의 술집에 데려왔던 인상 좋은 여자와 함께 착실하고 평화롭게 인생을 꾸려 나간다면, 그래도 좋다. 그런 삶을 선택한다면 축하해 주리라. 지금은, 자신의 작품이 눈에 보이는 형태가 된 지금은, 진심으로 축복의 말을 전할 수 있을 듯한 기분이었다.

리리코는 휴대전화를 집어 들었다.

벨이 두 번 정도 울리고 "여보세요" 하는 그리운 목소리가 들렸다.

"나야."

"응, 알아. 나도 봤어. 그 드라마."

"그래? 어땠어?"

"재밌었어."

"정말?"

자기도 모르게 목소리 톤이 높아진다.

"솔직하게 말한 거야. 아주 좋았어. 그 드라마는 어디까지 리리코가 쓴 거지?"

"거의 전부."

"그래?"

"곤노 유리는 대본을 쓸 수 있는 상태가 아니야. 그냥 도와주기만 하면 된다고 해서 갔다가, 깜짝 놀랐어. 처음에 들었던 얘기랑 전혀 달라서."

"그럼 리리코의 작품이라고 생각해도 되겠네."

"응. 작가 이름은 다르지만, 그건 내 작품이야."

"그래. 드디어 해냈구나."

"응, 해냈어."

그리고 술기운에 이런 말을 하고 말았다.

"있지, 축하주 한잔 사 주면 안 돼?"

"좋아. 나는 언제든."

구라키의 부담 없는 대답에 리리코는 빈정거리지 않게 조심하면서 물었다.

"그런데 혹시 지난번 그녀에게 혼나는 거 아니야?"

하지만 구라키는 그 물음에는 대답하지 않고, 다시 한 번 물었다.

"리리코는 언제가 좋은 거야?"

구라키가 대답하지 않은 것에 리리코는 조금 화가 났다. 사실이 아니더라도 말로는 '사귀는 사이가 아니야' 하고 대답해 주길 바랐다는 것을 깨달았기 때문이다. 그러니까 구라키에게 화가 난 것은 아니다. 자신에게 화가 난 것이다.

"지금."

리리코는 그렇게 대답했다.

구라키에게 한껏 자랑하고 싶다. 부러워하게 만들고 싶다. 구라키가 새 연인과 함께 행복하게 지내도 나는 조금도 질투하지 않는다. 나는 너와 다르다. 나의 앞길은 활짝 열려 있다. 사실을 구라키의 두 눈에 똑똑히 보여주고 싶었다.

"좋아. 어디서 만날까?"

"전에 만났던 시모키타자와의 바에서 볼까?"

"알았어."

구라키는 두말하지 않았다.

"괜찮아?"

그만 맥이 쭉 빠지고 말았다. 그녀와 다니는 가게인데, 구라키는 신경이 쓰이지 않는 것일까.

"괜찮아. 앞으로 한 시간 후에 봐."

그리고 정확하게 한 시간 후. 두 사람은 카운터에 앉아 있었다.

구라키는 그녀와 자신의 이름이 나란히 적힌 위스키를 달라고 하지 않았다.

"이 가게에서 가장 비싼 위스키가 뭐지?"

마스터가 피식 웃었다.

"맥칼란 이십오 년이겠지."

"그럼, 그걸로."

"그렇게 비싼 술을."

리리코 입에서 그런 말이 저절로 나왔다. 둘이서 만날 때는 언제나 싸구려 술만 마셨다.

"오늘은 축배를 들어야 하는 특별한 날이잖아."

두 사람 앞에 바로 잔이 놓였다.

"자, 리리코의 데뷔를 축하하며 건배!"

구라키가 리리코에게 잔을 내밀었다.

"고마워."

리리코는 그 잔에 살짝 입술을 댔다.

구라키가 진심으로 축하해 주고 있다는 것이 느껴졌다. 하지만 그 태도가 너무 침착해서 짜증이 났다. 구라키가 훨씬 동요해 주길 바랐다. 후회해 주기를 바랐다. 자신의 꿈을 포기한 것에, 그리고 다른 연인을 만든 것에, 소박한 생활에 안주하려는 것에.

"정말 재밌더라. 다음에는 어떻게 될지, 벌써부터 기대가 돼."

"기대해도 좋아. 점점 재미있어질 거니까."

"그래서 대본은 어느 정도까지 완성됐는데?"

"얼마 안 남았어. 결말도 정해져 있고."

"아까 곤노 유리는 쓸 수 있는 상태가 아니라고 했지?"

"정서 불안이라고 해야 하나. 원고에 전혀 손을 못 대고 있는 상태야. 얼굴을 마주칠 때마다 부딪쳤지만, 어찌 생각하면 좀 딱하기도 해."

"그렇구나 ……. 너무 젊은 나이에 주목을 받으면 스트레스와 압박감도 크겠지. 그런 이유가 있어서 리리코에게 어시스턴트를 부탁한 거구나."

리리코는 위스키를 한 모금 마셨다. 깨어 가던 샴페인의 취기가 다시 돌아왔다. 머릿속이 휘청거린다.

"분명하게 말하는데, 나 이제 어시스턴트 아니야."

구라키가 문득 이쪽으로 얼굴을 돌렸다.

"프로듀서가 나를 인정하고 있는걸. 그래서 이제 그녀의 집에도 다닐 필요 없고, 후반부터는 내 이름도 크레딧에 넣어 준다고 했어."

"와, 굉장한데."

구라키가 눈을 크게 뜨고 리리코를 봤다.

"덕분에 이제 드라마 작가로 한 걸음 내딛게 된 거지."

"그렇구나. 리리코는 틀림없이 해낼 줄 알았어. 정말 잘됐다."

리리코는 점점 더 흥이 올랐다.

"시간이 좀 걸리기는 했지만."

"그게 뭐 대수로운 시간이라고. 줄곧 보조 작가 노릇만 하고 있는 사람들도 많아."

"그래. 이렇게 생각해 보니까, 삼 년쯤은 별거 아니었다 싶기도 해."

"리리코는 나와 달라서 의지와 재능이 있으니까. 나야 뭐, 완전히 포기파지. 꿈을 포기한 비굴한 인간."

그야말로 구라키의 입에서 듣고 싶은 말이었다. 이 말을 듣기 위해 축하주라는 명분을 빌어 불러낸 것이다. 그런데 왜일까? 조금도 기쁘지 않았다. 기쁘기는커녕 오히려 울적해졌다.

"왜 그래?"

구라키가 리리코의 얼굴을 들여다본다.

"아니야, 아무것도."

리리코가 잔을 입으로 가져갔다.

"내 몫까지 열심히 하라고 하면 화내겠지만, 앞으로도 꿈을 팍팍 이뤘으면 좋겠다. 기대할게."

"그래, 열심히 할게."

그런 자신을 채찍질하듯 리리코는 말했다. 앞으로 어떤 드라마를 쓰고 싶은지, 연애물이든 서스펜스든 역사물이든, 머릿속에는 아이디어가 무궁무진하다. 그런 자신의 속마음을 있는 그대로 쏟아붓듯이 말했다.

시간이 얼마나 지났을까. 구라키가 힐금 손목시계를 보았다.

벌써 새벽 두 시가 가까웠다.

"미안, 시간을 너무 오래 빼앗아서. 내일도 일해야 되잖아."

"응. 아침 일찍 결혼식 촬영이 있어."

"그렇구나."

영화의 스틸 사진을 찍을 무렵, 구라키는 언제나 독자적인 스타일을 고집했다. 싱긋 웃는 여배우 사진을 찍어 봐야 아무 의미가 없다던 사람이, 지금은 결혼식 기념 촬영을 하고 있다.

"리리코가 무슨 말이 하고 싶은지 다 알아."

구라키가 슬며시 그렇게 말했다.

"나도 처음에는 그렇게 생각했어. 정말 쓰레기 같은 사진을 찍고 있다고 말이야. 신물이 나서 그만두고 싶었던 적도 있어."

리리코는 잠자코 들었다.

"하지만 지금은 즐기고 있어. 괜한 오기를 부리는 게 아냐. 정말 그렇게 생각하고 있으니까. 아무리 흔한 기념 촬영도, 사진 속에 담기는 사람들에게는 각각의 드라마가 있어. 전에 동창회 60주년 기념 촬영을 의뢰받은 적이 있었는데, 모인 사람들이 죄다 여든이 넘은 나이인데도 표정들이 정말 좋더라고. 그 사람들이 어떻게 살아왔는지가 파인더를 통해서 보이는 느낌이었어."

"호오."

리리코는 고개를 살짝 끄덕였다.

"사진이 눈에 보이지 않는 것까지 포착한다는 말을 비로소 알게 됐지. 그다음부터였을 거야, 지금 하는 일이 즐겁게 느껴진 게."

말투로 보아, 절대 허세를 부리는 것 같지는 않았다. 구라키는 정말 즐거워 보였다. 그러나 그런 말은 듣고 싶지 않았다. 여기에 온 것은 후회하는 구라키가 보고 싶어서였다. 리리코의 가슴에 쓸쓸함이 퍼졌다.

"그럼, 이제 갈까."

가게에서 나와 택시를 잡을 수 있는 큰길까지 같이 걸었다. 달도 별도 보이지 않는다. 도시의 밤하늘은 언제나 고독하다.

"그 사람 말인데."

말을 꺼내 놓고서도 리리코는 자신의 말투가 무슨 특별한 의미를 담고 있는 것처럼 여겨질까 봐, 다시 밝게 말했다.

"왜 전에, 가게에 같이 왔던 사람 말이야. 그 사람, 연인 맞지?"

구라키가 대답을 못하고 우물쭈물했다. 리리코는 목소리를 더 높였다.

"에이, 새삼스럽게 뭘 숨겨. 설마 내가 신경 쓰여서 그러는 건 아니지?"

구라키가 쓸쓸하게 웃고는 고개를 끄덕였다.

"응, 실은 사귀고 있어."

따끔, 가슴이 가시에 찔렸다.

"역시, 그것 보라니까. 두 사람 분위기가 상당히 좋던걸. 그래서 결혼할 거야?"

"응. 내년 봄에 하려고."

구라키는 아무렇지 않게, 마치 발밑으로 부는 밤바람처럼 대답했다.

"축하해."

틈을 두지 않고 대뜸 리리코는 말했다. 그 말투에 조금도 부자연스러움은 없었을 것이다.

"그래, 고맙다."

"그럼."

구라키의 말을 뿌리치듯 리리코는 얼른 차도로 내려가 빈 차를 향해 손을 들었다. 택시가 앞에 와서 서자, 문이 열린다.

"오늘 밤은 얻어먹기만 해서 미안하네. 그 보답은 결혼 선물로 할게. 원하는 거 있으면 미리 말해. 안 그러면 부부찻잔을 선물할 거니까. 잘 자. 그 사람에게도 안부 전해 주고."

열린 문 안으로 리리코는 재빨리 몸을 밀어 넣었다. 더 이상 구라키를 보지 않았다. 운전사에게 행선지를 전하고 리리코는 등받이에 몸을 푹 기댔다. 눈은 감지 않았다. 지금 눈을 감으면, 눈가에서 틀림없이 인정하고 싶지 않은 것이 넘쳐흐르리라. 리리코는 눈을 크게 뜨고 앞 유리창을 노려보았다.

나는 상처 따위는 입지 않는다. 그럴 리가 없다. 내게는 드라마 작가라는 빛나는 미래가 기다리고 있다. 내게는 앞날이 있다.

다음 날부터 리리코는 그야말로 침식을 잊고 나머지 대본에 몰두했다. 이제 뒤로 돌아갈 수는 없다. 앞으로 나아가는 수밖에 없다. 그런 다짐이 에너지가 되어 주었다.

마지막 마침표를 찍었을 때는 온몸이 텅 비어 버린 것 같았다. 완성이란, 기쁨보다 탈진을 몰고 오는 듯하다.

아무튼 시나다에게 원고를 메일로 보내 놓고는 쓰러지듯이 침대로 파고들었다.

잠들고 싶었다. 그다음 눈을 떴을 때는 모든 것을 납득할 수 있으리라 생각했다. 리리코는 드라마 작가가 되고, 구라키는 행복한 결혼을 한다. 대단원의 결말 아닌가. 이렇게 결말이 완벽한 드라마는 달리 없다.

자자, 자고 싶다.

그 바람대로 리리코는 녹아내리듯 잠의 나락으로 떨어졌다.

✿ 유키오

가나자와에 다녀올까. 유키오는 망설이고 있었다.

가게 수리가 끝나 이번 주말에 신장개업을 한다. 가게도 보고 싶고, 축하도 하고 싶다. 그런데 사실은 그게 전부가 아니다. 알고 있었다.

그날 아침, 첫차를 타러 들어가는 준이치가 개찰구에서 돌아보며 이렇게 물었다.

"가나자와에 내려올 계획 없어?"

"아직은."

"혹시 있으면 연락해."

그때부터 유키오는 언제 내려갈까, 그 생각만 하고 있다.

지금은 거의 매일 메일을 주고받는다. 내용은 별거 없지만, 집에 돌아오면 바로 컴퓨터를 켜는 것이 습관이 되고 말았다.

가와데 노인 일에 대해서는 정말 감사하고 있다. 만약 그때 준이치가 없었더라면. 그런 생각만으로도 오싹하다. 그리고 그날 밤부터 무언가가 변한 것도 사실이다.

그렇다고 준이치가 자신에게 어떤 존재인지 따지고 들 생각도 없었다. 둘의 관계가 어떤 형태로든 규정되는 것이 오히려 불안했다. 그런데도 방에서 멍하니 있다 보면 어느새 준이치 생각을 하고 있는 자신을 깨닫곤 한다.

　나가미네와의 아픈 경험이 바로 얼마 전에 끝나지 않았는가. 한동안은 혼자만의 시간을 갖자고, 일에만 집중하자고, 기분을 평온한 상태로 되돌리자고, 그렇게 마음먹지 않았던가. 그런데 이런 자신이 어처구니없고, 스스로의 모순이 떨떠름해 유키오는 안절부절못했다.

　가나자와에 가고 싶다. 하지만 새로 단장한 가게를 보고 싶어서 가는 것이지 준이치 때문이 아니다. 변명 같다는 기분도 들지만, 집에 내려갈 그럴싸한 명분이 있고 없고가 아주 중요하게 느껴졌다. 그리고 자신의 마음을 재차 단속하듯 리리코에게 전화를 걸었다.

　"좋아. 나도 마침 일이 끝나서 집에 한번 내려갈까 하던 중이야. 가게가 어떻게 변했는지도 궁금하고."

　얘기는 간단히 끝났다. 이번 주말에 집에 내려가기로 약속했다. 가나자와에 전화를 걸자, 오토와와 시노는 기다리겠다고 했다. 그 후, 준이치에게 메일을 썼다.

　'이번 주말에 리리코와 가나자와에 가기로 약속했어. 가게가 새로 문을 열어서 구경도 가고 축하도 할 겸. 토요일 밤 아홉 시쯤, 어쩌면 리리코와 함께 아이다네 가게에 한잔하러 갈지도 모르겠네. 시간 있으면 들러.'

다시 읽어 보다 문장이 너무 간결한 게 마음에 걸렸지만, 고치지 않고 그대로 보냈다. 지금은 이 정도 무심함이 적당하다.

이튿날, 유키오는 나고야 공항에 있었다.

가와데 노인이 규슈에 사는 아들 부부네 집으로 이사를 가게 되어, 배웅하러 나온 것이다.

"정말 신세 많이 졌어요. 고맙습니다."

아들 부부는 그렇게 말하면서 몇 번이나 머리를 숙였다.

"전혀 마음 쓰실 것 없어요."

유키오는 고개를 저었다. 두 사람이 이번 사건을 어떻게 받아들이고 있는지는 모른다. 무엇이 가와데 노인을 그렇게까지 궁지로 몰았는지, 두 사람이 그 원인을 아는지 모르는지도 모른다. 하지만 아무튼 지금 당장은 함께 사는 것이 최선이라고 유키오도 생각한다. 부인은 선량해 보이는 사람이었다. 주제넘은 생각일지 모르겠지만, 부인을 보고는 정말 안도했다.

사원이다 보니 유키오는 회사에 경위를 보고하지 않으면 안 된다. 상사에게는 '사고'로 보고했다. 그리고 지금은 그녀 역시, 그 일은 틀림없는 사고였다고 생각한다. 자신이 아닌 누군가에게 조종당하는 순간이 있다. 유키오도 비슷한 경험이 있기 때문에 잘 안다. 그때, 가와데 노인은 평소의 가와데 노인이 아니었다. 그것만으로도 충분히 사고가 아닌가.

"가와데 씨, 아파트가 완성되면 바로 연락드릴게요."

유키오는 허리를 굽히고 휠체어에 앉아 있는 가와데 노인에게 말을 건넸다. 후유증은 염려가 없지만, 열악했던 지난 생활과 입원으로 가와데 노인은 눈에 띠게 쇠약해지고 말았다.

"꼭 멋지고 살기 편한 아파트로 만들게요."

돌아오는 말은 없었다.

"그럼, 시간이 다 되어 이만 실례하겠습니다. 아버지, 가시죠."

아들이 그렇게 말하자, 가와데 노인이 간신히 유키오를 바라보았다.

"다카히사 씨."

"네."

"여러 가지로 고마웠어. 지금 여기 있는 내 목숨은 자네에게 받은 거야."

그 인사가 가슴으로 스몄다. 유키오는 자기도 모르게 입술을 깨물었다.

세 사람의 모습이 게이트 안으로 사라진다.

"아무쪼록 건강하세요."

조그만 소리로 중얼거리면서 유키오는 머리를 깊이 숙였다.

토요일 오후, 가나자와에 도착했다.

집에 들어서니, 리리코는 더는 못 기다리겠다는 표정이었다.

"왜 이렇게 늦게 왔어. 같이 가서 보려고 얼마나 기다렸는데."

"알았어. 잠깐만 기다려."

우선은 부엌을 들여다보았다. 오토와와 시노는 늘 하던 대로 요리의 밑 준비를 하느라 여념이 없었다. 간장과 맛술과 가다랑어 국물 냄새가 온 집 안에 고여 있다. 이런 때, 가나자와에 돌아왔다는 것을 실감한다.

"나 왔어."

"어, 그래. 어서 와라."

오토와와 시노의 목소리가 겹친다.

"지금 리리코랑 가게 먼저 보고 올게."

유키오는 리리코와 나란히 집을 나섰다.

과연 가게가 몰라보게 예뻐졌다. 문을 들어서니 바로 조그만 실내 정원이 보이고, 주방에는 새 싱크대가 들어왔고, 벽지도 새로 바르고, 의자도 새것이었다. 생각해 보면, 이 가게를 시작한 지 무려 이십오 년이란 세월이 흘렀다. 오토와나 시노가 꼼꼼하게 청소하고 손질한 덕분에 낡았어도 나름 운치가 있었지만 불편한 점도 많았다.

"좋은데, 전보다 훨씬 고급스러워."

"정말. 이 정도면 손님도 늘겠다."

유키오는 카운터 안쪽으로 들어갔다.

"수리비가 꽤 들었을 것 같은데."

건설 회사를 다니는 탓에 대충 짐작은 간다. 최소 삼백만 엔은 들었을 것이다.

"안 그래도 결혼 자금으로 쓰려던 돈을 다 쏟아부은 것 같더라고."

"그랬구나 ……."

하지만 조금 전에 부엌에서 본 시노의 표정은 무척이나 밝았다. 사람은 삶의 방식을 바꿀 때, 환경도 바꿀 필요가 있는 것이리라. 지금은 가게도 엄마도 새로운 의욕으로 충만하다.

"있지, 우리도 축하 선물을 해야 되지 않을까?"

리리코가 말했다.

"그래, 좋지. 그런데 뭘 하면 좋을까. 꽃은 너무 흔하고."

"'다카히사'라고 가게 이름을 염색한 앞치마는 어때?"

"오호."

"늘 낡은 앞치마를 두르고 있는데, 좀 더 세련된 것을 하면 좋지 않을까 싶어서."

"좋아, 찬성이야."

"그럼, 그건 내게 맡겨 줄래?"

"어디 아는 데 있어?"

"그런 셈이야."

그렇게 말하고서 리리코는 다시 덧붙였다.

"사실은 우리 친엄마라는 사람이 도쿄에서 전통 공예품 가게를 하고 있거든. 그 사람에게 부탁해 볼까 하고."

유키오가 어리둥절해서 리리코를 보았다.

"그걸 어떻게 알았어?"

"최근에 알았어. 얼마 전에는 만나러 다녀왔고. 별 얘기도 하지 않았는데, 그때 내가 너무 냉담하게 굴어서 조금 후회스러워. 나 왜, 기분과 반대되게 구는 면이 있잖아. 나중에 생각해 봤더니, 꽤 좋은 사람이더라고. 소품을 진열해 놓은 감각도 좋았고. 그러니까 앞치마를 한번 부탁하는 것도 괜찮지 않나 싶어."

"리리코가 좋다면 나도 좋아."

집요하게 캐고 들 생각은 없었다. 자세한 상황은 리리코가 얘기하고 싶어졌을 때 하면 될 일이다. 남처럼 구는 것이 아니라 그런 거리 감각이야말로 한 식구라는 안심에서 비롯되는 법이다.

유키오가 카운터 밖으로 나왔다.

"리리코, 오늘 저녁 먹은 후에 아이다네 가게에 가서 한잔하지 않을래?"

"와, 완전 좋지."

리리코가 대답하고서 이쪽을 지그시 쳐다보았다.

"혹시 준이치랑."

"그런 거 아니야."

"그래도 약속은 했지? 만나기로."

유키오는 뭐라 대답하면 좋을지 우물쭈물했다.

"약속한 건 아니고, 리리코랑 같이 갈지도 모른다고 전했을 뿐이야."

"유키오, 준이치랑 사귀는 거야?"

"설마, 아니야."

유키오는 얼굴 앞으로 손을 올리고 휘휘 저었다.

"사귀면 어때서. 어렸을 때는 진짜 밥맛없었지만, 요즘 들어 어른이 되었다는 느낌이던데."

"그런가, 그렇지도 않던데."

리리코가 웃음을 참고 있다. 속내를 다 꿰고 있다는 듯한 표정에 유키오는 자기도 모르게 어깨를 으쓱하고 말았다.

잠시 후, 오토와와 시노가 음식을 싸 들고 가게에 왔다. 플라스틱 용기에서 조림과 장아찌를 꺼낸다. 상점가 가게 주인과 동네 지인, 그리고 가즈에마치 게이샤 언니 들이 모여 시끌벅적한 밤이 되리라.

저녁을 먹은 후, 리리코와 함께 아이다네 가게로 향했다.

토요일의 가타마치와 고린보는 대도시만큼의 화려함은 없어도 가나자와다운 활기를 보인다. 겨우 여덟 시가 조금 넘었는데, 준이치는 벌써 와서 늘 웃는 그 얼굴로 유키오와 리리코를 맞아 주었다.

"오랜만이야, 준이치."

리리코가 명랑하게 인사를 건넸다.

"와우, 오랜만인데, 리리코."

"유키오, 뭐 하고 있는 거야. 빨리 여기 앉아."

리리코는 카운터 자리에 얼른 앉아 준이치와 자기 사이의 자리를 가리켰다. 할 수 없이 유키오는 그곳에 앉았다.

"아이다도 오랜만이네, 연상의 사모님과는 잘 지내고 있는 거야?"

"덕분에."

넷이서 위스키 칵테일로 건배를 한 후에도 리리코는 아이다와 죽이 맞아 농담을 주고받았다. 나름대로 마음을 써 주고 있는지도 모르겠다. 마냥 잠자코 있기도 불편해서, 유키오도 말문을 열었다.

"며칠 전에 가와데 씨를 공항에서 배웅했어. 규슈에 사는 아들네로 가시게 되었거든."

"그랬군."

준이치가 짧게 숨을 내쉬었다.

"역시 그럴 수밖에 없겠지. 가실 때 모습은 어땠어?"

"건강해 보였다고는 할 수 없지만, 그래도 내게 받은 목숨이라고 인사하시더라."

"그럼 됐지. 잘됐네."

"응."

"다시 기운 차리실 거야."

"그래."

"그렇게 믿고 싶다, 나는."

"나도."

갑자기 둘 사이에 리리코가 껴들었다.

"어이, 둘이서 뭘 그렇게 소곤거리는 거야. 수상하네."

짓궂은 눈빛이다.

"뭘 소곤거린다고 그래. 그런 거 아니야."

유키오는 발끈해서 부정했다.

"소곤거리고 있었잖아. 그렇지, 아이다?"

아이다도 난감한 표정으로 고개를 끄덕였다. 준이치가 어이가 없다는 듯이 대답했다.

"소곤거리는 게 아니라 당당하게 얘기하고 있는 거야. 너희들은 여전히 목소리가 참 크다."

"치, 그런 말을 잘도 하네. 준이치는 태도가 크잖아."

그 말에 유키오와 아이다가 동시에 웃음을 터뜨렸다.

그런 식으로 세 시간쯤 시간을 보내다 유키오와 리리코는 가게를 나왔다.

"괜찮은 거야? 준이치를 그냥 두고 와도?"

"괜찮아."

억지를 부릴 생각은 없었다. 충분히 즐거웠고, 만났다는 것만으로 만족스러웠다. 준이치와의 만남이 앞으로 어떤 형태를 띠게 되든 서두르고 싶지 않았다. 소중한 것을 쌓아 올리려면 언제나 시간이 걸린다. 그리고 걸린 시간만큼 틀림없이 성과도 뜻깊을 것이다. 아마 준이치도 같은 생각을 하고 있지 않을까. 유키오는 그렇게 생각했다.

다음 날 점심 식탁에는 유난히 호화로운 음식이 놓였다. 꽃초밥에 당근과 무 초절임, 바지락국에 비지를 넣어 찐 도미까지.

"빨리들 앉아."

시노의 채근에 각자 자리에 앉았다.

"웬일이야, 신장개업 축하 잔치야?"

유키오가 묻자, 시노가 "뭐 그렇다 치고" 하면서 앞 접시에 초밥을 덜기 시작했다.

"오늘, 엄마가 너희들에게 보고할 게 있다는구나."

오토와가 느릿느릿 말했다.

"보고?"

"우선은 접시랑 젓가락들 챙겨. 리리코는 간장 가져오고."

준비가 다 갖춰지자, 넷이 식탁에 모여 앉았다.

"그래서, 보고란 게 뭔데?"

성미 급한 리리코의 질문에 시노가 새초롬한 표정을 하고는 자세를 바로 잡았다.

"우선 첫 번째 보고. 할머니의 결혼식 날짜가 정식으로 정해졌어. 할머니의 일흔 살 생신."

"아이구, 왜 내 얘기를 먼저 해."

오토와가 수줍어한다. 사와키와의 결혼이 결정된 후로 오토와는 간혹 소녀 같은 표정을 보인다. 유키오가 그렇게 느끼는 것은 좀 어울리지 않지만, 사랑의 힘은 위대하다고 생각한다.

"축하해, 할머니."

"신부가 된 할머니 모습, 진짜 기대된다."

그리고 다시 시노가 말을 이었다.

"그리고 두 번째. 너희들에게 걱정을 많이 끼쳤는데, 엄마는 앞으로도 야마자키 씨와 계속 사귀기로 했어."

놀라서 시노 얼굴을 돌아보았다.

"그게 무슨 말이야? 처음 그대로 결혼하기로 했어?"

"아니, 그건 아니야. 결혼은 안 해. 지금까지처럼 그냥 사귀는 것뿐이야. 엄마는 가게를 하고, 야마자키 씨는 채소를 재배하고. 그리고 시간이 맞으면 같이 식사도 하고 외출도 하고, 그렇게 살 거야."

유키오나 리리코는 아무 말도 할 수 없었다.

"그동안 야마자키 씨와 충분히 얘기를 나눴어. 이 나이가 되어서 어렵게 만났는데, 결혼이냐 결별이냐, 정말 그 두 가지 선택밖에 없는지 말이야. 결론이 그 두 가지밖에 없다는 것도 좀 이상하다는 걸 깨달았지. 생각해 보면 우리 두 사람 다 독신이니까 그렇게 사귄다고 비난할 사람도 없잖아."

"와, 우리 엄마 대단하네."

리리코가 손뼉을 치면서 말했다.

"그래, 형태가 어떻든 무슨 상관이야. 문제는 두 사람의 마음인데. 오히려 시대를 앞서가는 느낌이네. 앞으로 결혼이라는 형태를 취하지 않는 커플도 엄청 늘 거야. 아무튼, 난 대찬성."

"그러니. 유키오 네 생각은 어떤데?"

그때 유키오가 비판했던 것을 시노 역시 야마자키에게 들어 알고 있는 듯했다. 시노가 불안한 눈빛으로 유키오를 보았다.

"나도 당연히 찬성이지. 그 후로 계속 마음에 걸렸어. 정말 그렇게 끝나도 되는 건지. 이게 엄마의 선택이라고 생각해."

시노는 안도한 듯이 고개를 끄덕였다.

"와, 우리 집에 좋은 일만 잔뜩이네. 이렇게 된 김에, 나도 그럼 말해 버릴까나."

리리코의 뜬금없는 선언에 세 사람의 시선이 모였다.

"앗, 리리코까지. 누구 좋 ……"

시노가 눈을 동그랗게 뜬다.

"사람 얘기가 아니라, 일 얘기야. 사실은 조금 더 나중에 말하려고 했는데, 할머니랑 엄마 얘기를 듣다 보니까 내 입이 근질근질해지네."

"일 얘기라고?"

"월요일부터 목요일, 밤 열한 시부터 열한 시 삼십 분까지 하는 드라마 「퓨어 마인드」 알아? 그 대본을 사실은 내가 쓰고 있거든."

유키오가 자기도 모르게 몸을 앞으로 내밀었다.

"뭐어? 정말? 나도 보고 있어."

"어때?"

"엄청 재미있던데. 그걸 리리코가 썼다고?"

"메인 작가의 어시스턴트로 일하게 됐는데, 그 작가가 전혀 글을 못 쓰고 있거든. 그래서 결국 내가 쓴 거야. 드라마 후반부터는 크레딧에 내 이름도 올라갈 거래."

"와, 진짜 멋지다. 드디어 드라마 작가로 데뷔한 셈이네."

"글쎄, 그렇다고 할 수 있으려나."

"축하한다, 리리코. 드디어 해냈어."

유키오의 목소리가 높아진다.

"아이구, 잘됐네, 잘됐어. 정말 잘됐다."

"정말 좋은 일만 잔뜩이네."

오토와와 시노도 흐뭇하게 웃는다. 세 사람의 얼굴을 보면서
유키오가 자기도 모르게 한숨을 쉬었다.

"그럼 나만 좋은 일이 아무것도 없네. 이 자리에서 보고할 만
한 게 하나도 없어."

"무슨 소리야. 유키오도 좋은 일 있으면서."

리리코가 팔꿈치로 유키오의 옆구리를 찔렀다.

"뭐가 있다는 건데?"

"시치미 떼기는, 준이치 말이야."

갑자기 오토와와 시노의 시선이 자신에게 쏠리는 것을 느끼고
유키오는 당황스러워 부정했다.

"얘는, 무슨 소리야. 그런 게 아니라고 하는데도 그러네."

"치, 아무튼. 잘해 봐. 그럼, 일단 건배를 하죠. 낮이지만, 맥주
정도는 마셔도 되겠지."

그렇게 말하고 리리코는 발딱 일어나 냉장고에서 맥주를 꺼내
왔다.

저녁나절, 고속버스 시간 때문에 리리코가 먼저 집을 나섰다.
그녀를 배웅한 후 유키오는 느긋하게 가방에 옷을 챙겨 넣고 있
었다.

그런 와중에도 얼굴에 그만 웃음이 흐른다. 오토와의 결혼, 시
노의 선택, 리리코의 드라마 작가 데뷔. 그 모든 것을 진심으로
축복할 수 있다. 자신이 그럴 수 있다는 게 기뻤다.

"유키오, 잠깐 얘기 좀 할 수 있겠니?"

시노가 장지문을 열고 얼굴을 들이밀었다.

"응, 엄마."

유키오는 짐을 싸다 말고 얼굴을 들었다. 시노는 유키오 앞에
앉기는 했는데, 그녀답지 않게 말을 꺼내지 못하고 한참 우물거
렸다.

"왜 그래?"

"저 말이지, 아까 리리코가 한 말 말인데 ……."

"무슨 말을 했더라."

"세마 씨네 도련님 얘기."

"아아, 그거."

"그런 거니?"

시노의 물음에 유키오는 고개를 저었다.

"아니야. 리리코가 제멋대로 생각하고 있는 거야. 사귀는 거 아니라니까."

거침없이 대답하자, 시노의 표정에 안도하는 기색이 역력했다.

"그렇다면 됐다."

유키오가 그런 엄마를 쳐다보았다.

"그런데 왜?"

"뭐가?"

"왜 그런 걸 묻느냐고."

"아, 아무것도 아니야. 그냥 조금 궁금해서."

시노가 일어섰다.

"꽃초밥 싸 놨으니까, 가는 길에 먹어."

그렇게 말하는 시노는 평소와 다름없는 시노였다.

모녀

리리코 ✳

　도쿄로 돌아온 리리코는 친엄마 야스코가 하는 전통 공예품 가게 '하나야'를 찾아갔다.

　가게에 들어서자 "어서 오세요" 하는 목소리가 안쪽에서 들리더니, 야스코가 모습을 드러냈다. 야스코는 리리코의 얼굴을 보자, 깜짝 놀라 그 자리에 우뚝 서고 말았다.

　"안녕하세요. 지난번에는 실례가 많았습니다."

　리리코가 고개를 숙인다. 야스코는 당황하면서도 놀란 표정을 웃는 얼굴로 바꾸었다.

　"아니야, 나야말로 ……."

　"저, 이 가게에서 전통적인 앞치마를 만들 수 있나 해서요. 엄마가 가즈에마치에서 작은 음식점을 하고 있는데 이번에 가게를 수리해서 새로 개장했거든요. 그래서 선물을 하고 싶어요."

"그럼요, 만들 수 있다마다."

야스코가 고개를 끄덕인다.

"가게 이름도 염색 기법으로 넣을 수 있을까요?"

"물론이지. 그렇게 해 줄게요. 색상도 글자 무늬도 여러 가지로 많으니까, 샘플을 보고 결정해요. 지금 꺼내 올게요."

야스코가 안쪽에서 두툼한 샘플 책자를 들고 나왔다. 책자를 계산대에 펼쳐놓고, 둘은 머리를 맞대고 한 장 한 장 넘긴다. 거리가 너무 가까워 조금 숨이 갑갑해졌다.

"가게에서 쓸 앞치마니까 천은 면이 좋겠네."

"앞치마는 매일 사용하니까, 세탁기로 쉽게 빨 수 있는 감이 좋을 것 같아요."

"괜찮다면 천은 내게 맡겨요. 아주 튼튼한 면을 찾아 놓을 테니까."

"그럼, 그렇게 부탁드려도 될까요?"

"다음은 색인데, 무슨 색으로 할래요?"

그렇게 물으니 리리코는 난감해지고 만다.

"어떤 색이 좋을지 전혀 모르겠어요. 엄마는 늘 은은한 색 기모노를 입는데, 어떤 색이 잘 어울릴까요?"

기모노를 볼 기회가 많은 환경에서 자랐지만, 리리코는 잘 아는 편이 아니었다. 그 사실을 지금은 조금 부끄럽게 생각한다.

"어떤 색의 기모노에도 잘 어울리는 색 같으면, 역시 짙은 남색 계통이 좋을지도 모르겠네."

"남색이요?"

좀 독특한 맛이 없을 듯한 느낌도 든다.

"남색에도 여러 가지가 있어요. 여기, 이런 색도."

야스코는 샘플 책자를 들췄다.

"이 남색은 유카타에 흔히 쓰이는 색인데, 청결하고 아주 예쁘죠. 이쪽은 조금 보랏빛이 감도는 가지색이고. 이 짙은 남색도 아주 정취가 있는 색인데, 조금 색감이 무거울지도 모르겠네. 그렇다면 보라색도 …… 이쪽에 보라색도 있어요."

야스코가 두툼한 샘플 책자를 열심히 넘긴다.

"그렇지, 여기. 이 짙은 보라색도 좋겠네. 이쪽은 파란색이 감도는 보라색, 그리고 짙은 갈색이 감도는 보라색. 보라색도 아주 차분한 색이라서 염색을 해 놓으면 품위가 있어요."

성의를 다해서 색을 고르는 야스코의 모습에 리리코는 갑자기 가슴이 뜨거워졌다.

"어머니가 가게를 하시는군요 ……."

그때 야스코가 조심스럽게 말을 꺼냈다.

"네. 옛날에 게이샤였어요. 그러다 아버지와 결혼한 후로 그만

두었는데, 아버지가 바로 돌아가시는 바람에 오키야를 하셨던 할머니와 둘이 조그맣게 음식점을 차리게 된 거래요."

"그렇군요 ……."

지금 야스코의 가슴속에는 옛일이 오락가락하고 있을 것이다. 과거의 저편에 두고 온 남편과 딸. 이십오 년이라는 세월이 두 사람 사이에 가로놓여 있다.

"이 가지색, 참 예쁘네요."

리리코는 샘플 책자를 가리켰다.

"마음에 들어요?"

"네, 이 색이면 엄마에게도 잘 어울릴 것 같아요."

야스코가 미소 지었다.

"이 색은 나도 좋아하는 색이에요."

다카히사라는 이름이 들어갈 부분만 염색을 하지 않는 기법을 사용하기로 했다. 주문량은 여섯 장. 그 정도 있으면 번갈아 쓰기에 불편함이 없을 것 같다.

"미안하지만, 제작 기간이 아마 한 달 정도 걸릴 거예요."

"괜찮습니다. 가격은 어떻게 되죠?"

리리코가 묻자, 야스코는 마치 무슨 나쁜 말이라도 하는 것처럼 조심스럽게 입을 열었다.

"이건, 가능하면 제가 선물해 드리고 싶어요."

"아니죠. 그렇게 받을 수는 없어요."

리리코는 단호하게 고개를 저었다.

"제가 드리고 싶어서 그래요. 이 정도는 할 수 있게 해 주면 좋으련만."

야스코가 간절한 눈빛으로 이쪽을 바라보았다. 두고 온 딸과 그 딸을 키워 준 엄마. 두 사람에게 뭐든 해 주고 싶은 야스코의 마음을 이해하지 못하는 것은 아니다. 하지만 역시 그 청을 받아들일 수는 없었다.

"마음만으로도 감사합니다. 하지만 이 앞치마는 두 딸이 같이 선물하는 거예요. 그러니까 돈을 내지 않으면 저희가 선물한 거라고 할 수 없어요."

야스코는 고개를 푹 숙였다.

"그렇군요 ……. 미안해요. 내가 주제넘게 괜한 말을 꺼냈나 보네요. 그럼, 완성된 다음에 받을게요."

"그래도 괜찮은가요?"

"물론이죠. 고마워요."

"그럼, 한 달 후에 다시 오겠습니다."

"네, 그래요. 기다리고 있을게요."

야스코가 공손하게 머리를 숙였다. 다만 그녀의 청을 거절한 탓인지, 왠지 모르게 표정이 적막해 보여 리리코는 영 마음이 착잡했다.

"언젠가."

리리코가 돌아보면서 말했다.

"언젠가 저랑 같이 우리 엄마 가게에 갈래요?"

야스코의 눈이 동그래진다.

"아니에요. 내가 어떻게 그럴 수 있겠어요. 무슨 염치로 만나 뵙겠어요."

고개를 젓고는 눈을 내리깐다.

"이렇게 너를 만난 것만 해도, 나는, 그것만으로도 ……."

"엄마는 조금도 개의치 않을 거예요. 당신에 대해 가르쳐 준 것도 엄마였어요. 그런 사람이에요, 우리 엄마는."

"……."

"엄마가 어딘지 모르게 당신을 닮은 것 같아요. 아니, 당신이 엄마를 닮았다고 할까. …… 이상한 말이네요. 그럼, 한 달 후에 다시 오겠습니다."

그리고 리리코는 '하나야'를 떠났다.

「퓨어 마인드」의 방영이 시작된 지 삼 주째. 오늘 밤 드디어 9회가 방송된다.

드라마는 전부 16회. 후반부터 리리코의 이름도 크레딧에 넣

어 준다고 했으니까, 오늘 밤이 그날이다. 리리코는 녹화 준비를
하고 두근거리는 가슴으로 텔레비전 앞에 앉았다. 지금쯤 오토
와와 시노, 유키오, 그리고 구라키도 텔레비전 앞에서 화면을 뚫
어져라 보고 있을 것이다. 오프닝 타이틀이 흘렀다. 이어서 출연
자와 작가인 곤노 유리의 이름, 그리고 드디어 내 차례.

그런데 거기에 리리코의 이름은 없었다. 혹시 엔딩 크레딧에
나오는 것일까. 이상하다고 생각하면서 드라마가 끝날 때까지
꾹 참고 기다렸다. 하지만 끝날 때에도 리리코의 이름은 없었다.

"왜 ……."

리리코가 입속으로 중얼거렸다.

시나다는 분명히 약속했다. 그것이 대본을 완성하는 조건이
었다.

리리코는 당장 시나다의 휴대전화로 전화를 걸었다. 그러나
전화를 받을 수 없다는 싱거운 기계음만 들릴 뿐이었다. 시나다
가 약속을 어겼다? 설마, 그럴 리가 없다. 그렇게 단단히 약속을
했는데. 그렇다면 왜 리리코의 이름이 빠진 것인가. 아무튼 확인
을 해야 한다. 사정을 들어봐야 한다.

결국 한밤중이 되어서야 시나다와 통화를 할 수 있었다. 의문
과 분노로 혼란스러운 리리코는 추궁하듯이 따져 물었다.

"시나다 씨, 어떻게 된 일이죠? 왜 크레딧에 내 이름이 없는 거

죠? 약속과 다르잖아요."

그런 리리코의 흥분을 피해 가듯이 시나다는 느긋한 목소리로 대답했다.

"아, 그 일 말인데, 마침 설명을 하려던 참이었어."

"그럼 설명해 보세요."

"전화로 얘기하기는 좀 그런데."

"나는 상관없어요."

"얘기가 좀 복잡하니까, 내일 만나서 밥이라도 먹으면서 하자고. 지난번에 만났던 긴자의 가게, 기억하지?"

"네 ……."

"그럼, 거기서 내일 일곱 시에 만나자."

더 물고 늘어지고 싶었지만, 시나다의 여유로운 말투 뒤에는 가타부타 따지지 말라는 강경함이 도사리고 있었다. 리리코는 물러날 수밖에 없었다.

그날 밤, 좀처럼 잠을 이룰 수 없었다.

이름이 없었다는 사실도 물론 충격이었지만, 잔뜩 기대하고 있었을 오토와와 시노, 그리고 유키오가 어떤 심정일지를 생각하면 그저 면목이 없을 뿐이다. 그리고 구라키는 과연 어떻게 생각할까. 어쩌면 조소했을지도 모른다. 혹은 동정을. 그런 상상만으로도 사신이 한심한 나머지 몸이 옭죄어 드는 것 같았다.

다음 날.

약속대로 일곱 시에 가게 문으로 들어섰다. 시나다는 좀처럼 나타나지 않아, 결국 한 시간 가까이 기다리는 신세가 되었다.

"아, 이거 미안하군. 회의가 좀 오래 끌어서."

간신히 시나다가 나타났다.

"맥주 시키면 되겠나?"

"그보다 먼저 사정을 얘기해 주세요."

리리코의 말 따위는 싹 무시하고, 시나다는 종업원을 불러 맥주를 주문했다.

"어젯밤에만 이름이 빠진 거죠? 오늘 밤부터는 나가는 거죠?"

맥주가 나왔다. 시나다가 자기 잔과 리리코의 잔에 맥주를 따른다. 도무지 입도 대고 싶지 않다.

"시나다 씨가 그렇게 약속했잖아요."

시나다는 잔을 입에 대고서야 얼굴을 들었다.

"오늘 밤에도 네 이름은 없을 거야."

"뭐라고요⋯⋯?"

"마지막 회까지 네 이름은 나가지 않아."

너무 갑작스러워, 리리코는 되받을 말이 없었다.

"약속을 어긴 건 사과하지. 하지만 어쩔 수 없는 일이야. 네 이름은 나가지 않아."

"왜죠?"

꽉 멘 목소리다.

"이번 드라마는 건강하고 상큼한 분위기의 러브 스토리야. 실제로 드라마의 완성도도 높다고 생각해. 시청률도 잘 나와서 스폰서도 좋아하고 있어."

"그런데 왜……."

시나다가 조용히 잔을 내려놓았다.

"곤노 유리가 대본을 쓴다, 그것이 전제였기 때문이지. 그래서 스폰서도 붙은 거야. 지금 와서 다른 사람의 작품으로 만들 수는 없어."

"그렇다면……."

"계약 조건이 그래. 스폰서와도 그렇고, 곤노 유리의 어머니와도."

"그럼, 애당초 내 이름을 올릴 수 없었던 거네요."

시나다는 고개를 끄덕였다. 표정은 조금도 달라지지 않았다.

"맞아."

"나를 속인 건가요."

리리코가 언성을 높였다.

"네가 어떻게 받아들이든 어쩔 수 없어."

"기가 막히네요."

"앞으로도 기회는 얼마든지 있어. 너에게 재능이 있다는 걸 확인한 것만으로도 잘된 일이잖아. 아무튼 이번 일은 돈으로 해결하도록 하지. 원래 보수에 보너스를 더 얹어 주겠어. 그렇게 양해해 줬으면 좋겠군."

양해라니, 그럴 수는 없다. 그러나 시나다는 얘기를 마무리하듯이 맥주를 들이켰다.

"네가 어떻게 생각하든, 너의 이름은 나가지 않아. 결론은 그 하나뿐이다."

집으로 돌아온 리리코는 바닥에 주저앉았다.

계약 조건이 그렇다지만, 유리의 이름을 아예 없애라고 요구한 것도 아니다. 작가의 이름에 조그맣게 리리코가 빌붙는다. 겨우 그 정도 아닌가. 그런다고 유리에게 대체 무슨 타격이 있다는 말인가. 아니, 시나다는 처음부터 그럴 마음 따위는 없었다. 그렇게 말하면 리리코가 남은 대본을 쓰지 않으리라는 것을 알고서 다 쓸 때까지 입을 꾹 다물고 있었던 것이다. 처음부터 속일 작정이었던 것이다. 그런 줄도 모르고 우쭐해서 열정을 다해 대본을 쓴 자신이 어이가 없어 웃음이 나왔다.

나는 시나다와 유리의 어머니에게 이용당했을 뿐이다.

돈을 받고 깨끗이 끝낼 수도 있다. 이 상황을 군소리 없이 받아들이면 다음 일거리가 들어올지도 모른다. 그러나 분노는 가시지 않았다. 거품처럼 부글부글 가슴속에서 끓어올랐다. 리리코는 입술을 깨물었다.

이대로 잠자코 물러설 수는 없다.

리리코는 얼굴을 들었다.

'리리코는 강 건너에 가고 싶다 생각하면 그 다리가 도중에 무너져 내리는 한이 있어도 뛰어가는 아이야.'

오토와와 시노의 말이 머리 한구석에 언뜻 되살아났다.

다음 날, 오랜만에 곤노 유리의 집을 찾았다.

현관 앞에는 꽃들이 예쁜 자태를 뽐내고, 하얀 벽과 세라믹 타일에 에워싸인 집은 동화 속 나라의 아름다운 성처럼 보인다. 벨을 누르고 이름을 말하자, 유리 어머니의 딱딱한 목소리가 들렸다.

"아, 어서 들어와요."

그러나 현관에 들어섰을 때는 조금 전과 아주 다르게 밝은 목소리로 리리코를 맞았다.

"어서 와요, 리리코 씨. 오랜만이네. 어떻게 지내고 있는지 계속 궁금했는데. 자, 들어와요."

리리코는 말없이 그녀를 따랐다. 거실로 들어가자, 어머니가 소파에 앉으라고 권했다.

"차를 준비해 올게요."

유리의 어머니는 한없이 사근사근하다.

"괜찮습니다. 신경 쓰지 마세요. 오늘은 일 때문에 드릴 말씀이 있어서 온 거니까요."

리리코가 그렇게 말하자 유리의 어머니는 "그래요" 하고는 소파에 마주 앉았다. 그때는 벌써 표정에 웃음기가 없었다.

"무슨 얘기인지, 들어 볼까."

어떻게 보느냐에 따라서는 이미 포기한 듯한 태도로도 느껴진다.

"시나다 씨와 서로 짜고 저를 속였더군요."

"그게 무슨 말인지 모르겠네."

"제 이름이 드라마 작가로 나가는 것이 그렇게 싫던가요?"

유리의 어머니가 소리 내어 웃었다.

"무슨 소리야, 리리코 씨는 드라마 작가가 아니잖아."

리리코는 할 말이 궁해졌다.

"리리코씨는 처음부터 유리의 어시스턴트로 고용된 몸이니까, 크레딧에 이름을 올린다는 것 자체가 약속 위반이야."

"그래요. 물론 처음에는 어시스턴트였죠. 하지만 유리 씨는 전혀 대본을 쓰지 못했어요. 그래서 결국은 제가 완성했고요. 그게 어시스턴트의 일인가요? 그건 어머니도 알고 계실 텐데요."

"그런 건 우리 쪽과는 아무 관계없는 일이야. 누가 뭘 어떻게 쓰든, 유리의 이름으로 발표된 이상 그건 유리의 작품이라고."

유리의 어머니는 강한 의지를 보였다. 지금 그녀의 말에 밀리면, 뭐하러 여기까지 찾아왔는지 알 수 없어진다.

"시청률이 높은 것도 그렇지. 설마 리리코 씨 자신의 힘이었다고 생각하는 건 아니겠지. 유리의 이름이 있어서 시청률도 나올수 있는 거야. 인기 탤런트를 캐스팅할 수 있었던 것도 그래. 대형 스폰서도 유리가 쓴다고 하니까 붙은 거 아니겠어. 리리코 씨이름으로는 아무것도 할 수 없어. 그걸 착각하면 곤란해."

"입 다물고 있으라는 뜻인가요, 이대로 가만히 있으라는."

"그에 상응하는 돈을 주잖아."

"돈 따위."

"설마 받지 않을 생각이야?"

"물론입니다."

"받아."

유리의 어머니가 말투에 힘을 주었다.

"말이 안 돼요."

"받지 않으면, 어쩔 건데. 혹시 드라마 업계를 돌아다니면서자기가 썼다고 떠들어 댈 생각이야? 저런, 그만둬. 그런 짓을 했다가는 유리는 물론이고 시나다 씨의 체면도 땅에 떨어지겠지.리리코 씨가 어떻게 알겠어, 이 업계가 얼마나 냉혹한지. 그랬다가는 리리코 씨와 유리, 둘 다 끝장이야."

리리코는 자기도 모르게 침을 꿀꺽 삼켰다.

"시나다 씨는 그 정도쯤이야 아무렇지도 않게 할 남자야. 자기 입장만 중요시하는 사람이지. 그런 남자라고."

의외였다. 유리의 어머니와 시나다가 손을 잡고 있다고 생각했다. 시나다를 대하는 친밀한 태도 역시 결국 타산이었다는 말인가.

불쑥 어머니의 말투가 바뀌었다.

"그래요, 유리는 아마 더는 글을 쓰지 못하겠지. 그럴 수 있는 정신 상태가 아니라는 건, 엄마인 내가 가장 잘 알아요. 하지만 유리의 경력에 흠집을 내는 일은 절대 있어서는 안 돼요. 내가 그럴 수 없어. 지금 방영되고 있는 드라마가 성공적으로 끝나면, 유리는 아쉬움 속에서 은퇴할 거야. 젊은 천재 드라마 작가라는 경력을 남기고. 유리의 인생은 그것만이 버팀목이 되겠지. 나는 유리를 지켜 낼 거야. 무슨 일이 있어도, 어떤 짓을 해서라도."

리리코는 아무 말 하지 못했다. 그런 이기적인 농간에 내가 왜 희생되어야 하느냐는 분노는 여전히 남아 있었다. 하지만 딸을 지키려는 엄마의 필사적인 모습에 더 이상 아무 말도 할 수 없었다.

❋ 유키오

리리코에게 전화를 걸어 볼까, 유키오는 망설였다.

드라마 크레딧에 리리코의 이름이 오르지 못한 배경에는 아마 여러 가지 사정이 있을 것이다. 리리코가 일하는 업계의 시스템이 어떻게 돌아가는지는 잘 모르지만 어느 정도 상상은 간다.

그때 그렇게 기쁜 표정으로 보고했던 만큼 지금은 면목이 없다고 생각할 게 틀림없다. 유키오로서는 그런 리리코의 심정이 더 염려스럽다.

올곧은 반면 융통성이 없는 리리코 성격에 세상 살아가기가 쉽지 않은 점도 있을 것이다. 이대로 그냥 놔두자니 걱정이 되지만, 유키오가 먼저 연락하면 오히려 리리코를 궁지로 몰아세울지도 모른다. 오토와와 시노도 지금쯤 같은 생각으로 마음을 졸이고 있을 것이다.

그래서 리리코에게서 전화가 걸려왔을 때는, 정말 안도했다.

"아아, 진짜 폼 안 사네."

괜한 허세를 부리고 있다는 것을 금방 눈치챘다. 유키오는 모르는 척 대답했다.

"여러 가지로 고충이 많은가 봐."

"처음에는 속은 거나 다름없다 싶어서 고소라도 할까 생각했는데, 고민 고민하다가 이번에는 그냥 넘어가기로 마음 정했어. 사실은 진짜 화가 많이 나지만."

"그야 그렇겠지. 그래도 실력이 있다는 건 알았으니까, 또 기회가 있을 거야."

"그래, 그럼 좋겠는데."

불현듯 목소리에 불안한 기색이 스쳤다.

"걱정 말라니까. 그렇게 재미있는데 뭐. 리리코의 재능이 이대로 빛을 못 보는 일은 절대 없을 거야."

유키오가 힘주어 말하자, 전화 저편에서 리리코가 씁쓸하게 웃었다.

"유키오에게 그런 말 들어 봤자지."

"얘는, 텔레비전 드라마는 일반 사람들이 보는 거잖아. 나 같은 문외한의 의견이 더 중요한 법이라고."

"그건 그러네."

"가나자와에는 전화했니?"

"응, 조금 전에."

"뭐라고 해?"

"그게 글쎄, 할머니나 엄마나 순 자기들 얘기만 하더라니까. 할머니는 신혼여행을 온천으로 갈까 하와이로 갈까 아직 정하지 못한 것 같고, 엄마는 야마자키 씨랑 알콩달콩하는 얘기만 늘어놓고. 참 어이가 없더라. 딸이 이렇게 좌절해 있는데, 조금은 마음 아파해야 하는 거 아니야."

물론 그렇게 화제를 돌리는 것이 오토와와 시노가 할 수 있는 최선의 배려라는 걸 리리코도 모르지 않을 것이다.

"아, 참 참 참 참. 선물하기로 한 앞치마 말인데, 주문했어. 제작하는데 한 달은 걸린대. 예쁜 색으로 골랐어. 엄마도 아주 마음에 들어 할 거야."

"기대되네."

그리고 유키오가 정색하고 물었다.

"그런데 친엄마를 만나니까 어떤 기분이었어?"

"글쎄, 어땠나. 그래도 생각했던 것보다는 당혹스럽지 않았어. 사람에게는 여러 가지 속사정이 있다는 거, 그 정도는 나도 헤아릴 나이가 되었다는 뜻인지도 모르지. 그런데 그 사람, 어딘가 모르게 엄마를 닮았어. 풍기는 분위기랄까, 약해 보이면서도 강하고, 야무지면서도 눈물이 많은 점이. 아버지 취향이 어떤 타입이었는지 알 것 같아서 웃음이 나오더라."

"그런 말 들으니까 좀 부러운데."

유키오는 슬그머니 한숨을 쉬었다.

"아, 미안."

리리코의 목소리가 그늘진다.

"그런 뜻이 아니야. 나는 친엄마가 일찍 죽었고, 아버지 쪽은 존재 자체가 별 실감이 없잖아. 그래서 어떤 기분일까, 그냥 좀 상상했을 뿐이야. 굳이 말로 할 정도의 그리움이나 허전함도 없지만."

"나도 아버지에 대한 기억은 다섯 살 때까지밖에 없으니까, 떠오르는 이미지가 진짜 모습인지 아닌지 잘 몰라. 그런 의미에서 우리 집은 아버지가 없어도, 할머니와 엄마로 충분하다는 느낌이었고."

유키오는 웃고 만다.

"그래, 맞아. 그 느낌."

"옛날에는 게이샤였다가 지금은 술집을 하고 있으니까, 세상에는 여자로 태어난 걸 이용해 밥벌이한다고 생각하는 사람도 있겠지만, 그런 장사는 자기가 여자란 사실을 의식해서는 절대 할 수 없잖아."

"그렇지. 가끔은 우리 집에 할아버지와 아버지가 있는 게 아닐까 싶은 때도 있는걸. 사와키 씨나 야마자키 씨는 그런 거 알고 있으려나 몰라."

"앞으로가 기대되네."

전화를 끊을 즈음에는 마음이 한결 가벼워져 있었다. 리리코라면 반드시 또 기회를 거머쥘 것이다. 그럴 수 있을 만큼 다부지다고 믿고 있다.

리리코에게 친엄마 얘기를 들은 탓인지, 유키오는 문득 생각이 나 엄마 사진을 꺼냈다.

유키오를 품에 안은 엄마는, 이 세상에 불행 따위는 존재하지 않다는 듯 해맑게 미소 짓고 있다. 미치도록 사랑한 남자의 아이를 낳았다는 만족감이 표정에 넘쳐흐르고 있다. 이 표정만 보아도, 절대 오기나 집착에서 비롯된 결심이 아니라는 것을 알 수 있다.

다만 어렸을 때부터, 뭐라 뭐라 말 많은 사람들이 주위에 있는 것은 어쩔 수 없는 일이라고 받아들여야 했다. 학창 시절 내내 우등생 자리를 지킨 것도 그런 악의가 파고들지 못하게 빈틈을 보이지 않으려는 심리 때문이기도 했다. 실제로 유키오는 그런 악의를 용의주도하게 물리치며 살아왔다. 어떤 경우에도 자신의 처지를 비하하는 태도를 단 한 번도 취하지 않았다. 그것은 허세가 아니라 오토와와 시노의 정직하고 생활력 강한 성품을 보고 자랐기 때문이다.

그렇기에 더욱이 유키오는 지난번 시노의 말을 이해할 수 없었다. 시노가 준이치라는 이름을 말했을 때, 평소의 너그러움은 느껴지지 않았다. 설마 그럴 리 없겠지만, 재력가의 아들인 준이치와 내가 어울리지 않는다고, 그렇게 생각하고 있는 것일까.

이런 생각을 하게 되는 것은 나고야로 돌아오자마자, 준이치로부터 메일이 왔기 때문이다.

'만나서 즐거웠어. 건강한 모습을 보니까 안심이 되더군. 가와데 씨 얘기도 들을 수 있어서 다행이었고. 그러고 보니 지난봄에 유키오를 다시 만난 후로 여러 가지 일이 많았던 것 같아. 구체적으로 무슨 일이 있었느냐고 물으면, 대답은 잘 못할 것 같지만 말이야. 적어도 내 마음속에 무언가가 있었던 것은 분명해. 있었다기보다 생겼다, 알아차렸다, 변화했다, 그런 표현이 맞을지도 모르겠군.'

준이치의 메일은 이렇게 이어졌다.

'실은 외국의 나무를 보러 가고 싶은 마음도 있어. 일본의 나무도 멋지지만, 나무를 지키고 자연을 보존한다는 의미에서 외국의 국립공원도 견학하고 싶은 거지. 지금 염두에 두고 있는 곳은 캐나다의 요호 국립공원이야. 록키 산맥의 대자연을 보물로 여기는 나라와 사람들의 의식을 체험해 보고 싶어. 그래서 말인데, 괜찮으면 같이 가면 어때? 갑자기 이런 말 꺼내서 놀랐겠지. 당연하지. 예의도 없이, 미안. 다만 유키오와 함께 가면 즐겁겠다는 나의 일방적인 희망일 뿐이야. 티켓은 내게 맡겨. 흠, 그 정도 모아 둔 돈은 있거든. 서둘러 대답할 것도 없고. 그 정도 휴가를 내는 것도 쉽지 않을 테니까. 천천히 생각하고 대답해 주면

돼.'

　알고 있다. 준이치의 이 제안을 받아들이면, 두 사람의 관계는 지금까지와 전혀 다른 방향으로 흘러간다.

　나는 그렇게 되는 것을 꺼리고 있는 것일까.

　유키오는 대놓고 자신에게 물었다. 대답은 'NO'였다. 준이치와 함께 자연 속을 거닐고, 신선한 공기를 마시고 싶다. 그것은 준이치와 지금까지와는 다른 관계를 맺고 싶다는 뜻이다.

　그렇다면 뭘 망설이는 것일까. 지금 바로, 좋다고 대답하면 되는 일이다.

　그런데 역시 시노의 말이 마음에 걸렸다. 왜 그때 시노는 당혹스러운 표정으로 준이치에 대해 물었을까. 리리코에게나 유키오에게나 엄마는 늘 '자신의 뜻대로 살아라'라고 말했다. 진학도 취직도 모두 유키오의 바람을 들어주었다.

　준이치에게 답장을 쓰기 전에 반드시 그 의문의 해답을 듣고 싶었다. 그렇지 않고는 결론을 낼 수 없다는 기분이 들었다.

　주말, 점심때가 지나 유키오는 가나자와에 전화를 걸었다.

　평일 낮에는 유키오가 일로, 밤에는 오토와와 시노가 가게 때문에 바쁘다. 느긋하게 얘기할 수 있는 때는 둘 다 쉬는 일요일 정도다.

　"아, 엄마. 나야, 유키오."

"어머, 웬일이니?"

"음, 저기 …… 리리코 일 말인데, 좀 아쉽게 됐지?"

"그러게 말이다. 나도 기대 많이 하고 녹화까지 했는데."

"나도 그래. 나도 내가 못 보고 놓친 건가 싶어서 녹화해 둔 걸 처음부터 다시 확인해 보고 싶은 심정이야."

"그래도 우리보다 본인이 얼마나 실망이 컸을지 생각하면, 아무것도 해 주지 못해서 안타까울 뿐이야."

"전화에서는 아무렇지 않게 말했지만, 아무래도 충격이 상당하겠지. 하지만 리리코는 틀림없이 해낼 거야. 리리코는 언제나 이루지 못할 꿈은 없다고 큰소리치는 아이잖아."

시노가 웃었다.

"그래. 똑똑한 아이니까 나도 걱정 없다고는 생각한다만."

그런 얘기를 하면서도 유키오는 머릿속으로 어떻게 말을 꺼낼까, 생각하고 있었다. 어쩌면 묻기 두렵다는 생각이 있어서였는지도 모른다. 시노가 반대하면, 뭐라고 설득해야 할까. 지금까지 그런 경험이 없는 만큼, 어떻게 말하면 좋을지 몰랐다. 하지만 그렇다고 무의미한 대화만 계속할 수는 없었다. 시노가 이상한 기미를 눈치챘다는 것도 느껴진다.

"저기 있지."

유키오의 말투가 달라졌다.

"응? 왜, 뭐?"

"지난번에 엄마가 한 말 말인데."

"엄마가 뭐라고 했더라?"

왠지 시노의 목소리가 딱딱해진 것처럼 들린다.

"준이치 말이야."

엄마가 말이 없다.

"혹시 내 생각이 지나친 건지도 모르겠는데, 엄마 말은 꼭 우리가 사귀면 안 되는 것처럼 들렸어."

짧은 침묵 후, 시노가 물었다.

"그때 유키오는 사귀는 사이가 아니라고 했잖아."

"응, 사귀는 거 아니야. 사귀지는 않지만, 엄마는 지금까지 한 번도 그렇게 말한 적이 없잖아. 그런데 준이치에 대해서만 왜 그러는지 이상해서."

잠시 대답이 없었다.

"엄마, 듣고 있는 거야?"

"유키오, 미안한데 나중에 엄마가 다시 전화할게. 그래도 되겠니?"

시노가 불쑥 그렇게 물었다.

"응 ……. 안 될 건 없지."

"미안하다. 그럼, 나중에 다시 연락하마."

전화가 걸려온 것은 그로부터 한 시간쯤 지나서였다. 그것도 전화를 건 사람은 엄마가 아니라 오토와였다.

"어머, 할머니가 웬일이야?"

"엄마에게 얘기 들었다."

"그래?"

"언젠가는 너에게 얘기해야 한다고 생각은 하고 있었다만."

"뭘?"

"말을 못 꺼내고 있다가 이렇게 되고 말았구나. 더 빨리 얘기를 했어야 하는데, 지금은 그게 후회스럽다."

유키오는 긴장했다. 지금부터 오토와가 하는 말은 아마 자신의 인생을 바꿔 놓을 것이다. 그런 기분이 들었다.

그날 밤, 한숨도 자지 못했다.

아침에 되어 회사에는 오늘 하루 쉬겠다는 연락을 했다. 낮이되고 태양이 기울기 시작했지만, 유키오는 그저 멍하게 허공만 쳐다보고 있었다.

현관 벨이 울리고 있다.

들리기는 하는데, 유키오는 그 소리를 실감할 수 없었다. 오토와에게 들은 얘기가 머릿속에서 탁한 액체처럼 흔들리고 있다. 지금은 그것을 감당하기만도 벅찼다. 누가 문을 두드린다.

"언니, 나야, 리리코. 안에 있지? 이 문 열어."

"리리코 ⋯⋯?"

의식이 겨우 눈을 뜬다. 유키오는 일어나 문으로 다가갔다. 도
어록을 해제하고 문을 열자, 리리코가 서 있었다. 절박한 표정이
었다.

"다행이다, 집에 있어 줘서."

그렇게 말하면서 이제야 안심이 되는지, 어깨를 축 늘어뜨
린다.

"갑자기 웬일이니, 리리코."

"엄마에게서 전화가 왔어. 그래서 바로 전화 걸었는데 받지를
않잖아. 그냥 가만히 참고 기다릴 수가 없어서, 신칸센을 타고
날아왔지."

밖은 이미 어두컴컴하다.

"괜찮은 거야?"

"아무튼 들어 와."

리리코가 들어왔다.

"설마 일이 이렇게 될 줄이야. 엄마에게 얘기 듣고 얼마나 놀
랐는지 ⋯⋯. 정말 무슨 말을 하면 좋을지 모르겠다."

"커피 끓일게."

"됐어, 하지 마. 앉아 봐."

리리코의 채근에 유키오는 바닥에 쭈그리고 앉았다. 자신이 지금 어떤 상태인지 별 자각이 없었다.

"유키오, 미안해. 내가 무책임하게 둘을 부채질하는 말을 하는 바람에."

"괜찮아. 너는 아무것도 몰랐잖아. 나도 이런 사정이 있는 줄은 상상도 못했어."

"할머니랑 엄마도, 지금 걱정이 이만저만이 아니야. 다 자기들 책임이라면서."

유키오는 조용히 고개를 저었다.

"아니, 두 사람 탓이 아니야. 이 일은 누구 탓으로 돌릴 수 있는 게 아니니까."

울 마음은 털끝만큼도 없었다. 훨씬 더 싸늘한 것이 온몸을 지배하고 있었다.

준이치와 이복형제라니, 누가 상상이나 했을까.

"유키오 ……."

리리코가 유키오를 껴안았다. 흑, 봇물이 터진 듯 눈물이 쏟아졌다. 리리코 앞에서는 울어도 된다, 아무리 나약해져도 괜찮다. 유키오는 그렇게 생각했다.

운명의 장난. 그 말이 자신의 인생에 이렇듯 검은 그림자를 드리울 줄은 몰랐다. 다만 한 가지 다행인 것은, 준이치와 시작하기 전이었다는 점이다. 특별한 감정을 느낀 것은 사실이다. 하지만 그 감정이 아직 어떤 형태를 이루기 전이었다. 말하자면, 문턱에 서 있었다고 할 수 있다.

한바탕 울고 나자 유키오는 조금씩 냉정함이 돌아오는 것을 느꼈다. 이제 뒤로는 물러날 수 없다. 그렇게 생각한다. 이성이 이긴다, 그렇기를 믿는다. 유키오는 눈물을 닦으면서 리리코에게서 몸을 떼었다.

"아이, 부끄럽네."

"바보. 우린 자매잖아."

그렇게 말하는 리리코의 눈가도 벌겋다.

"도쿄에서 한달음에 내려오다니."

"유키오가 지금까지 나를 얼마나 많이 도와줬는데. 이런 때는 나도 한 도움 해야지."

오가는 말은 많지 않았다. 리리코는 유키오를 걱정하고, 유키오는 그 마음 씀씀이에 안도한다.

"있지, 언니, 어렸을 때 우리 둘이 집 나가서 우치나다 해안에 갔던 거, 기억해?"

뜬금없이 리리코가 물었다.

"물론 기억하지."

유키오가 고개를 끄덕인다.

"지금까지 나도 여러 가지 일이 많았어. 지금은 이렇게 잘 지내고 있지만, 정말 너무너무 힘들어서 죽어 버리고 싶었던 일도 있었고. 그런데 그럴 때마다 생각나는 거야. 언니랑 우치나다 해안에서 봤던 그 석양 말이야. 태양도 돌아갈 장소가 있는 것처럼 내게도 가나자와 집과 할머니와 엄마, 그리고 언니가 있다는 게 얼마나 큰 힘이 되었는지 몰라."

유키오는 말없이 고개를 끄덕거렸다.

그리고 둘이서 밤새 이런저런 얘기를 나눴다. 어렸을 때 저지른 실수, 모험. 그 얘기들 속에는 늘 아사노 강이 있고, 우타쓰산이 있고, 비가 있고 눈이 있고 바람이 있었다. 그런 풍경들이 뇌리에 떠오를 때마다 유키오의 가슴속을 갈가리 찢어 놓은 무수한 균열이 조금씩 메워지는 듯했다.

이튿날, 리리코는 아침 첫 신칸센을 타고 도쿄로 돌아갔다.

유키오는 역에서 배웅을 하고 회사로 갔다. 그리고 할 일을 하고 여덟 시쯤 혼자 집으로 돌아왔다.

집에도 해야 할 일이 있었다.

유키오는 컴퓨터를 켰다.

'준이치, 메일 고마웠어. 아쉽지만 요호 공원에는 같이 못 가겠네.'

거기까지 쓰자, 조금씩 글자가 번지기 시작했다.

'일방적인 말이지만, 우리는 세상에 존재하기 힘든, 좀 특별한 형태로 신뢰를 쌓을 수 있을 것 같아. 나는 그럴 수 있다는 걸 믿어.'

언젠가는 준이치도 사실을 알게 되는 날이 올 것이다. 그때, 어떻게 생각할까. 상처 입고, 고뇌하고, 분노할까. 다만 언젠가, 시간이 한참 흐른 훗날의 언젠가, 자신들이 짊어졌던 운명도 하나의 인연이었다는 것을, 그리운 마음으로 얘기할 수 있기를 바란다. 그러기 위해서도 지금은 충분히 가슴 아파할 필요가 있다.

'고마워, 준이치. 잘 지내.'

유키오의 손가락이, 천천히 마지막 글자를 쳤다.

소망

리리코 ✸

"비웃어도 괜찮아."

리리코가 그렇게 말하자 건너편에 앉아 있던 구라키는 당황한 듯이 눈썹을 찌푸렸다.

"드라마 작가로 인정받았다고 우쭐댔던 나를 바보 천치라고 생각하지?"

"그런 말이 어디 있어."

구라키의 말투가 강경하다.

"그렇게 생각할 리가 없잖아."

"나는 생각해. 정말 바보 천치 같다고."

신주쿠의 선술집은 북적거렸다. 손님은 회사원이 많고, 꽤나 시끌시끌한데 리리코의 기분은 어색하기만 하다.

"이런저런 일이 많잖아. 세상이란 당연히 다 그런 거야. 그 정도는 나도 안다고."

구라키는 맥주를, 리리코는 소주를 마시고 있다.

역시 연락하는 게 아니었다고 리리코는 후회했다. 하지만 아무 말도 하지 않으면 '연락도 못할 정도로 충격을 받았다'고 가엾어할 것만 같은 기분도 들었다. 가엾다 여겨지느니 차라리 어처구니없어하는 편이 그나마 낫다. 그런 생각으로 나왔는데, 이렇게 구라키와 마주하고 있으니 또 기분이 울적해진다. 아무렇지 않은 것처럼 아무리 허세를 부려도, 구라키의 눈에는 연민의 빛만 가득한 것처럼 보인다.

"그렇다고 내가 포기할 줄 아나 본데."

리리코의 말투에 힘이 들어가 있다.

"그래, 리리코는 할 수 있어."

"여기서 포기하면, 지금까지 뭘 위해서 그렇게 애써 왔는지 모르게 되잖아."

"응, 그렇지."

"설사 아직 싹을 틔우지는 못했지만, 하고 싶은 일을 하며 살고 있으니까 후회는 없어."

"그게 가장 중요한 거야."

"안전한 길을 선택해서 따분하게 살고 싶지도 않고."

"그래, 인생은 한 번밖에 없으니까."

리리코는 테이블을 주먹으로 쾅 쳤다.

"그만해."

스스로도 생각해도 험악한 태도였다.

"마치 어린애 달래는 것처럼 하는 말마다 맞장구치지 말라고."

구라키의 표정이 흐려진다.

"그럴 생각은 없었어. 하지만 그렇게 들렸다면 사과할게."

그 말이 오히려 리리코의 기분을 더 부추겼다.

"뭐야 대체. 내가 불쌍해 보이는 거야? 아니면 우월감에 젖어 있는 거야?"

구라키는 깊은 한숨을 쉬고는 맥주를 마셨다.

"왜 내가 그렇게 생각해야 하지?"

"그렇게 생각하는 게 당연한 상황이니까."

리리코는 얼굴을 획 돌렸다.

"리리코는 대체 내가 뭘 어쩌면 좋겠어? 뭐라고 말해 주면 좋겠냐고? 리리코 앞에서 내가 어쩌면 직성이 풀릴까. 말해 봐. 그렇게 해 줄 테니까."

얼굴을 돌린 채, 리리코는 고개를 젓는다.

"그런 걸 내가 어떻게 알아."

"리리코가 모르는데 그럼 난 어떻게 알지?"

그리고 구라키는 차분하게 말을 이었다.

"리리코가 내 청혼을 거절하면서 했던 말, 아직도 기억하고 있어. 도망치기 위해서 자기를 이용하지 말라고 했지. 그 말, 정말 충격이었어. 거절당한 것도 그렇지만, 네 말이 정곡을 꿰뚫고 있어서 충격이 더 컸지. 그래, 나는 내 꿈을 포기하기 위해 결혼이라는 말을 꺼냈어. 한심한 얘기지만, 리리코가 지적하기 전에는 나 자신도 전혀 깨닫지 못하고 있었지. 오히려 남자답다는 생각이었어."

리리코는 잠자코 소주잔으로 손을 내밀었다.

"그 후로 우리 관계는 전과 아주 달라졌지. 하긴 과거형이 아니군. 적어도 나는 그렇게 되려고 애썼어. 리리코와 결혼은 못하더라도, 리리코란 존재를 잃고 싶지 않았으니까. 그런데 참 힘들더군. 그런 내 심정을 리리코도 알고는 있었지?"

알고 있었다고 하면 자신의 영악함을 인정하는 꼴이 된다. 하지만 리리코는 구라키의 심정을 당연히 알고 있었다. 알고 있으면서 줄곧 모르는 척했다.

"참 짜증나는 여자라는 걸, 나도 잘 알아."

리리코가 간신히 입을 열었다.

"그렇지 않아. 나는 리리코를 이용해서 꿈을 포기했어. 그래서 리리코는 나를 이용해 꿈을 포기하지 않기를 바랐으니까, 피차 마찬가지지."

"…… 피차 마찬가지."

"그렇게 좋은 말은 아니지."

"상관없어. 너는 이제 내게도, 너 자신에게도 기죽을 필요가 전혀 없어. 자신의 일을 즐기고 있으니까."

"그건 맞아. 그런데도 간혹 생각해. 만약 스틸 카메라맨의 꿈을 버리지 않았다면, 하고 말이야. 앞으로도, 아니지 아마 평생 기념사진을 찍으면서 간혹 이렇게 살길 잘한 일인지 생각하겠지. 지금부터 그런 내 모습을 상상하면 두려워."

"그건 스틸 카메라맨이 되었어도 아마 똑같을 거야. 정말 이렇게 살아도 되는 걸까, 하고 말이야."

"그럴지도 모르지."

구라키는 자조적으로 말했다. 그리고 불쑥 이런 말을 꺼냈다.

"만약 리리코가 원하면, 난 결혼 안 해도 돼."

리리코는 구라키를 빤히 쳐다보았다.

"그거, 제정신으로 하는 말이야?"

"사진관 일을 물려받았더니, 그다음은 선을 보라고 하더군. 그리고 결혼을 하면 한 집에 살고 싶다, 손자 얼굴을 보고 싶다, 그렇게 부모님의 욕심은 끝이 없지. 그래도 괜찮다고 생각했어. 내게 어울리는 인생이라고. 결혼해서 아이를 낳고, 연하장에 아이 사진을 붙이고, 그렇게 사는 것도 나쁘지 않겠다고 말이야. 그녀도 흠잡을 데 없는 결혼 상대였고."

리리코는 시모키타자와의 술집에서 본 여자를 떠올렸다. 호감이 가는 인상이었다. 현명하고, 명랑해 보이고, 리리코를 보며 웃는 얼굴이 그녀의 성품을 나타내고 있었다.

"그래서 이제 리리코를 안 만나겠다고 결심했어. 그런데 결국 이렇게 나오고 말았지."

"내가 억지를 부리니까."

"그런 게 아니야. 내가 널 만나고 싶어 하기 때문이지."

구라키의 시선을 똑바로 받으면서 리리코는 뭐라 대꾸할 말을 찾지 못한다.

"말해 줘, 리리코는 어떻게 하고 싶은 건지. 내가 어떻게 하면 좋겠는지."

가슴에 가득한 말 중에서 가장 어울리는 말을 고르고 싶은데, 리리코는 그걸 찾지 못했다. 나는 대체 구라키에게 뭘 바라고 있는 것일까. 우리 사이가 어떻게 되기를 바라는 것일까. 해답은 어디에 숨어 있는 것일까.

유키오는 일에 몰두했다.

때로 가슴이 꽉 죄는 것처럼 숨이 갑갑해지는 일도 있지만, 그런 때는 눈을 감고 천천히 호흡하면서 기분을 가라앉힌다. 그런 요령도 조금씩 터득하게 되었다.

그 후로 준이치는 연락이 없다. 어쩔 수 없는 일이라고 생각한다. 유키오의 메일을 준이치가 어떤 기분으로 읽었을지, 그걸 생각하면 우울해진다. 어떤 형태의 거절이든, 받아들이려면 거부감이 있을 것이다.

결국 이런 형태로 인연이 끊기고 말았지만, 앞으로도 긴 시간이 필요할 것이다.

그런 생각을 하고 있는데, 안내 데스크에서 "세마 씨라는 분에게서 전화가 왔어요. 3번 내선으로 연결할게요" 하는 연락이 왔다.

뭐지, 왜?

유키오는 긴장하면서 3번 버튼을 눌렀다.

"네, 다카히사입니다."

"세마라고 합니다."

준이치와 비슷하기는 한데 준이치 목소리는 아니었다.

"준이치의 아비 되는 사람입니다."

수화기를 든 유키오의 손이 파르르 떨렸다.

"이렇게 갑자기 연락을 해서 미안해요. 퇴근 후에 시간을 좀 내줬으면 하는데."

멈칫, 했다. 만나고 싶은 마음과 만나고 싶지 않은 마음이 반반씩 유키오를 뒤흔들었다. 대답을 망설이자, 세마가 호텔의 카페 이름을 말했다.

"몇 시든 괜찮아요. 나는 다섯 시부터 계속 거기 있을 테니."

퇴근을 할 때까지 유키오의 마음은 계속 오락가락했다. 가나자와의 이웃 동네에 살면서, 준이치의 아버지와는 한 번도 얼굴을 마주친 적이 없다.

만나서 무슨 얘기를 하면 좋단 말인가. 어떤 표정을 지으면 좋단 말인가. 과거에 무슨 일이 있었는지는 모르지만, 결국 엄마와 유키오를 버린 남자다. 엄마는 미혼인 채로 유키오를 낳았고, 끝내 유키오가 이 세상에 태어났다는 것조차 알리지 않은 채 죽고 말았다.

벌써 오래전에 잊었다 여긴 분노가 소리 없이 머리를 쳐들었다. 굳이 만나러 갈 일도 없다. 그렇다고 피할 필요도 없다. 유키오에게 만나지 못할 이유 따위는 하나도 없었다.

일이 끝난 것은 여섯 시가 좀 지나서였다. 일곱 시 조금 전, 카폐 문을 밀어 열었다. 중년의 남자가 안쪽에서 일어섰다. 세마가 틀림없었다. 유키오는 천천히 다가갔다. 두 시간이나 기다리게 한 셈이지만, 멋대로 기다린 것은 준이치의 아버지 쪽이다.

"이렇게 나오게 해서 미안하군."

세마가 말했다.

"아니에요."

유키오는 가볍게 머리를 숙이고 마주 보이는 자리에 앉았다. 커피를 주문했다. 커피가 나올 때까지 서로 입을 열지 않았다. 세마는 무슨 말부터 꺼내야 하는지 모르는 것 같았고, 유키오는 자신이 먼저 말을 꺼내고 싶은 마음이 없었다.

웨이터가 사라지자, 세마가 겨우 마음을 굳힌 듯했다.

"미안하게 생각해. …… 이런 말로 해결될 문제가 아니라는 것도 알고 있어. 정말 너에게는 무슨 말로 사과하면 좋을지 모르겠다. 미안하다. 진심으로 사과하마."

실제로 세마는 두 손을 무릎에 대고 머리를 푹 숙였다.

"나는 당신에게 사과를 받자고 이 자리에 나온 게 아닙니다."

"그래."

세마가 고개를 끄덕인다.

"대체 어디서부터 말하면 좋을지 ……. 며칠 전에 오토와 씨에게서 연락을 받았다. 그리고 처음 알았어. 변명으로 들릴지 모르겠다만, 네가 내 딸이라니. 그 연락을 받기 전까지는 전혀 몰랐다."

유키오는 놀라서 얼굴을 들었다.

"설마요."

"사실이야."

"어떻게 그럴 수가."

"미쓰코 …… 아니지, 네 엄마를 만난 후로 우리는 뭐랄까, 헤어지기 어려운 사이가 되었지. 그 마음에 거짓은 없었다. 지금도 그것만은 떳떳하게 말할 수 있어. 벌써 삼십 년이나 지난 옛일이지만, 나는 평생 그녀의 뒤를 보살필 생각이었고, 생활에 곤란을 겪지 않을 만큼은 도와줄 작정이었다. 그런데 도저히 해 줄 수 없는 것이 있었지. 결혼 말이야. 그리고 아이를 낳는 것도. 난 그녀도 내 생각에 동의하는 줄로만 여겼어."

세마가 무겁게 고개를 들었다.

"그런데 어느 날, 그녀가 갑자기 게이샤를 그만두고 가나자와를 떠나겠다고 했어. 이유를 물었더니, 결혼한다고 하더구나. 솔직히 놀랐어. 설마 그렇게 쉽게 마음이 변하리라고는 꿈에도 몰랐으니까. 그렇게 결혼이 하고 싶었는지, 결혼만 할 수 있으면 상대가 누가 되었든 상관없다는 건지, 지금 생각하면 착각도 이만저만한 착각이 아니었지. 하지만 그때는 배신을 당한 심정이었다."

"엄마의 말을 그대로 믿었다는 거군요."

"당시 아내가 좀 불안정한 상태였다. 발작적으로 무슨 짓을 저지를지 몰라서, 나도 상당히 곤혹스러운 시기였어."

문득 준이치가 했던 얘기가 떠올랐다. 가와데 노인이 실려 간 병원 대합실에서 들었던 얘기다. 어쩌면 모든 것은 유키오 엄마가 발단이었는지도 모른다.

"그리고 얼마 후, 그녀는 정말 게이샤를 그만두고 어디론가 사라지고 말았어. 남자로서 어디로 갔는지 찾는 짓은 하고 싶지 않았다. 그것이 그녀가 선택한 길이라면 받아들이자고 나 자신을 필사적으로 설득했지."

그리고 세마는 크게 숨을 내쉬었다.

"죽었다는 건 소문을 듣고 알았다. 그리고 한참 후에 오토와 씨가 양딸을 맞았다는 소식을 들었을 때, 혹시나 하는 생각은 했다. 그러나 설마 그러랴 싶었지. 너는 그녀가 결혼한 사람과 그녀 사이에 태어난 아이라고만 생각했어. 오토와 씨에게 물어도, 딱 잘라 그렇다는 대답밖에 듣지 못했다."

"얼마나 안도하셨겠어요."

그러지 않으려 하는데도 비난조가 되고 만다.

"그래. 부정하지 않으마. 그런 안도감이 없었던 것은 아니야.

…… 이제 다 끝난 일이다, 나와는 아무 관계도 없다, 그렇게 생각하다 보니 나도 모르게 모든 게 과거가 되고 말았다. 옛날에 가즈에마치에 그토록 사랑했던 게이샤가 있었다는 사실조차 기억이 희미해지고 말았어. 그런데 며칠 전에 오토와 씨에게 네 얘기를 듣고는 경악했다. 네가 나의 딸이라니 ……. 그 딸과 내 아들 준이치가 어떻게 ……."

"그렇지 않아요."

유키오는 분명하게 고개를 저었다.

"나와 준이치 씨 사이에 걱정하실 만한 일은 전혀 없었습니다. 준이치 씨는 좋은 친구예요. 그뿐입니다."

"그래 ……."

세마의 양 볼에 안도의 빛이 떠오른다.

한참이나 말이 끊겼다. 창문 너머 거리에는 벌써 화려한 네온 사인이 반짝이고 있다.

세마가 웅얼거리듯이 말했다.

"준이치에게도 언젠가는 이 얘기를 해야 하겠지."

"그건."

유키오가 얼굴을 들었다.

"그건, 서둘지 마세요."

"어째서지?"

"준이치 씨는 저와 달라서 직선적이니까요."

"너는 그래도 괜찮으냐?"

"네."

"알겠다. 그러면 그렇게 하마. 그보다 너에게 무엇으로 보상을 하면 좋을지, 지금은 그게 더 중요해."

"보상이라니요?"

"지금까지 너에게 아비로서 해야 할 일을 아무것도 해 주지 못했다. 그 점이 정말 후회스럽구나. 그러니 뭐든 말해 다오. 지금까지 어떤 이유로든 하지 못한 것까지 전부. 내가 할 수 있는 최대한 해 줄 생각이다."

유키오는 한참이나 침묵했다. 자신은 지금 뭘 바라고 있을까. 돈? 인정? 권리? 그 어느 것도 아니다. 생각해 봐도 아무것도 떠오르지 않았다.

"지금 이대로. 전, 지금 이대로도 좋아요."

유키오가 천천히 말을 시작했다.

"엄마는 당신에게 끝까지 제 존재를 알리지 않았습니다. 엄마 혼자서 저를 낳고, 혼자서 키우기로 결심했던 것이죠. 저는 엄마의 그런 결심을 존중하고 싶어요. 엄마도 그래 주기를 바랄 거예요. 그러니까 보상은 아무것도 필요 없습니다. 제게는 지금 할머니도, 엄마도, 동생도 있어요. 소중한 가족입니다. 당신에게 뭔가를 받지 않아도 충분히 만족스럽게 살고 있어요. 그러니까 당신이 해야 할 일은 없습니다."

엄마가 사랑했던 남자는 준이치의 아버지였다. 지금 와서 그 사랑을 빌미로 엄마나 지금 눈앞에 있는 세마를 원망해 봐야 아무 소용이 없다. 유키오가 준이치에게 이끌리기 훨씬 전에, 엄마는 준이치의 아버지를 사랑했다. 사랑하고 또 사랑해서, 유키오라는 딸을 낳았다. 그 과정에는 유키오가 모르는 젊은 엄마의 뜨거운 러브 스토리가 있었을 것이다. 그거면 족하지 않을까. 그렇게 모든 것은 완결되지 않았을까.

한숨

리리코 ✳

「퓨어 마인드」가 끝났다.

선방은 했지만, 결과적으로 드라마 부문에서는 시청률 5위에 그쳤다.

프로그램은 '전반의 신선함에 비해 후반은 전개가 그저 그랬다' 하고 혹평을 받았다. 리리코도 옳은 지적이라고 생각한다. 스토리의 힘을 따라 질주했던 전반부에 비해 후반 들어서는 거의 상식적으로 무난하게 마무리한 감이 있다. 비록 곤노 유리의 이미지를 해치지 않도록 써야 한다는 제약이 있었지만, 그래도 아이디어를 좀 더 짜냈어야 한다는 미진함은 아직도 남아 있다.

하지만 동시에 잘 해냈다는 생각이 드는 것도 사실이다. 처음 쓴 드라마 대본이 나름의 시청률을 올렸다. 나도 할 수 있다. 그런 자신감을 얻을 수 있었다.

다만 다음 일거리로 이어지지 않은 현실은 도무지 어떻게 손쓸 도리가 없다. 당연한 일이지만 리리코가 썼다는 사실은 공개되지 않으니, 어디에서도 드라마 대본을 써 달라는 의뢰가 들어오지 않는다. 이번에 받은 보수로 한동안은 버틸 수 있겠지만, 또 밤낮으로 대필 작가 일이나 아르바이트를 뛰어야 하는 날이 시작될지도 모른다.

곤노 유리는 '한동안 재충전이 필요합니다'라고 휴업 선언을 했다. 여성 잡지의 인터뷰에서 생글생글 웃는 유리의 얼굴은 집에서 보던 모습과는 딴판이었다. 아니, 정말 다른 사람이었을 것이다. 밖에 내보이는 얼굴과 내면으로 움츠러드는 얼굴. 아마 유리 자신이 그 사이에서 신음하고 있으리라.

지금은 유리에게 아무런 감정도 없다. 그런 것은 오래 가지고 있어 봐야 아무 쓸모가 없다. 앞으로 그 모녀가 어떤 식으로 살아갈지, 그건 그 두 사람이 결정할 일이다.

아무튼 무슨 일이든 해야 한다. 그런 생각으로 대필 작가 일거리를 종종 맡겨 주던 편집자를 찾아가 보았지만, 헛걸음이었다.

"미안해. 지금은 일거리가 없어. 다음에 연락할게."

"그래요. 그럼 일거리가 생기면 연락 부탁드릴게요."

단칼에 거절하면 물러나는 수밖에 없다. 한동안 「퓨어 마인

드」에 몰두하느라 출판사 일을 거절한 탓도 있다. 다음 일거리를 쉽사리 얻을 수 없는 것도 어쩔 수 없으리라.

돌아가는 길에 편의점에 들러 산 아르바이트 잡지를 저녁을 먹으면서 뒤적거렸다.

이제 곧 서른 살이 된다. 그렇게 젊지도 않은 데다 학력이나 경력이 없으면 좀처럼 좋은 조건의 일을 구하기 어렵다. 술집에서 일하는 것도 거부감은 없지만, 그 일도 스물다섯 살이라는 나이 제한이 있어 리리코는 본의 아니게 현실을 직시하게 되었다.

지금의 나, 괜찮은 걸까.

가슴속에 먹물처럼 불안이 퍼진다.

드라마 대본을 써 봐야 팔리지도 않고, 달리 일거리도 없어서 끼니도 제대로 못 먹다가 병에라도 걸리면 ……. 그러면 프리터라 아무 보험도 없는 나는 어떻게 될까.

문득 구라키가 한 말이 떠올랐다.

"만약 리리코가 원하면, 난 결혼 안 해도 돼."

리리코만 승낙하면 구라키는 지금도 리리코와 결혼하고 싶다고 한다.

만약 구라키와 결혼하면 …….

무심결에 그런 상상을 하고 있는 자신을 깨닫고는 우울해지고 말았다.

멍하니 있는데 전화벨이 울리기 시작했다.

"어, 나야. 시나다."

늘 그렇지만 시나다의 목소리는 온화하다. 전에는 그걸 어른스럽다고 느꼈다. 그런데 지금은 다르다. 혹시 감정이란 게 없는 사람 아닐까, 하고 느낀다.

"연락도 못 드렸네요."

리리코는 짧게 대답했다.

"시청률은 5위에 그쳤지만, 신인치고는 선전했어. 아니지, 잘해 줬어. 고마워."

"그래요. 저도 감사합니다."

칭찬하는 말이 왠지 시큰둥하게 들린다.

"그래서 말인데, 일을 좀 부탁할까 하고."

그 말을 듣고서야 목소리에 탄력이 붙었다.

"정말이요?"

"그럼."

"어떤 일인가요. 쓰고 싶은 얘기가 엄청 많은데."

"두 시간짜리 서스펜스 드라마야."

가슴이 뛰었다.

"서스펜스라고요? 와, 한번 써 보고 싶었어요."

벌써 머릿속에 몇 가지 아이디어가 떠올랐다. 어떤 소재를 쓸까. 아니지, 역시 새로운 걸 시도해 보는 게 좋겠어.

"그거 다행이군. 리리코에게 부탁하면 작가 선생님도 좋아하겠지."

"네 ……?"

리리코의 표정이 사라졌다.

"바쁜 선생님이라서 말이야, 혼자서는 다 커버가 안 돼. 지금 당장이라도 일에 착수해 줬으면 하는데, 언제부터 ……."

"잠깐만요."

리리코가 시나다의 말을 끊었다.

"그거 또 어시스턴트 일인가요?"

"아, 그렇지. 하지만 걱정할 거 없어. 지난번 같은 일은 생기지 않을 테니까. 그건 내가 보장하지."

시나다의 보장 따위는 상대할 마음이 없다.

"언제부터 시작할 수 있겠나?"

리리코는 가슴 저 밑바닥에서 끓어오르는 것을 억누르면서 대답했다.

"이제 어시스턴트 일은 안 할 거예요."

"뭐? 지금 뭐라고 했지?"

시나다가 되물었다.

"어시스턴트 일, 다시는 안 하겠다고 했어요."

잠시 시나다가 말이 없었다.

"현명한 선택이 아닐 텐데."

시나다의 목소리에 빈정거림이 섞여 있다.

"무슨 뜻이죠?"

"너는 아직 무명의 신인이야. 일을 골라 가며 수 있는 입장이 아니라고. 기회가 어디에서 굴러 들어올지 알 수 없잖아. 그러니 일단은 뭐든 해 봐야지. 길은 그런 다음에 개척하는 거야."

분하지만, 시나다의 말에도 일리가 있다. 리리코는 반론을 제기하지 못했다.

"게다가 말이야, 나를 적으로 돌리면 앞으로 여러 가지 곤란한 일이 생길 수도 있다고. 이 바닥에서 계속 활동하고 싶잖아."

이 사람은 대체 ……. 리리코는 숨을 크게 내쉬었다.

"시나다 씨."

"그래, 말해 봐."

"어시스턴트 일을 하지 않겠다는 말은 취소하죠. 대필이든 뭐든 열심히 할 거예요."

"그래, 잘 생각했어."

"하지만 신뢰할 수 없는 사람과는 일하지 않습니다. 그렇게 말을 바꾸죠."

"너 ……."

순간, 시나다가 말을 잃었다.

"시나다 씨는 약속을 지키지 않는 사람이에요. 그건 신인이든 베테랑이든 상관없죠. 약속은 어디까지나 약속이니까요."

시나다는 기가 차다는 듯이 말을 되받았다.

"모든 일에는 사정이라는 게 따르는 법이야. 그렇게 어린애처럼 굴다가 정말 밥 굶는 수가 있어. 그래도 좋은가?"

"그래서 밥을 굶게 된다면 오히려 원하는 바예요. 하지만 나는 언젠가 반드시 드라마 작가로 성공할 겁니다. 대박도 치고, 시청률도 1위를 할 거예요. 그때 시나다 씨가 찾아와서 머리를 숙여도 절대 받아들이지 않을 거고요. 지금 그렇게 결심했어요."

"하하하 ……."

시나다가 웃었다.

"그거 좋지. 의욕만큼은 높이 사 주겠어. 하지만 그렇게 큰소리쳤다가 사라진 신인이 널렸다고."

"그렇군요. 그래도 내 맘대로 하겠습니다. 내 인생이니까요. 그럼, 그만 끊을게요."

전화를 끊고서 한참이나 얼떨떨했다.

말 한번 잘했다고 칭찬해 주고 싶은 마음, 그런 말을 했으니 이제 어쩔 거냐고 한숨을 쉬는 마음, 두 마음이 있었다. 하지만 이렇게 된 이상, 어떻게든 드라마 작가로 성공하고 싶다는 의지가 한층 견고해졌다. 다시 한 번 공모전에 도전하는 것도 좋고, 다른 방송국이나 영화사에 시나리오를 보내는 방법도 있다. 어떻게든 쓰고 또 쓰고 또 써야 한다.

그러기 위해서는 시간과 돈이 필요했다.

또 전화벨이 울렸다. 시나다면 이번에는 또 무슨 말로 반격을 해야 하나 잔뜩 무장하고 받았는데, 시노였다.

"리리코, 큰일 났어."

❇ 유키오

유키오는 사카에 지하 쇼핑가에 있는 선술집에서 상사를 비롯해 동료들과 건배를 하고 있었다.

아파트 분양이 완판된 것이다.

이제 드디어 무거운 짐을 내려놓게 되었다. 당연하지만, 물건은 완판을 전제로 재건축에 들어갔고, 만약 남는 물건이 있으면 그 부담은 고스란히 회사가 떠안게 된다. 남은 물건이라고 가격을 내리면 이번에는 먼저 입주한 주민들에게서 불만이 터져 나온다. 그러다 까딱 잘못하면 소송으로 발전할 수도 있다. 아무튼 아파트가 완공될 때까지 모델 하우스에 붙어 있는 그래프의 가가호호에 빨간 장미를 피울 것. 아슬아슬하기는 했지만 그 목표를 달성했다는 성취감에 뒤풀이 자리도 시끌벅적했다.

다만 그런 분위기 속에서도 유키오는 왠지 마음이 편치 않았다.

회사에서 나올 때 상사가 한 말 때문이다.

"다카히사를 이다음 어디로 보내야 하나."

회사에서 가라고 하는 장소로 가서 그곳에 아파트를 새로 짓든지 재건축을 하고 월급을 받는다. 간단히 말하면 그게 유키오의 일이다. 그렇게 일본 전국을 돌아다닌다. 그러니 몇 년 간격으로 전근을 해야 하는 것은 당연하고, 처음부터 각오한 일이기도 하다. 그게 커리어를 쌓는 길이라는 것도 알고 있었다.

바로 얼마 전까지는 가나자와로 가면 좋겠다고 생각했다. 이삼 년 정도 고향에서 오토와와 시노와 함께 지내고 싶었다. 물론 거기에 준이치라는 존재가 포함되어 있었다는 것도 부정할 수 없다.

하지만 지금은 돌아갈 수가 없다. 아직도 놀람과 실망이 진하게 남아 있어 준이치의 얼굴을 마주할 용기가 없다. 준이치가 아직 사실을 모르고 있다면 어떤 식으로 만나야 하는지도 모르겠다. 만약 알고 있다면, 서로가 숨이 막히도록 신경을 써야 할 것이다.

가나자와가 아니면 어디든 좋았다. 북쪽이든 남쪽이든, 아예 일본을 떠나도 좋다.

그날은 열 시가 넘어서야 자리가 끝났다. 집에 도착하자 열한 시에 가까웠다. 문을 열고 들어서니, 전화기의 빨간 램프가 깜박거리고 있었다.

"리리코인데, 집에 들어오면 전화해 줘. 늦은 시간이라도 나는 괜찮아."

유키오는 옷도 갈아입지 않고 바로 전화를 걸었다.

벨이 두 번 울지도 않았는데 받았다는 것은 리리코가 줄곧 전화를 기다리고 있었다는 뜻이다.

"늦어서 미안해. 무슨 일 있어?"

그렇게 묻자, 리리코는 안부 한마디 없이 대뜸 용건을 말했다.

"저녁때 엄마에게 전화가 왔었어. 유키오 휴대전화에도 걸었는데 안 받는다고 하면서."

"지하 쇼핑가에 있었거든. 그런데 왜?"

리리코는 리리코답지 않게 목소리를 낮췄다.

"저 있지, 사와키 씨가 쓰러지셨대."

"뭐 ……?"

자기도 모르게 목소리가 높아졌다.

"오늘 아침 일이라서 아직 자세한 것은 잘 모른대. 하지만 뇌출혈이나 뇌경색이 아닐까 한다네."

"어떻게 그런 일이."

오토와의 얼굴이 떠올랐다. 결혼식 날이 머지않은데, 이런 불상사가 생기다니.

"그래서 할머니는?"

"아침부터 계속 사와키 씨 옆에서 간병하고 있는 것 같아."

"어쩌니 ……."

하느님은 어쩌면 이렇게도 사악할까. 바로 얼마 전까지, 가족 모두가 앞날의 행복에 들떠 있었다. 오토와와 시노의 결혼, 리리코의 드라마 작가 데뷔, 그리고 유키오도 시작되고 있는 새로운 사랑의 예감에 가슴이 부풀어 있었다. 그런데 지금은 하나같이 부서지고 일그러진 모습으로 실의에 빠져 있다. 마지막 남은 오토와만이라도 행복해 주기를 모두가 그렇게 바랐건만.

"그래서 말인데, 가게 일손이 부족해. 새 사람은 다음 달에야 올 수 있다고 하고. 그래서 일단은 내가 내려가기로 했어."

"일은 어떻게 하고?"

"그건 아무 문제없어. 그냥 내게 맡겨."

"미안해. 늘 네게만 맡겨서."

"괜찮아. 유키오는 회사에 매인 몸이니까 무리할 거 없어. 아무튼 난 내일 가나자와로 내려갈 거야. 언니도 시간 되면 주말에 내려와."

"그래, 알았어. 그렇게 할게."

다음 날, 유키오는 가나자와에 있는 가족들을 염려하면서도 평소대로 일을 했다. 아파트 분양은 완판되었지만, 정리할 일이 산더미처럼 남아 있었다.

아침부터 계속 컴퓨터 앞에 앉아 있는데 좀처럼 일이 진척되지 않아 조금 짜증이 났다.

지금쯤 리리코는 가나자와 집에 도착했을까. 오토와는 어쩌고 있을까. 결혼을 코앞에 두고 이런 일이 생겨 얼마나 상심하고 있을까. 심지가 굳은 사람이지만 몹시 당황하지 않았을까.

그런 생각을 하다 보면 키보드를 치다가도, 그만 손이 멈추고 만다.

잠시 기분 전환을 하자 싶어 유키오는 사내의 신규 프로젝트 몇 건의 개요를 훑어보았다.

어디로 전근을 가게 될지는 알 수 없다. 그래도 관심 있는 프로젝트가 있어 넌지시 상사에게 전하면, 그곳으로 발령이 나는 경우도 있다. 지난 십 년 동안에 지은 지 삼십 년이 넘은 아파트가 1백만 동에 달했다는 사내 데이터도 있다. 재건축이나 리모

델링의 수요가 점차 늘어나 유키오의 일도 계속 늘어나고 있다.

불쑥 눈에 띄는 프로젝트가 있었다.

동남아시아의 어느 리조트 호텔 개축 공사였다. 그 지명에 눈길이 간 것은, 전에 준이치가 목재 수입 때문에 간 적이 있다고 했던 나라였기 때문이다. 그 나라의 산에서 준이치는 나무의 정령을 만났다고 했다. 준이치는 그 일을 계기로 회사를 그만두고, 지금은 가드닝 일을 하고 있다. 그리고 언젠가는 나무를 지키는 직업을 갖고 싶다는 소망을 품고 있다.

1970년대, 해외여행 붐을 타고 세워진 호텔은 바다에 근접해 있는 탓에, 사진으로만 봐도 상당히 낙후되어 있었다.

나무의 정령과 공존하는 리조트 호텔 ……. 만약 그런 일을 할 수 있다면.

유키오는 자료에 정신이 팔렸다.

금요일, 유키오는 일을 끝내자마자 열차를 탔다.

'다카히사'의 문턱을 넘은 것은 밤 아홉 시 무렵이었다.

시노와 리리코가 카운터 안에서 유키오를 맞아 주었다.

"나 왔어."

"그래, 어서 와."

리리코는 티셔츠에 청바지 차림이고, 그 위에 오토와의 흰 앞치마를 두르고 있었다. 어울린다고는 할 수 없지만, 어딘지 모르게 오토와와 분위기가 비슷하게 느껴져 신기했다. 생긴 것도 체형도 전혀 다른데, 오토와가 늘 있는 장소에 푸근하게 자리하고 있다. 부부는 세월이 흐르면 서로 닮는다고 하던데, 가족이란 것도 핏줄과는 상관없이 오래 같이 살다 보면 공통된 무언가를 갖게 되는 모양이다.

카운터에 앉아 있는 손님들은 유키오도 잘 아는 상점가의 가게 주인 셋이다.

"여, 유키오 아니야. 잘 왔어."

"안녕하세요. 이렇게 늘 찾아 주셔서 고마워요."

유키오는 카운터 구석 자리에 앉았다.

"리리코, 이노우에 씨에게 두부 연잎찜 드려."

시노가 바삐 말한다.

"네!"

리리코는 일을 거들고 있다는 것이 좀 쑥스러운 표정이다.

어렸을 때부터 잘 아는 가게 주인 하나가 그런 리리코에게 한마디 농담을 던졌다.

"리리코가 잘하면 아주 멋진 여주인이 되겠는데."

"'잘하면'이란 말은 빼 주세요."

리리코가 냉큼 받아친다.

어렸을 때는 거의 장난 삼아 가게 일을 돕겠다고 나섰는데, 어른이 되고부터는 도울 기회가 거의 없었다. 늘 카운터 앞에 앉아 오토와와 시노가 내주는 음식을 먹기만 했다.

"할머니는 지금 뭐 하고 있어?"

"그게 있지."

시노가 손님들을 상대하는 틈에 리리코가 작은 목소리로 소곤거렸다.

"오늘도 아침부터 병상을 지키고 있어."

"사와키 씨 상태는 어떤데?"

"위기는 넘겼고, 지금은 꽤 안정적이야. 의식도 분명하고, 대화도 그런대로 가능하대."

유키오는 자기도 모르게 숨을 몰아쉬었다.

"아아, 다행이다."

"그런데 앞으로가 더 큰일인가 봐. 후유증이 있다고 하니까."

"뭐 ……."

듣는 순간 기운이 쭉 빠졌다.

"자세한 건 나중에 얘기할게. 아무튼 지금은 그래. 사와키 씨네 쪽에서도 여러 가지로 생각이 많은가 봐."

"할머니와의 결혼에 대해서?"

"그렇지."

그러고 나서 리리코는 힐금 벽시계를 쳐다보았다.

"슬슬 할머니가 병원에서 돌아올 시간이야. 언니 먼저 집에 가 있을래?"

"그래, 알았어."

"우리도 최대한 빨리 문 닫고 갈게."

집에서 기다리고 있자니, 열 시가 조금 지날 무렵에 오토와가 돌아왔다. 다실에 있던 유키오는 현관문이 열리는 소리에 얼른 일어나 할머니를 맞았다.

"할머니, 저 왔어요."

현관에서 조리를 벗으면서 오토와는 천천히 얼굴을 들고 희미하게 미소 지었다.

"아, 유키오 왔니."

지친 얼굴이었다. 평소 일흔 가까운 나이를 실감한 적이 없는데, 지금은 표정과 몸짓에서 나이가 확연하게 드러나 유키오는 가슴이 아팠다.

이런 때는 어떤 말을 건네야 좋을지 모르겠다.

"큰일이네, 사와키 씨."

"그래. 이런 일이 생길 줄이야 꿈에도 몰랐다."

피곤한 탓인지 목소리까지 잠겨 있다.

다실로 들어가자 오토와가 새삼스럽게 유키오를 쳐다보았다.

"그보다 유키오, 아직 사과를 제대로 못했구나. 그렇게 중요한 얘기를 전화로 끝내 버려서 줄곧 마음에 걸렸어."

유키오의 출생에 관한 얘기다.

"좀 더 빨리 사실을 알려 줬어야 하는 건데. 하루하루 미루다 그렇게 되고 말았구나. 너에게 뭐라 사과하면 좋을지, 정말 미안하다. 용서해 줘."

유키오는 얼른 고개를 저었다.

"아니야, 할머니. 할머니 탓이 아닌걸 뭐. 나도 어렸을 때부터 내게 여러 가지 사연이 많다는 건 알고 있었어. 그리고 준이치는 정말 그냥 친구니까, 걱정 안 해도 돼."

준이치라는 이름을 듣자 오토와의 표정이 한층 더 흐려진다. 유키오의 마음속을 다 들여다보고 있는 것이리라.

"정말이지, 일이 이렇게 되다니."

오토와가 고개를 푹 숙이면서 눈길을 떨궜다.

"할머니, 난 다카히사 집안의 딸이야. 그런 일로 꺾이지 않으니까 괜찮아. 골치 아픈 그런 사정들, 벌써 다 잊어버렸어. 그러기로 했어. 그러니까 할머니도 그냥 잊어버려."

그 말을 듣고서야 오토와는 안심이라는 듯이 중얼거렸다.

"그래, 유키오가 그렇게 생각한다니 조금은 짐이 가벼워지는구나."

지금 와서 준이치에게 미련 따위는 없다. 눈물을 흘리고 고민해 봐야, 선택의 여지가 없다. 사실을 현실로 받아들이는 것밖에 방법이 없다. 지금의 유키오에게, 아니 준이치에게도 필요한 것은 시간뿐이다.

그러나 유키오는 그 일 이상으로 눈앞에 있는 오토와가 걱정이었다.

"저녁은 먹었어? 뭐 좀 만들까?"

"병원에서 먹고 왔다."

사와키가 쓰러진 지 나흘. 오토와까지 무척 초췌해 보인다. 먹은 것 같지는 않은데, 그렇게 말하니 어쩔 수 없다.

"그럼 차라도 끓일까? 아 참, 나고야 역에서 이것저것 사 왔어. 할머니, 같이 먹자."

오토와가 고개를 저었다.

"미안한데, 할미는 좀 자야겠구나."

유키오는 주전자로 손을 내밀다 말았다.

"그래, 할머니. 피곤할 테니 그러는 게 좋겠다."

"그럼, 할미 먼저 잔다."

오토와가 자기 방으로 들어간 후, 유키오는 샤워를 하려고 갈아입을 옷을 들고 복도로 나갔다. 그러다 걸음을 멈췄다. 오토와의 방에서 뭔가 떨리는 듯한 흐느낌이 희미하게 새어 나왔다.

유키오는 그 자리에 소리 없이 멈춰 섰다. 어렸을 때부터 늘 꿋꿋한 모습만 보였던 오토와였다. 언제나 등을 꼿꼿하게 펴고 가나자와 사투리로 또랑또랑하게 말했다.

오토와만큼 강한 사람은 없다고 생각했다. 그랬던 오토와가 사랑하는 남자의 몸을 걱정하며 울고 있다. 유키오는 가슴을 에는 듯한 애처로움과 감동을 느꼈다.

다음 날 오전, 조금 늦은 아침을 먹기 위해 넷이 한자리에 모였다.

늘 수다스러웠던 식탁과는 거리가 멀었다. 침묵에 싸인 시간이 지나고, 식사가 끝나기를 기다렸다는 듯이 시노가 머뭇거리며 말을 꺼냈다.

"어머니, 실은 어제 사와키 씨네 아드님에게 연락을 받았어요."

"그래, 뭐라고 하더냐?"

오토와는 호지차를 한 모금 마셨다.

"그게 ……."

"신경 쓸 거 없다. 편하게 말해."

오토와의 채근에 시노가 털어놓았다.

"아드님은 사와키 씨가 저렇게 된 이상, 결혼을 없었던 일로 하고 싶다고 ······."

어젯밤에 리리코에게서 대충은 얘기를 들었다. 사와키는 뇌경색으로 쓰러졌고, 생명에 지장은 없지만 우반신 마비와 심하지는 않아도 언어 장애가 남을 것이라고 한다. 곧바로 재활에 들어갈 테지만 나이가 나이인 만큼 어느 선까지 회복될 수 있을지 현재로서는 예측할 수 없다. 설령 회복된다 해도, 자리보전할 가능성이 크다는 것은 부정하기 어렵다고 한다.

"그쪽은 몸이 불편한 아버지를 수발 들라고 어머니에게 결혼해 달라고 할 수는 없대요."

오토와는 그저 듣고만 있다.

"어머니 걱정도 많이 하는 것 같아요 ······. 게다가 이건 사와키 씨의 의향이기도 하다고 재차 강조해서 ······. 어머니, 사와키 씨가 그런 말씀을 하시던가요?"

"그래, 그러더구나. 이제 병원에 오지 말라고."

유키오는 오토와를 쳐다보았다. 오토와는 지금 무슨 생각을 하고 있을까.

결혼을 하게 되면 앞으로 남은 오토와의 인생이 사와키를 수발하다가 끝날 수도 있다. 기대가 컸던 둘만의 신혼여행도, 온천도 가기 어려울 것이다. 두 사람이 그린 미래가 한순간에 뿌리째 뒤집히고 말았다.

"그래서 어머니는……."

"그런 청을 내가 '아이고 그래요' 하고 받아들일 리가 없지 않니. 웃으면서 딱 부러지게 거절했다. 당신이 뭐라 해도 옆에 있겠다고."

오토와는 별일 아니라는 듯이 말했다. 그리고 찻잔을 내려놓고 시노와 리리코, 그리고 유키오를 고루 바라보았다.

"정식 결혼은 아직 안 했지만, 난 말이지, 사와키 씨와 결혼 약속을 한 때부터 부부가 되었다고 생각한다. 부부는 서로 도우면서 사는 게 당연한 거야. 나는 사와키 씨에게 뭘 바라고 결혼하겠다고 나선 것이 아니야. 난 사와키 씨에게 뭔가 해 주고 싶어서 결심한 게다. 사와키 씨가 죽지 않아서, 하느님이 얼마나 고마운지 모른다. 사와키 씨가 살아 있으니 나도 살아갈 수 있어. 사와키 씨를 위해서가 아니야. 희생을 치른다는 생각도 없고. 나를 위해서 사와키 씨 곁에 있겠다는 거다. 그게 전부야."

오토와의 표정에 망설임은 없었다.

그 자리에 있는 것은 한결같은 마음으로 결심한 자만이 지닐 수 있는 당당함으로 가득한, 한 인간이었다.

주홍빛 하늘

오후, 리리코는 툇마루에 걸터앉아 마당을 바라보았다.

좁은 마당에 빨간 베고니아 꽃이 귀엽게 피어 있다. 어느 틈에 가나자와는 완연한 가을로 물들어 있다.

오토와의 말이 줄곧 귓가에 맴돌았다. 그 말에는 결혼의 무게가, 아니 누군가를 사랑한다는 것의 깊이가 분명하게 존재했다.

그런데 나는 어떤가. 어떤 마음으로 구라키를 생각했던가.

온갖 일들이 떠올랐다.

구라키와 처음 만났을 때. 정신없이 사랑에 빠졌을 때. 서로를 부둥켜 안고 아침까지 얘기를 나누었던 수많은 밤. 구라키에게서 꿈을 포기하겠다는 말을 들었을 때는 반발심에 구라키를 심하게 몰아세우기도 했다. 그리고 그 후, 부자연스러운 형태로 계속된 구라키와의 만남.

그러나 언제든 리리코 옆에는 구라키가 있었다. 실제로는 없어도, 분명하게 늘 존재했다. 리리코는 휴대전화를 들었다.

"여보세요. 나야, 리리코."

"어, 웬일이야?"

귀에 익은 구라키의 목소리가 살며시 가슴에 흘러든다.

"지금, 통화 괜찮아?"

"응. 얘기해."

"나, 지금 가나자와에 있어. 일손이 좀 부족해서, 한동안 여기서 가게 일을 거들려고 해."

"그래. 효도하러 갔구나."

"늘 내 멋대로 사니까, 이런 때도 있어야지. 일종의 보답이랄까."

"잘했네. 보답 많이 하고 와."

리리코가 잠시 말을 끊었다. 지금부터 하려는 말이 자신의 마음을 제대로 전해 줄 수 있을지 조금 불안했다.

"왜 말이 없어?"

"저 있지, 지난번에 내가 했던 말 말인데, 내가 틀렸어."

"뭐?"

"나 잘났다고 늘 멋대로 굴고, 모든 걸 내 기준으로 생각했다는 거, 이제야 깨달았어."

"무슨 소리를 하는 거야?"

구라키의 목소리에 이상하다는 눈치가 섞인다.

"그때, 내가 원하는 대로 하겠다고 했지?"

"지금도 그 마음은 변함없어."

"사실은 정말 기뻤어. 난 늘 심한 말만 했는데, 그 말을 듣고 얼마나 든든했는지 몰라."

"리리코."

"그런데 지금은 그런 나 자신이 너무 부끄러워."

리리코는 조용히 숨을 내쉬었다.

"너랑 결혼하면 아르바이트하느라 동분서주할 필요도 없어진다, 생계는 너에게 맡기고 난 마음껏 드라마에 몰두할 수 있다, 그렇게 편한 일이 어디 있을까 생각했던 거지."

"그래도 난 괜찮은데."

"하지만 그런 건 결혼이 아니야."

구라키는 말이 없다.

"나는 너랑 결혼하면 내게 무슨 이득이 있을까, 그런 생각만 했어. 네가 뭘 해 줄 수 있을까, 나는 얼마나 편히 살 수 있을까, 그런 생각만. 그런데 내가 너에게 해 줄 수 있는 건 하나도 없어. 아니, 솔직하게 말하면 뭔가 해 줄 수 있다는 생각 자체가 없었어. 그러니까 난 그저 자신이 품고 있는 불안을 해소하고 싶었을 뿐이더라고. 그 생각밖에 하지 못했던 거지."

가을바람이 리리코의 맨발을 싸늘하게 스치고 지나간다.

"최악이야. 나는 똑똑하지는 않지만, 그래도 교활한 짓은 하지 않았어. 내가 그런 사람이라는 것이 나 자신을 긍정할 수 있는 유일한 요소였는데 ……."

"리리코, 그렇게 복잡하게 생각할 거 없잖아. 누구든 불안을 해소하기 위해서 갖가지 수단을 생각한다고."

"네가 해 주는 것만 바라지 않고, 나도 뭘 해 줄 수 있게 되고 싶어. 그런데 지금의 나는 그럴 여유가 없어. 나 하나만으로도 벅차. 과연 언제가 되어야 그런 마음을 갖게 될 수 있을지도 모르겠어. 그러니까 너에게 그녀와 결혼하지 말라는 말은 도저히 못하겠어."

"그렇군."

구라키는 어떻게 말하면 좋을지 한참이나 우물거렸다.

"이런 마음을 너에게 전하고 싶었어."

말을 다하고 나니, 몸에서 힘이 쭉 빠지는 것을 느꼈다.

"리리코, 네 말대로 나는 꿈을 포기했어. 한 가지를 포기하면 그다음 걸 포기하기도 쉬워지지. 그렇게 기개 없는 남자로 변해 가는 것도 별 어려움 없이 받아들이게 되었어. 하지만 이번에는 포기하지 않으려고 해. 리리코, 너를 말하는 거야. 서두를 필요는 조금도 없어. 리리코가 내게 뭘 해 주고 싶어질 때까지, 그런 여유가 생길 때까지 기다릴게."

"그래도 괜찮겠어?"

"내가 지금 리리코에게 해 줄 수 있는 것은, 그뿐이야."

말이 나오지 않았다. 무슨 말을 하려 하면, 그보다 먼저 다른 것이 넘쳐날 것 같았다. 그래도 리리코의 마음은 구라키에게 분명하게 전해졌다고 확신할 수 있었다.

어느 틈엔지 가을 하늘에 주홍빛이 엷게 번지기 시작했다.

유키오는 티슈 상자를 들고 리리코에게 다가갔다.

"자, 여기."

"엇, 아, 고마워."

얼굴을 든 리리코는 상자를 받아들고, 세 장 정도 뽑아 코를 풀었다.

유키오도 나란히 툇마루에 걸터앉았다.

"들으려고 한 건 아닌데, 듣고 말았어. 그래도 아주 조금이야."

"괜찮아."

"좋은 얘기라고 생각해도 되는 거지? 내가 듣기엔 그런 분위기던데."

리리코가 수줍게 어깨를 으쓱했다.

"응, 좋은 얘기였어."

"잘 됐다. 그럼 카메라맨이랑 얘기가 잘 풀린 거네."

"지금은 카메라맨이 아니라 사진관 아저씨야."

"얘는, 아저씨가 뭐니."

리리코가 또 어깨를 으쓱한다.

"좋은 얘기이긴 하지만, 완전히 그렇다고도 할 수 없어. 결론이 날 때까지는 시간이 많이 걸릴 거야."

"시간이 얼마나 걸리든, 지나고 나면 순식간이야. 특히 리리코처럼 하고 싶은 일이 꽉꽉 들어찬 사람에게는."

유키오의 말에 리리코는 한숨을 한 번 내쉬었다.

"그렇게 잘되면 좋겠어. 하고 싶은 일과 그 일의 결과가 반드시 같은 값이 아니라는 것을 지금은 절감하거든."

"그렇구나. 드라마 작가의 길이 쉽지는 않은가 보네."

"앞이 전혀 보이지 않아. 정말 먼 길이다 싶어."

"그런데 정말 드라마 작가여야만 하니?"

유키오의 질문에 리리코가 고개를 들었다.

"무슨 뜻이야?"

"아무것도 모르는 내가 무책임하게 하는 말로 들릴지도 모르겠는데, 여러 가지 길이 있지 않을까? 리리코는 어렸을 때부터 이야기 짓기를 좋아하고 또 잘했잖아. 여름방학 때, 체험학습을 가면 리리코가 지어낸 귀신 이야기를 듣느라 다들 잠을 못 자기도 했고."

"그래, 그런 일도 있었네."

리리코가 키득 웃었다.

"초등학생 때는 동화도 쓰고, 그림 잘 그리는 애랑 만화를 만들기도 했잖아. 중학생 때는 여름방학 자유 과제로 소설을 써낸 적도 있었고. 그러니까 그런 길도 있지 않나 해서. 그런 쪽은 안 되는 거야?"

"뭐, 안 될 건 없지만 ……."

"리리코는 기본적으로 사람들을 놀라게 하고, 울게 하고, 아프게 하고, 또 즐겁게 하는 걸 좋아하잖아. 그건 꼭 드라마 작가여야 할 수 있는 일은 아니라고 생각해."

말해 놓고서, 유키오는 조금 걱정스러웠다.

"미안. 내가 괜한 소리를 했나 봐."

"아니, 그렇지 않아. 지금 갑자기 안개가 좀 걷힌 느낌이야. 드라마 작가가 되는 게 꿈이라고 선언했으니까 그 길밖에 없다고 생각했는데, 시작은 바로 그 지점이었다는 걸 지금 깨달았어."

"그렇지."

"응 ……. 천천히 생각해 볼게."

"그래, 다행이다."

그리고 유키오가 하늘을 올려다보았다.

"아, 벌써 가을이네."

"정말, 하늘 색이 여름과는 전혀 달라. 이렇게 싸늘한 파란색도 좋다."

"가나자와에 어울려."

리리코는 약간 정색하고 유키오를 돌아보았다.

"그런데, 언니."

"응?"

"괜찮은 거야? 질문이 너무 단순하지만."

리리코가 하고 싶은 말이 뭔지, 유키오는 물론 잘 알고 있다.

"응, 괜찮아."

"세상에는 참 여러 가지 일이 많네."

"그러게, 정말 그래 ……. 그래도 무슨 일이 생기든 길게 생각하고, 대범하게 받아들이고 싶어, 할머니처럼."

"아까 할머니 말, 진짜 대박이었지."

"응. 완전히 두 손 들었지 뭐."

"언니라면 그렇게 될 수 있을 거야. 할머니의 피는 잇지 않았지만, 마음만은 속속들이 물려받았으니까."

"치, 리리코는 안 그렇고."

"그럼. 우리 엄마도."

"나이를 먹으면서 우리 네 사람 정말 점점 닮아 가는 것 같아."

베고니아 이파리 밑에서 찌르찌르 풀벌레 소리가 들린다. 아직은 조심스럽지만, 이제 조금 있으면 시끄러울 정도로 무성해지리라.

가나자와의 가을은 짧다. 그렇기에 더욱이 풀벌레들은 몸을 불사르듯 사랑을 한다.

다음 날 오후, 유키오는 가나자와 역으로 가는 버스에 몸을 실었다. 다음에는 오토와의 결혼식 때에나 내려오게 될 것이다. 사와키의 병세를 생각하면 어떤 형태의 식이 될지 가늠하기 어렵지만, 오토와는 모든 것을 예정대로 진행할 생각인 듯하다. 오토와 나름의 결심이기도 하리라.

버스가 무사시가쓰지 네거리에서 신호에 걸려 멈췄다. 그때, 무심히 반대쪽 보도로 눈길이 갔다. 그러다 가슴이 쿵 내려앉았다. 준이치의 모습이 거기 있었던 것이다.

가슴속이 다시 아프기 시작한다. 하지만 그 아픔은 이제 유키오를 궁지로 내몰지는 않는다. 오히려 그리움마저 느껴지는 아픔이다.

생각 탓인지, 준이치는 어깨를 축 늘어뜨리고 있는 것 같다. 아버지에게 모든 얘기를 들은 것일까. 아니면 아직일까. 어느 쪽이든 준이치 역시 여러 가지로 생각한 후에는 지금의 유키오와 같은 심정에 도달하지 않을까.

안녕.

유키오는 조그맣게 중얼거렸다.

다음에 얼굴을 마주할 때는 지금까지와는 전혀 다르게 '안녕'
이라 말할 수 있는 그날을 기다리기 위해서.

마침내 신호가 바뀌어 버스가 다시 달리기 시작했다. 준이치
에게서 눈을 돌려, 유키오는 앞을 향했다.

그때는 이미 월요일에 출근하면 동남아시아 리조트 호텔 개축
현장으로 전근 신청을 하자고 생각하고 있었다.

리리코도 일단 도쿄로 돌아갔다.

쌓인 우편물을 한 차례 훑어보고, 방 안을 환기시켰다. 신문
은 구독을 정지했고, 집으로 오는 전화는 휴대전화로 받을 수 있
게 조치해 두었다. 메일은 노트북을 들고 다니기 때문에 문제가
없다.

도쿄로 온 첫 목적은 야스코의 가게에 가서 주문한 앞치마를
찾는 것이었다. 며칠 전에 전화 연락이 있었다.

"어서 오세요."

맞아 주는 야스코의 웃는 얼굴이 반가웠다. 만날 때마다 야스
코와의 거리가 조금씩 좁혀지는 것을 느낀다.

"아주 멋진 색으로 염색이 잘 나왔어요."

"기대하고 있었어요."

야스코는 눈앞에 앞치마를 펼쳤다. 앞치마를 손에 들고, 리리코는 이 색으로 정하길 정말 잘했다고 생각했다. 야스코 말대로 품위 있는 색상이다. '다카히사'라는 글자도 또렷하게 보이고, 이 정도면 시노가 가진 기모노에도 모두 잘 어울릴 듯하다.

"시노 씨가 마음에 들어 하시면 좋겠네요."

"반드시 좋아할 거예요. 정말 멋진 색이네요."

"그럼, 포장할게요."

포장하는 야스코의 손을 바라보면서 리리코는 말했다.

"지난번에도 말했지만."

"네?"

"언젠가 이 앞치마를 두른 가나자와의 엄마를 만나 주세요."

야스코가 손길을 멈추고, 얼굴을 들었다.

"그래요. 정말, 그러고 싶네요."

그리고 조금은 난감한 기색으로 고개를 살짝 숙였다.

"내게 가나자와는 아직 문턱이 높은 곳이에요. 지금은 내려가려니 용기가 좀 부족하네요. 많은 분들에게 폐를 끼쳤거든요. 하지만 언젠가 꼭 만나러 갈게요. 리리코를 이렇게 훌륭하게 키워 주신 분들에게 고맙다는 인사를 하러, 언젠가는 꼭."

"엄마도 그날을 기다릴 거예요."

도쿄에서 하루만 묵고, 다음 날 바로 고속버스를 탔다. 가게 문을 여는 저녁 시간 전에 도착하고 싶었다.

도착하면 당장이라도 앞치마를 전하고 싶었지만, 가게 일을 도와 줄 새 사람까지 와서 진짜 신장개업을 하게 되는 시점에 선물하기로 유키오와 정했다. 그러니까 그때까지는 참기로 했다.

새 사람은 오토와의 결혼식 당일에 오는 것 같다. 원래는 조금 더 빨리 올 예정이었는데, 사정이 생겨서 늦어진다고 한다.

소개해 준 사람은, 오토와와 시노가 옛날부터 잘 알고 지내고, 리리코와 유키오도 어렸을 때부터 귀여움을 많이 받은, 전통찻집 '고토야'의 여주인이다.

고토야 여주인이 자주 가는 온천 여관에서 종업원으로 일하는 모습을 보고는 점찍은 것 같다. 나이는 리리코와 유키오보다 서너 살 아래고, 사람 됨됨이는 보장할 수 있다고 한다. 그 여주인이 그렇게 말했으니 틀림없을 것이다. 하지만 어떤 사람이 올지, 실제로 만나 보기 전까지는 아직 약간 불안하다.

가나자와에 도착하자마자 바로 가게로 향했다. 어젯밤, 시노는 혼자서 숨 쉴 새도 없이 바빴을 것이다.

가게 일을 거든 지 보름 이상 지나, 이제는 일이 많이 손에 익었다. 매일 밤, 어렸을 때부터 알고 지내던 가즈에마치의 게이샤 언니들과 그 외의 정겨운 얼굴들이 모여든다. 그들과 농담을 주고받고 가벼운 대화를 나누다 보면, 리리코는 도쿄에 살면서 필사적으로 키보드를 두드리던 자신이 다른 세계 사람인 것처럼 느껴지곤 했다.

가나자와에 있으면 마음이 편안하다. 차라리 이대로 가나자와에 살아 버릴까, 하는 생각이 움틀 때도 있다.

하지만 솔직히 말하면, 그래서 더욱 겁이 난다.

자신에게는 반드시 해야 하는 일이 있다. 그건 다름 아닌 자신과의 약속이다. 약속을 지키고 싶다. 그게 리리코답게 사는 길이라고 믿고 있다.

오늘, 드디어 오토와와 사와키가 결혼식을 올린다.

식은 병원 측에 양해를 구해 아직 퇴원하지 않은 사와키의 병실에서 올리기로 했다. 가족만 모인 아주 조촐한 결혼식이 되었다. 그런데도 오토와는 새 신부답게 엷은 보라색 기모노를 곱게 차려 입었다. 사와키는 침대를 약간 일으켜 비스듬히 누운 상태에서 어깨에 검은 윗도리를 걸쳤다.

사와키 집안에서는 아들 부부 등 다섯 명, 다카히사 집안에서는 모녀 셋 외에 야마자키까지 가족의 일원으로 참석했다. 좁은 병실이 꽉 찼다.

리리코는 청바지 차림에서 원피스로 갈아입고, 유키오는 짙은 남색 투피스 정장 차림이다. 시노는 역시 은은한 색감의 기모노 차림이다.

축배는 사와키가 이날을 위해 전부터 준비해 뒀다는 잔으로 들었다. 사와키가 술잔을 들었다. 그런데 불편한 사와키의 손이 파르르 떨렸다.

오토와가 자기 손으로 그 손을 덧잡아 주었다. 그 동작이 너무도 자연스러워 두 사람의 손이 마치 한 몸에 이어져 있는 것처럼 느껴졌다. 그런 두 사람에게 사와키의 아들이 술을 따르고, 두 사람은 잔잔한 바다 같은 고요함 속에서 번갈아 술을 한 모금씩 마셨다.

예식이 끝나자, 사와키는 참석해 준 사람들을 향해 머리를 숙이고 더듬더듬 말했다.

"여러분, 감사합니다 ……."

그리고 오토와를 향해 다시 한 번 "고맙소" 하고 인사했다.

그 말은 고결한 맹세의 울림을 지니고, 두 사람을 바라보는 참석자 모두의 가슴속에 깊이깊이 새겨졌다.

그날 밤은 '다카히사'의 문을 닫고, 오토와와 시노, 그리고 리리코와 유키오 넷이 새로 축하 파티를 했다.

시노가 아침 일찍부터 부지런히 짓고 굽고 조리고 무친 팥밥과 도미구이, 온갖 채소 조림에 초무침이 차려진 카운터에서 정종으로 건배를 했다. 축하해요, 하는 인사가 오간다. 오토와는 얼굴이 일그러지도록 기뻐하면서 그 말에 답한다.

"할머니도 드디어 유부녀가 되었네."

리리코가 단박에 놀려 댔다.

"아니, 얘는 그게 무슨 소리야."

오토와가 얼굴을 붉힌다.

"할머니, 지금 어떤 기분이야?"

유키오가 물었다.

"글쎄다."

오토와는 잠시 생각하더니 얼굴을 들었다.

"먼 길을 돌아왔지만, 만나야 할 사람을 만났다는 느낌이야. 너희들에게도 이렇게 축복을 받아서, 이제 미련 남을 건 하나도 없다."

"아이참, 어머니는. 신혼 생활은 이제부터 시작이에요."

시노가 웃으면서 오토와에게 술을 따랐다.

"그래, 그렇지."

"할머니, 신혼 살림집에 놀러 가도 돼?"

리리코가 묻자, 오토와는 시원스럽게 대답한다.

"그럼, 물론이지. 하지만 신혼집이니까, 오래 머무는 건 사양하마."

세 사람 모두 깔깔 웃었다.

그때, 문이 열리면서 이십 대 중반으로 보이는 여자가 얼굴을 들이밀었다.

"어머, 죄송해요. 오늘은 휴업인데."

시노가 말하자, 여자가 사뿐 머리를 숙였다.

"저, '고토야'의 여주인께 소개받고 온 사람이에요 ……."

"어머나, 댁이."

시노가 의자에서 일어나 다가갔다.

"이렇게 늦게 와서 죄송합니다."

"괜찮아요. 자, 어서 안으로 들어와요."

자그마한 몸집에 눈, 코, 입이 조막조막 또렷한, 인상 좋은 사람이다. 리리코는 유키오와 얼굴을 마주보았다. 합격이라는 뜻으로 유키오도 고개를 끄덕였다.

"왜 그래요, 얼른 안으로."

"죄송한데, 사실은 한 명이 더 있어요."

"에?"

"저 하나 오기로 약속을 했는데, 실은 한 명이 더 있어요. 만약 그래도 허락해 주신다면 열심히 일하겠어요."

"한 명이 더 있다니 ……."

여자가 밖으로 얼굴을 내밀더니 "이리 들어와" 하고 손짓했다. 다섯 살 정도 된 여자아이가 주춤주춤 얼굴을 내밀었다.

"아니, 아이가 있는 거예요?"

시노가 놀랐다는 듯이 묻는다. 여주인이 그런 말을 하지 않은 것이리라.

"아니에요. 제 아이는 아니에요. 여러 가지 사정이 있어서 이렇게 늦어졌습니다. …… 어쩌다 이 아이를 제가 맡아 키우게 되었어요. 마호, 인사드려야지."

머리를 깡똥하게 자른 여자아이가 조금은 수줍은 듯이 고개를 숙였다.

"안녕하세요."

"저도 일이 이렇게 될 줄은 전혀 몰랐어요. 하지만 이 아이를 제가 키우자고 결심했습니다. 이런 상황이라, 거절하셔도 괜찮아요."

"어떤 사정이 있기에 ……."

그렇게 말을 꺼내 놓고서 시노는 오토와를 돌아보았다.

"어머니, 사정이야 어떻든 상관없죠?"

"그럼. 우리 집에는 다 사정 있는 사람들만 모여 사니까. 마호라고 했나. 자, 어서 이리 오너라. 배고프지 않니?"

리리코가 팔꿈치로 유키오를 쿡 찔렀다.

"이 아이, 어째 어렸을 때 유키오랑 닮은 것 같아."

"나는 리리코를 더 닮은 것 같은데."

"자, 들어와요. 지금 축하 파티를 하고 있는데 마침 잘 왔네. 같이 축하해요, 우리."

"괜찮은가요? 저, 여기서 일할 수 있는 건가요?"

"그럼요."

여자의 얼굴에 안도의 빛이 반짝거렸다. 그리고 여자아이의 어깨를 끌어안고 눈물을 글썽인다.

"잘됐네, 마호."

리리코와 유키오가 자리에서 일어나 여자를 채근했다.

"자, 여기 앉아요."

"감사합니다."

미닫이 문틈으로 바람이 살랑살랑 불어들었다.

우타쓰 산을 지나고 아사노 강을 질러 온 바람은 가을 내음을 듬뿍 머금고 각각의 발을 한군데로 모으듯 살랑거렸다. 그것은 새로운 시작에 더없이 잘 어울리는 풍요로운 바람이었다.

🖋 *end.*

유쾌한 '여인 천하'다.

할머니 오토와와 어머니 시노, 그리고 두 딸 유키오와 리리코. 삼대에 걸친 가족이지만, 피 한 방울 섞이지 않았다. 피를 이어야만 가족이라는 전통적 가족상을 다시금 천착케 하는 스토리다. 게다가 사랑과 연애와 결혼은 젊은이들만의 얘기가 아니라는 선구적 가능성도 던진다. 꿈과 이상을 좇는 것만이 인생의 목표가 아니라는 현실적인 자각도.

게이샤를 거느리고 오키야를 운영했던 할머니 오토와는 어쩌면 구시대의 인물이다. 그러나 얼핏 보기에 의뭉한 직업을 당당하게 관철했다는 점에서는 신여성이다. 그런 오토와가 나이 칠십에 결혼을 선언한다. 상대가 뇌경색으로 쓰러져 몸져눕는 신세가 되었는데도 '살기 위해서 사랑을 선택'하는 지순하고 과감한 생활력을 보여 준다.

그 어머니에 그 딸이라고 게이샤 출신 시노는 오토와와는 한 핏줄이 아니지만, 그녀의 생활력과 정신은 고스란히 물려받았다. 게이샤 생활을 청산하고 결혼했으나 삼 년 만에 상부(喪夫)한 채, 홀몸으로 남편의 딸 리리코를 키운다. 리리코와 자매지간으로 한 집에서 자라게 되는 유키오 역시 아버지가 누구인지 모르는 게이샤의 딸이다. 다카히사 집안 사람들은 모두 오토와와의 인연으로 가족의 연을 맺게 된 셈이다.

유키오는 운명에 우롱당하는 비운의 여주인공 역이다. 자신이 짊어지고 있는 운명에 지지 않기 위해 이를 악물고 공부해 우등생으로 사회에 진출했지만, 실연을 겪고 자살 소동을 벌이는가 하면 현재는 처자식이 있는 남자와 사귀고 있다. 그 관계가 끝나고 동창생과 장밋빛 앞날이 펼쳐지는가 싶었는데, 그 사람이 하필 제 핏줄이었다니.

반대로 리리코는 사랑도 나 몰라라 하고 자신의 꿈만 좇는 철딱서니 없고 만사에 좌충우돌하는 드라마 작가 지망생이다. 결혼을 빌미로 꿈을 포기했던 옛 연인 구라키는 리리코를 인생의 반려로 여기고 일편단심을 보이지만, 리리코는 그가 꿈을 포기했다는 이유로 콧방귀도 끼지 않는다.

서른을 앞둔, 소위 인생의 전환점에 선 리리코와 유키오가 도달한 곳은 결국 자신에 대한 깨달음이다. 그 깨달음을 기반으로 인간관계를 이해하고 세상을 들여다본다. 그리고 네 여자는 핏줄은 아니어도 할머니의 강인한 정신과 생활력의 울타리 안에서 올망졸망 모여 사는 엄연한 가족이라는 사실 역시 되새긴다.

그런데 이 여인들을 둘러싼 남정네들은 어쩌면 그리도 지고지순한 민들레인지 모르겠다. 유키오와의 불륜이 아내에게 들통나 헤어지는 마당에 '당신은 내 생활의 산소 호흡기 같은 여자'였다고 말하는 나가미네나, '네가 원한다면 언제까지고 기다리겠어'라고 말하는 리리코의 남자 구라키는 물론이요, 자식들의 반대를 무릅쓰는 한이 있어도 남은 인생을 시노와 함께하겠다는 야마자키도 그렇고, 자신의 딸이라는 사실이 밝혀지는 시점에 애틋한 부정을 보이는 유키오의 아버지 세마 하며.

그래서 '여인 천하'라는 말이 떠올랐나 싶기도 하다.

덧붙임 하나. 게이샤라고 하면 흔히 유곽과 창기(娼妓)를 연상하지만, 이 소설에 등장하는 게이샤들은 다도에 따라 차와 과자를 즐기거나 술이 곁들여지는 연회 자리에서 악기 연주와 춤과 오락을 제공하는, 교양과 재주를 겸비한 예기(藝妓)다. 성을 파는 창기는 일본에서도 역사의 저편으로 사라진 지 오래다.

산천초목이 곱게 새 단장을 하는 봄날에
김난주

사랑해도 사랑해도

초판 1쇄 찍음   2016년 5월 10일
초판 1쇄 펴냄   2016년 5월 15일

지은이   유이카와 케이
옮긴이   김난주
펴낸이   정용수
펴낸곳   도서출판 예문사

박지원이 편집장을, 홍희정이 책임편집을, 서은영이 표지와 내지 꾸밈을 맡다.

출판등록   1993. 2. 19. 제11-76호
주소   경기도 파주시 직지길 460(출판도시) 도서출판 예문사
대표전화   031-955-0550
대표팩스   031-955-0605
이메일   yms1993@chol.com
홈페이지   http://www.yeamoonsa.com
단행본 사업부 블로그   http://blog.naver.com/yeamoonsa3

ISBN   978-89-274-1824-5 03830